KB062344

로크미디어가
유혹하는
재미있는 세상
ROK
MEDIA
로크미디어

이것이 삶이다

이것이 법이다 74

2019년 10월 17일 초판 1쇄 인쇄
2019년 10월 22일 초판 1쇄 발행

지은이 자카예프
발행인 이종주

총괄 김정수
경영 지원 배진경 임혜솔 송지유

기획 이기헌 왕소현 박경무 이승제
책임 편집 최전경

발행처 (주)로크미디어
출판등록 2003년 3월 24일
주소 서울시 마포구 성암로 330 DMC첨단산업센터 3층 318호, 319호
Tel (02)3273-5135 **편집** 070-7863-8592 **Fax** (02)3273-5134
홈페이지 rokmedia.com **E-mail** rokmedia@empas.com

값 8,000원

ISBN 979-11-354-3713-7 (74권)
ISBN 979-11-255-9575-5 04810 (세트)

자카예프 장편소설

이 소설은 픽션입니다.
등장하는 인물 및 지명 등은 현실과 연관이 없습니다.
또한 소설 내에 나오는 법이나 법리 해석의 경우에도 대중문학의 극적 전개를 위하여 일부분 과장되거나 변형된 것이 존재하니 실제 법과 혼동하지 않으시길 바랍니다.

CONTENTS

가슴은 뜨겁게, 머리는 차갑게

기업이라는 곳은 기본적으로 자선사업에 관심이 많다.

많을 수밖에 없다.

진짜로 착한 기업 같은 걸 목적으로 하는 기업이 있는 경우도 있고, 기업의 경우 자선에 들어간 비용을 세금에서 공제해 주기 때문이다.

그래서 기업은 차라리 자선을 하고 홍보해서 이점을 누리려고 하지 세금을 그만큼 더 내려고 하지는 않는다.

물론 그것도 어느 정도겠지만.

당연히 대룡도 그런 자선을 한다.

아니, '했었다.'라고 표현해야 할 것이다.

"기가 막히는군."

유민택 회장은 얼굴을 손으로 가리면서 한숨을 쉬었다.

"그러니까 제가 직접 자선단체를 만들라고 하지 않았습니까?"

"나도 그러고 싶었네. 하지만 대기업에서 직접 자선단체를 만들면 탈세용이라고 도리어 탈탈 털리는 거, 자네도 알고 있지 않나?"

"그건 그렇지요. 하지만 지금 상황보다는 나을 텐데요? 우리가 귀찮은 것일 뿐, 이렇게 뒤통수 맞진 않을 테니까요."

"끄응…… 부정할 수가 없군."

유민택은 한숨을 푹 쉬면서 보고 있던 서류를 덮었다.

"자네가 의심해 보라고 하지 않았으면 도대체 얼마나 더 멍청한 짓을 했을는지."

대룡은 자선사업을 위해 모 자선단체에 적지 않은 돈을 매년 기부했다.

단체의 목적은 아프리카에 학교를 세우고 우물을 파 주고 의료봉사를 하는 등 하나같이 좋은 것들뿐이었다.

"하지만 목적만 좋았지요."

학교를 세우기는 했다.

진짜로 세우기는 했다.

하지만 딱 거기까지였다.

선생님도 없고, 공부할 기자재도 없다.

애들에 대한 점심 지원도 없고, 딱 학교 건물만 세웠다.

"이게 5억이라고? 미친 새끼들."

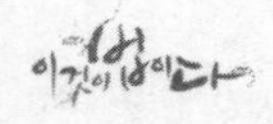

그게 5억이다.

그런데 심지어 학교 건물을 최신 기법으로 지은 것도 아니고, 가난한 동네 사람들이 집을 짓듯이 진흙벽돌로 벽을 세우고 소위 '슬레이트'라고 불리는 물건으로 지붕만 올렸다.

창문이 있다는 것만 빼면 사실상 교실보다는 창고에 더 어울리는 물건.

"보통 자선 기부 행사가 끝나면 안 가니까요."

물론 처음에 오픈할 때는 멀쩡했다. 안에 기자재도 있었고 책상 걸상도 있었고 식당도 있었고…….

"그리고 끝."

노형진은 어깨를 으쓱했다.

"끄응."

처음에 학교를 세우고 대룡 학교라고 이름 짓고 행사가 끝나자 그 안에 있는 장비들을 모조리 빼돌렸다.

애초에 빼돌린 것도 아니다.

빌려 온 것이니까.

대룡은 그것도 모르고 매년 꼬박꼬박 그런 학교들에 대한 지원비를 냈다.

"자네가 한번 기습적으로 가 보라고 하지 않았다면……."

유민택은 한숨을 푹푹 쉬었다.

"그런 놈들이 한두 명이어야지요."

노형진은 얼마 전에 고발한 사건이 생각나는 듯 눈을 찌푸렸다.

'그런 놈들이 너무 많아.'

회귀 전에는 상당한 시간이 지난 후에야 알게 된 사건이지만, 지금은 초기인지라 일찌감치 신고한 사건.

그건 다름 아닌 기부금의 착복이다.

모 자선단체가 아이들에 대한 장학금이라고 후원을 받고 다녔다.

거기서 일하는 사람들도, 박봉에도 불구하고 좋은 일을 하기 위함이라고 스스로를 위안하며 참았다.

하지만 정작 운영자들은 그 돈으로 룸살롱에 다니고 여자를 품고 요트를 사서 여자를 태우고 놀러 다녔다.

'조사 결과, 장학금으로 쓴 돈이 1% 미만이었다지?'

그들은 사람들에게 무차별적으로 전화해서 기부를 요청했는데, 그중에 노형진도 있었던 것이다.

그러자 그 사건이 기억난 노형진이 바로 고발했던 것.

"아마 파고들면 더 개판일 겁니다."

"끄응…… 그렇겠지."

고작 한 곳을 조사했을 뿐이다.

그런데 이 지경이라니.

"제가 조언을 드리자면, 담당자도 조사해 보시라는 겁니다."

"담당자도?"

"지원 대상을 정하는 사람은 대표님이 아니지 않습니까?"

"후우."

"유엔도 썩었는데 회사 사람이 안 썩었을라고요?"

"자넨 너무 비극적인 말만 하는군."

"원래 자선이라는 게 그런 겁니다."

노형진은 느긋하게 의자에 기대앉았다.

"착한 일을 하는 사람을 욕하는 사람은 드물죠. 그래서 자선이라는 가면은 사람들의 눈을 가립니다."

"눈을 가린다라……."

"한국에서 돈이 되는 사업 중에 욕 안 먹는 사업이 자선사업이랑 사학 재단이라는 말이 있지요."

사학 재단이라고 해서 교육에 힘쓴다고 하면 온갖 지원과 온갖 칭찬이 다 따라온다.

심지어 자기가 평생 모은 돈을 학교에 기부하는 사람들도 있다.

"그런 사람들이 그 학교에 돈이 얼마나 넘치는지 알면 아마 자기 행동을 땅을 치고 후회할걸요."

수백억? 수천억?

소위 잘나가는 사학 재단은 내부에 가지고 있는 돈이 조 단위를 넘어간다.

외부에서 장학금을 기부했다고 해서 그걸 진짜 장학금으로 주느냐?

그건 아니다.

"일단 사학 재단이 가지고 가지."

가령 장학금 10억이 기부가 들어온다면, 그중 진짜 장학금으로 지급되는 돈은 1억 이하.

나머지는 그냥 사학 재단의 은행 금고로 들어간다.

"그리고 등록금을 열심히 올리죠."

고개를 절레절레 흔드는 노형진.

"아무래도 대대적으로 감사를 해야겠군."

물론 감사라고 해 봐야 자선단체를 대상으로 할 수는 없다. 내부감사일 뿐이다.

"그건 임시책일 뿐입니다."

감사한 후에 다른 사람으로 바꾸면, 자선단체들이 그에게 로비를 안 할까?

대룡 정도의 회사면 자선 지원금이 최하 10억 단위는 넘어갈 텐데?

이번 경우에도 그들에게 준 돈은 무려 30억.

학교를 한 곳에만 만든 게 아니었기 때문이다.

대룡쯤 되는 대기업은 이미지도 있어서, 작게 기부할 수도 없는 노릇이다.

"그리고 이제 와서 그 돈을 달라고 할 수도 없고요."

"끄응…… 그렇지."

법적으로 기부라는 것은 증여다.

그리고 증여 자체에 특수한 조건을 달지 않은 경우, 즉 사용처를 확실하게 해 두지 않은 경우 그걸 다시 돌려 달라고 할 수는 없다.

"기부할 때 어디다 얼마 쓰라고 하진 않으니까."

대룡은 당연히 그 돈이 정상적으로 쓰일 거라 생각했고 말이다.

그러니 굳이 그걸 일일이 표시하지는 않았다.

"그렇다고 우리가 만들기도 힘들고……."

실제로도 많은 기업들이 자선이라는 가면을 쓰고 세금을 탈루하려고 하는 모습을 보이기 때문에 정부에서는 기업이 만든 곳에 대한 감사를 꼼꼼히 하는 편이다.

전직 대통령도 탈세하려고 자선단체를 만드는 판국인데 기업이라고 안 그럴까?

"전 다르게 생각합니다."

"응?"

"과연 같은 고민을 하는 기업인이 유 회장님 혼자뿐일까요?"

노형진은 씩 웃으며 말했다.

"그리고 사람들의 불만은 기회가 되는 법이지요, 후후후."

노형진, 그는 미다스다.

그가 미다스라는 사실을 아는 사람은 거의 없다.

하지만 그렇다고 해서 미다스라는 존재에 대한 관심이 줄어드는 것은 아니다.

도리어 드러나지 않은 경제계의 큰손, 미다스라는 존재에 어마어마한 관심이 쏠리고 있었다.

그리고 이번에 누구도 예상하지 못한 로엘 호머의 범죄를 알아맞히고 그걸 이용해 수조 원이 넘는 차익을 벌어들인 것도 유명한 일화였다.

그런 미다스에게서 초청장이 왔을 때, 경제계의 수많은 인사들이 관심을 보였다.

"미다스도 만날 수 있을까요?"

"아마 본인이 나타나지는 않을 겁니다. 하지만 그 대리인이 오겠지요."

미다스는 본인의 모습을 보이지 않는다.

사실 이번 파티도 '미다스'의 이름으로 대리인이 연 것이다. 그럼에도 불구하고 많은 사람들이 이곳에 참석했다.

"미국 쪽 대리인은 드림이지요?"

"네."

"흥미롭군요, 그가 갑자기 우리를 초청하다니."

지금까지 이런 행사를 한 적이 없던 미다스다.

그런데 각 재벌들을 대상으로 파티라니.

사실 술만 먹고 대화만 하는 파티라면 오지 않았을 것이다. 그들이 온 이유는, 비록 대리인을 통해서라고 하지만 미

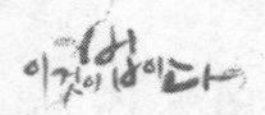

다스가 그들에게 꼭 해야 할 말이 있다고 했기 때문이다.

"궁금하군요, 무슨 일 때문인지."

서로 이런저런 이야기를 하며 기다리는 사람들.

조금 전 담당 변호사라는 엠버가 인사하고 갔지만 아직 본론은 나오지 않았다.

"그나저나 요즘 한국에서 난리가 났더군요."

"아, 압니다. 오너 한 명이 퇴출되었다지요?"

"그것도 미다스의 솜씨라고 하던데."

"그것 때문일까요?"

"물론 한국에서 퇴출된 오너의 회사가 작은 규모는 아니라고 하지만, 그것 때문에 우리를 다 모이라고 했을까요?"

다들 그 점이 궁금했다.

한국의 재벌가 중 하나가 무너지기는 했지만, 거대 규모의 미국에서 그 정도는 좀 심하게 말하면 좀 잘나가는 동네 사장 수준이다.

그런데 동네 사장 하나 무너트렸다고 자신들에게 잘난 척을 하려고 하는 것은 아닐 테고 말이다.

"확실한 것은 미다스라는 존재가 심심해서 우리를 부른 것은 아닐 거라는 겁니다."

"맞습니다."

그가 투자한 자금이 본인의 회사에 들어와 있는 사람이 여기에 한둘이 아니다.

사실 이 중에는 아예 미다스가 투자한 덕에 지금의 자리에 올라오거나 위험한 상황을 버틸 수 있었던 사람들도 있었다.

"궁금하군요, 과연 그가 무슨 이야기를 할지."

그렇게 한참을 서로 이야기하던 그들은 파티장의 불이 꺼지자 유일하게 불이 켜진 곳, 즉 단상으로 시선을 돌렸다.

그곳에 등장한 사람은 다름 아닌 엠버였다.

"반갑습니다. 저는 미다스의 미국 대변인을 담당하고 있는 엠버 브라운이라고 합니다."

나지막한 인사와 간단한 농담으로 분위기를 바꾼 엠버는 침을 꿀꺽 삼켰다.

눈앞에 있는 사람들은 미국, 아니 전 세계 경제계의 거두들이다.

"여러분들은 미다스가 여러분들에게 초청장을 보낸 이유를 궁금하게 생각할 것입니다."

"그건 그렇지요."

"도대체 왜 저를 부른 건지 모르겠네요."

"여러분들은 복수재단이라는 곳에 대해 아십니까?"

"복수재단?"

"그렇습니다. 복수재단, 그곳은 한국에서 활동하는 미다스의 단체입니다. 그곳은……."

엠버의 설명에 몇몇 사람들이 고개를 끄덕거렸다.

"압니다. 대기업의 오너가 바뀐 것은 중요한 일이니까요."

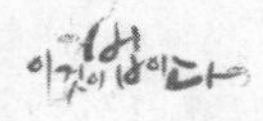

물론 자신들과 일면식도 없는 자였지만 말이다.

"그건 미다스가 행한 간단한 사회 실험이었습니다."

"사회 실험?"

"그 정도 규모가 사회 실험이라고요? 허!"

저도 모르게 탄성을 내지르는 사람들.

보통 사회 실험이라면 사람들의 반응을 보는 정도에서 그치지 재벌의 모가지를 날려 버리는 수준까지 가지는 않는다.

"그렇습니다. 미다스는 지금까지와는 다른 자선단체를 만들려고 했습니다. 사실 자선단체라고 하기도 뭐하지요."

"자선단체라…… 설마?"

한국에서 실행된 사회 실험의 결과를 가지고 자선단체를 만들겠다니, 도대체 얼마나 큰 규모의 단체일지 감이 잡히지 않았다.

더군다나 여기에 있는 사람들은 미국의 재벌들이다.

그들의 도움을 필요로 할 정도라면 어쩌면 진짜 상상 이상의 규모가 될지도 모른다.

"복수재단의 확장을 생각하는 겁니까?"

"그렇습니다. 여기에 계신 분들은 모두 현재 적극적으로 자선 활동을 하고 계시지요. 하지만 그 이상으로 부조리를 느끼고 계실 겁니다."

"……."

좌중에 침묵이 흘렀다.

사실이기 때문이다.

사실 여기에 모인 이들은 단순히 사업가라서 부른 것이 아니었다.

사회적으로 그 책임을 다하는 사람들.

노블레스 오블리주를 직접 실천하는 사람들이었다.

그런 사람들만을 노형진이 뽑은 것이다.

"아마 많은 분들이 기부를 하고는 있으되 그 신빙성에 의심을 가지고 계실 테지요."

"……."

"실제로도 많은 자선단체가 자선이라는 이름하에 온갖 파렴치한 짓을 합니다."

종교 단체는 그 돈을 포교 활동에 쓰고, 자선단체는 자선보다는 월급으로 쓴다.

"심지어 유엔조차도 말이지요."

유엔이 착할 것 같지만 전혀 그렇지 않다.

유엔에서 일하는 현 사무총장은 의전에 매달려서 제대로 일은 안 하면서 최고급 비행기 좌석을 타고 최고급 호텔로 다닌다.

그에 반해 아래서 일하는 상당수 사람들은 인턴이라는 이름하에 최소한의 자금도 지급받지 못한다. 사회단체에서 일했다는 그 타이틀 하나를 얻기 위해 말이다.

"부조리하죠."

누군가 입을 열었다.

"사회적인 책임을 다한다는 게 쉬운 건 아니더군요."

"그래서 미다스는 냉철한 사회적 기업을 만들려고 합니다."

"냉철한?"

사회적 기업과 전혀 어울리지 않는 수식이다.

사회적 기업, 즉 자선단체는 보통 자비나 선의로 움직인다. 그런데 냉철한 이성으로 움직이는 자선단체라니.

"감성은 사람의 눈을 가리지요."

웃긴 말이지만 현실이 그렇다.

학비를 지원해 준다는 말에 많은 사람들이 장학 재단에 기부한다.

그러나 그중 얼마나 많은 돈이 학비로 지원되는지는 아무도 모른다.

주고, 그냥 끝이다.

"여기에 계신 분들도 마찬가지 아닌가요? 기부한 이후에 그 자선단체에 대한 감사 결과나 실적을 보고받는 분들이 있으신가요?"

사람들은 서로를 바라보았다.

"없을 겁니다. 그건 명백하게 간섭이 될 수 있으니까요."

자선은 자선에서 끝나야 한다.

자선의 철칙이다.

"문제는 자선에서 끝나야 하기 때문에, 정작 그 자선을 감시할 수 있는 방법이 없다는 겁니다. 얼마 전 국제 자선단체에서 터진 추문에 대해 알고 계실 겁니다."

다들 구역질이 난다는 표정이 되었다.

그럴 수밖에 없는 게, 워낙 국제적인 조직이라 여기에 있는 사람들 대부분이 거기에 막대한 금액을 기부했기 때문이다.

하지만 현실은 시궁창이라고 했다.

그들은 자선을 빌미로 현지의 미성년자 아이들에게 성 접대를 요구했고, 어린아이들은 가족을 먹여 살리기 위해 요구에 응할 수밖에 없었다.

"지금까지 그들을 대체할 조직은 없었습니다. 한다고 해도 결국 마찬가지였죠."

그 안을 볼 수 없어서, 돈이 어떻게 움직이는지 모르니까.

"애초에 상식적으로 말이 안 되는 부분도 있었지요. 가령 월급 같은 부분."

물론 복잡하고 어려운 상부의 업무는 본사에서 나간 사람들만이 할 수 있다.

하지만 배급 같은 쉬운 업무를 할 사람은 현지에서도 충분히 뽑을 수 있다.

그런데 그러지 않는다.

"애초에 그 지역에서 지속적으로 근무할 사람이 필요하다면 그 지역 사람을 교육시켜서 뽑아야 정상이지요."

사람들은 아프리카 하면 죄다 가난하고 내전에 헐벗고 굶어 죽는 동네라고 생각하지만, 그곳에도 학교가 있고 대학이 있고 졸업생이 있다.

"정작 그런 사람들은 취업을 하지 못해서 놀고 있지요."

그리고 거기 현장에서 일하는 사람을 유럽에서 뽑아서 간다.

"문제는 월급을 유럽에 맞춰서 줘야 한다는 겁니다."

그리고 그 월급만큼 자선비에서 빠진다.

충분히 현지에서 대체할 수 있는 자원임에도 불구하고 말이다.

"그게 무슨 의미인지 아시겠지요?"

"으음……."

유럽의 물가에 맞춰서 월급을 주려면 한 달에 한국 돈으로 600만 원에 달하는 돈을 줘야 한다.

문제는 가난한 아프리카에서는 하루를 사는 데 1달러, 한 달에 30달러면 충분하다는 것.

1달러가 1천 원 정도 되는 돈이니, 600만 원 상당의 월급을 준다는 것은 웃기게도 200명 이상이 한 달간 먹고살 수 있는 돈을 준다는 뜻이다.

"세상에 아주 잘나신 분들이 많지요. 하지만 그분들은 자선을 하기 위해 일하지 않습니다. 안 그런가요?"

모여 있던 사람들이 씁쓸한 얼굴이 되었다.

"그건 부정할 수가 없군."

사업가가 자기 돈으로 비즈니스석을 타고 비싼 음식을 먹으며 다니는 건 전혀 문제가 되지 않는다.

왜냐? 자기 돈이니까.

"문제는 자선사업을 하는 사람은 그러면 안 된다는 거죠."

엄밀하게 말해서 자선사업을 하는 사람은 남의 돈으로 움직이는 거다.

"그들이 그 돈을 받는 이유는 그 돈으로 많은 사람들을 도와주기 위함입니다."

엠버의 말에 다들 고개를 끄덕거렸다.

"하긴, 그러네요."

자선단체의 대표를 만날 때, 한 끼에 수백만 원짜리 식당에서 품격 있는 대화라는 걸 한다.

그리고 그들은 남의 돈으로 전 세계를 돌아다니면서 구호라는 것을 요청한다.

"그러면서 퍼스트 클래스를 타고 다니지요."

엠버는 그 사실을 정확하게 알고 있었다.

엠버뿐만이 아니다.

다들 알고 있었다.

"하지만 우리가 단체를 만들면 세무조사가 들어옵니다. 아시지 않습니까?"

그러한 법률은 전 세계 어디서나 비슷했고, 그 때문에 대부분의 기업은 남에게 주는 것으로 대체하는 것이 보통이었다.

"그래서 저희가 그렇지 않은 자선단체를 만들려고 하는 겁

니다."

"그렇지 않은 자선단체라……. 뭐가 다르다는 거죠?"

자기들은 좀 더 양심적이다?

그걸 어떻게 믿는단 말인가?

"아무리 미다스라고 해도 그건 믿을 수가 없네요."

"미다스 님도 여기에는 권한이 없습니다."

"네?"

"권한이 없다니요?"

"아까도 말했지만, 문제가 되는 것은 결국 감사입니다."

엠버는 잠깐 입술을 적셨다.

'후우, 이거 원……. 미스터 노랑 일하다 보면 정말 죽을 것 같다니까.'

사람들은 전 세계 자선 시장의 규모를 잘 모른다.

그렇다. 시장.

이곳도 다른 기업과 마찬가지로 정해진 풀을 두고 싸우는 시장이다.

더 많이 받아 내야 하니까.

즉, 자신들이 여기에 나서는 순간 전 세계 자선단체에서 공격당하게 된다는 뜻이다.

하지만 노형진의 말대로 해야 하는 일이다.

아는 사람들 중에도 그런 사람들이 있으니까.

자산단체의 장으로서, 한 달 2천만 원짜리 런던의 월세집에서 살면서 전 세계를 비즈니스석을 타고 돌아다니며 자선사업을 한다.

“상위 1%를 위한 하위 99%의 희생. 자선사업을 한다면서 그러는 건 말도 안 되죠.”

엠버는 노형진이 했던 말을 그대로 했다.

그녀가 생각하기에도 말이 안 된다.

“스펙을 위해 거의 무상으로 일하는 젊은 사람들. 그런데 윗선들은 돈을 펑펑 쓰고 다니죠. 이런 걸 한국에서는 ‘열정 페이’라고 한다더군요.”

“열정 페이?”

“네. 하고 싶은 일을 하게 해 줬다는 이유로 정당한 대가를 지불하지 않고 열정만 요구하는 거죠. 하지만 여기 계신 분들 중 그 말을 믿는 분 계십니까?”

좌중의 사람들의 입꼬리가 살짝 올라갔다.

자본주의의 정점에 올라선 사람들.

그 사람들이 열정 페이의 허구성을 모를 리 없다.

대가 없이 일하는 사람들은 진짜 둘 중 하나다.

성인군자이거나, 병신이거나.

“그러면 우리가 가지는 권한은……!”

누군가 크게 소리를 질렀다.

이야기가 이쯤 진행되었으니 사람들도 자신들이 가지게 될 권한이 뭔지 알 수 있었다.

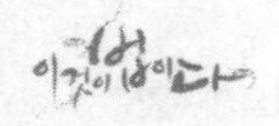

"기록에 접근할 수 있는 감사권이겠군요."

"네."

"감시라……."

"확실히……."

그 돈이 어디로 가는지 알 수 있게 된다면, 자신들이 주는 돈이 무의미하게 날아갈지도 모른다는 생각은 하지 않아도 될 것이다.

"감사라……."

"우리가 볼 수 있단 말이지?"

그 말은 지금까지 많은 사람들이 불만을 품은 부분을 정확하게 짚어 내고 있었다.

생각지도 못한 의견에 다들 의견을 주고받던 중 누군가 한 가지 핵심을 집어냈다.

"그런데 이상한 게 있는데."

"말씀하세요."

"아까 미다스에게는 권한이 없다고 하지 않았습니까? 그러면 이 일은 누가 추진하는 거죠?"

미다스라면 이해가 간다.

하지만 미다스가 아닌 다른 사람이라면?

"미다스는 누군가의 부탁을 받은 겁니다. 일은 다른 곳에서 진행합니다."

"다른 곳이라면?"

"그곳은……."

"대룡에 권한을 준다고?"

노형진은 손채림의 말에 고개를 끄덕거렸다.

"아마 지금쯤 엠버가 사람들을 설득하고 있을 거야."

"어째서? 미다스라는 이름으로 하면 더 좋지 않아?"

노형진은 고개를 흔들었다.

"난 안 돼. 일단 난 돈을 놓고 돈을 먹는 투자자이기 때문에 현금 자체를 쥐는 이런 일은 잘못하면 의심받기 쉬워."

"음…… 그거야 다른 사업자를 내면 되잖아?"

"그리고 내가 대룡에 권한을 준 건 다른 목적도 있어."

"다른 목적?"

"대룡이 대동과 싸우려면 뭐가 필요할까?"

"아…… 그러네."

손채림은 고개를 끄덕거렸다.

대룡은 대동과 전쟁 중이다.

그런데 그 싸움에서 철저하게 불리한 것은 다름 아닌 대룡이다.

"체급도 달리는데 주변에 아군도 없지. 그러면 대룡이 밀릴 거야. 그걸 상쇄하기 위해서는 뭐가 필요하겠어?"

"세계기업들과의 인맥. 맞지?"

"빙고. 정답."

노형진은 씩 웃으면 손가락을 딱 소리가 나게 튀겼다.

"이번 일은 대룡이 진행할 거야. 어찌 되었건, 초대 회장은 유민택 회장님이 하게 될 거라는 거지."

"그리고 대룡은 해외의 기업들과 친밀한 관계를 맺고?"

"그래. 왜 다른 기업들이 말이 많은 걸 알면서도 수많은 국가 단체에 가입해서 활동하는데?"

가령 지난번에 문제가 된 동계협회의 경우에도, 한국에서는 그들이 썩은 걸 모르는 사람이 없었다.

그럼에도 불구하고 대기업 회장이 전면에 나서서 이끌어 갔다.

"인맥이라는 것이 절대 무시할 게 못 되거든. 해외라고 해서 그게 영향력이 없을 것 같아? 전혀. 한국보다 좀 덜할 뿐이지, 결코 없지는 않아."

가령 한국은 동향이라면 일단 뽑아 주는 정도고, 해외에서는 동일한 능력치라면 아는 사람을 뽑아 주는 정도가 될 것이다.

하지만 그것만으로도 영향력은 어마어마하다.

"대룡이 인맥을 충분히 다지면 아무리 대동이라고 해도 섣불리 못 건드리지. 거기에다가 좋은 이미지를 가지는 데에는 자선사업만 한 것도 없잖아."

"맞아."

한국에서야 좋은 기업 이미지를 가진 대룡이지만 해외에서는 그렇지 않다.

하지만 이번 자선사업으로 인해 세계적으로 좋은 이미지가 많이 생길 것이다.

"그리고 내가 초대한 사람들은 기업의 사회적 책임을 우선시하는 사람들이야."

즉, 사업을 함께 진행하는 데 있어서 사회적 기업을 우선시해서 선택했다는 것이다.

그들은 전 세계를 대상으로 장사하는 사람들인 만큼, 그런 면에서 그들에게 좋은 이미지를 주는 게 나쁜 것은 아니다.

"하지만 미다스라는 존재는?"

어깨를 으쓱하는 노형진.

"그런 사람들에게 이미지가 좋아진다고 한들 의미가 없지."

그럴 수밖에 없는 게, 그 정도 재력을 가진 사람들이면 아예 자기네 자산운영 팀이 있기 마련이니까.

이미지가 좋아진다고 한들 마이스터에 자산을 맡길 일은 없다.

"도리어 마이스터가 그들에게 투자하는 상황이니까."

어차피 가지게 될 패라면, 그걸 써먹을 수 있는 사람이 써야 하지 않겠는가?

⚖

"하여간 유 회장님은 그냥 날로 먹네, 날로 먹어."

"큭큭큭."

어차피 대룡 입장에서는 손해 보는 게 없다.

아예 개별적 자선단체라 자신들의 내부 문서를 보여 줄 이유도 없고.

"그런데 왜 다른 사람들은 안 한 거야?"

"구심점이 없잖아. 다들 각자 자선사업을 하고."

그런데 만일 다른 기업에서 자선사업 같이하자고 하면 의심부터 할 거다.

그게 기업이니까.

"하지만 난 딱 소개만 하고 손 털었지."

그러니 의심할 것도 없다.

투자한 기업에 손해를 줄 만큼 멍청한 미다스가 아니니까.

거기에다 손을 턴 덕분에 사람들의 의심도 피했고 말이다.

"남은 건 어떤 자선단체를 하느냐지."

"어떤 자선단체? 장학금? 아니면 뭐 의료봉사나……."

"아니, 우리는 사업을 할 거야."

"사업? 사업? 잠깐, 사업이라니?"

당혹감을 감추지 못하는 손채림.

사업이라니?

이해가 가지 않았다.

보통 사업이라고 하면 돈을 벌기 위한 수단이 아닌가?

"저기, 난 이해가 안 가는데……. 사업이 왜 자선이 된다는 거야?"

"너, 냉철한 자비라는 말 들어 본 적 있어?"

"냉철한 자비?"

정반대되는 말이다.

모른다는 듯 고개를 흔드는 손채림에게 노형진은 차분하게 설명했다.

"사업을 한다고 하면 사람들은 변수를 계산하느라 많이 고민하지. 하지만 자선사업을 한다고 하면 그냥 막 퍼 줘."

"으음……."

"예를 들어 미국의 모 기업은 1년에 1억 달러 이상의 자선사업을 하고 있어. 나름 조심하고 있지만, 어찌 되었건 그 돈 중 상당수가 사라지는 건 사실이지."

"그런데?"

"만일 그 기업이 1억 달러짜리 인수 합병을 한다고 쳐 봐. 어떤 일이 벌어질까?"

"음…… 아…… 피바람이 불겠지."

주식시장은 요동을 칠 테고, 그 기업이 어떤 곳인지 알아내려고 사람들은 난리가 날 것이다.

"아니면 그들이 1억 달러를 다른 곳에 투자한다고 하면?"

"아마 미친 듯이 그 회사 주가가 오르겠지."

"근데 정작 1억 달러를 공짜로 주면서 사회적인 영향은 없어. 왜일까?"

"그러게."

생각해 보면 그만큼은 아니더라도, 자선사업을 하는 곳은 많다.

당장 대룡만 해도 매년 100억대 이상의 자선사업을 한다.

하지만…….

"그 영향이 거의 없네. 어째서지?"

"냉철한 자비가 없거든."

"냉철한 자비?"

"그래, 좋은 일이니까. '착한 일 하는 거니까 좀 더 느긋하게 해도 되겠지.'라는 생각. 그게 사람들의 생각이야. 예를 들어 볼까? 만일 네게 100만 원이 있다고 했을 때, 그걸 가지고 옷을 산다면 어떻게 할까?"

"엄청 고민하겠지."

디자인이나 가격이나 품질이나, 하여간 여자로서 많은 고민을 하고 고를 것이다.

자기 물건이니까.

"하지만 100만 원을 무조건 기부해야 한다고 한다면?"

"당연히 좋은 곳을 찾아서…… 아……."

좋은 곳을 찾아서.

그게 중요했다.

"어디가 좋은 곳인지 모르겠네."

어디가 좋은 곳인지 모른다.

그러니 기존에 있던 곳 중에서 고르는 것이다.

그리고 기부한 후 그 돈을 제대로 잘 썼는지 감시하는 것도 아니다.

"이게 자선 행위의 심리적 한계야. 조금만 생각해 보면 이상한데 자선이니까, 좋은 일이니까 사람이 너그러워지는 거지. 자선 사기꾼들은 그 부분을 노리고 치고 들어오는 거고."

"자선 사기꾼이라……."

"우리나라에 많잖아."

왠지 씁쓸한 표정이 되는 손채림.

부정할 수가 없었다.

그런 사건이 한두 개가 아니니까.

"그래서 내가 생각하는 곳은 단순히 자선에 그치지 않고 그 돈을 어떻게 효율적으로 쓰는지를 고민하는 곳이 될 거야."

"의외네."

"그래. 의외로 사람들이 많이 생각하지 않는 거지."

대부분의 자선사업은, 특히 기업들의 자선사업 방식은 똑같다.

먹을 거, 입을 거, 질병 치료용 약제를 지원하는 것.

"우리나라의 옛날 대통령이 찬양받는 이유를 생각해 봐."

"으음…… 결국 돈이구나."

"돈이지."

친일 이력이나 독재 이력에도 불구하고, 그는 최소한 '경제 대통령'으로서는 인정받고 있다.

일단 국가 기반에 투자해서 발전의 기틀을 만든 건 사실이니까.

그게 비록 미국의 요구에 의한 거라고 해도 말이다.

"지금도 마찬가지야. 기본 시설에 투자하면 더 많은 사람들을 구할 수 있지."

"그런데 왜 안 하는 거야?"

"결국 돈 때문이지."

"응?"

"세계 곡물 시장에서 파동이 터지면 곡물 회사는 문제의 곡물들을 어떻게 할까?"

"싸게 판다?"

"아니, 폐기해."

"뭐?"

많은 사람들이 모르는 비밀이다.

그리고 그 현실은 아주 비참하다.

"폐기한다고."

가령 미국에서 밀가루 파동이 터진다고 치자.

밀가루값이 대폭락하고, 창고에서 밀가루가 썩어 나간다.

그러면 사람들은 그 밀가루를 싸게 팔려고 할 거라 생각한다.

하지만 곡물 기업들은 그렇게 하는 대신에 밀가루를 폐기해 버린다.

"그리고 밀가루를 비싸게 팔지."

"어째서?"

"그게 수익이 나오니까."

"으음……."

"문제는 그 부분이야."

기업들이 내놓은 돈.

그 돈으로 그 밀가루를 사서, 그걸로 빈국의 사람들을 돕는다.

"잠깐…… 그 말은?"

"그래. 우리가 내는 대부분의 돈은 이런 식이야."

난민 지원에 필수적인 몇몇 업체들, 식량 업체, 의약 업체 등등, 그들은 자선사업이 활성화될수록 막대한 돈을 벌게 된다.

"결국 자선의 끝이 없는 거지. 상식적으로 생각해 봐. 어떤 나라들에는 그 나라 GDP의 몇 배에 달하는 자선 자금이 들어가. 그런데도 나라는 점점 망해 가지. 어째서일까?"

"그 돈이 해외로 가니까?"

"정답."

일단 굶겨 죽일 수는 없으니까 식량을 사 와야 한다.

하지만 그 가격이 절대 싼 건 아니다.

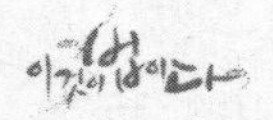

결과적으로 자선으로 들어온 대부분의 돈은 다시 나가서 몇몇 기업의 배를 채우는 데 들어간다.

"그리고 악순환이지."

무료로 나눠 주는 식량.

거기에 익숙해진 국민들은 일을 하려고 하지 않는다.

당연히 나라는 더 가난해지고, 자선이 끊어지면 나라가 무너지는 지경에 이른다.

"어째서 그렇게까지 하는 거야? 최소한의 자급자족을 시키면 되잖아."

"자원이니까."

"응?"

"의외로 자선사업가들은 그 나라가 발전하는 것을 원하지 않아."

노형진의 말에 손채림은 충격을 먹었다.

지금까지 자선사업이라고 하면 좋은 이미지 그리고 성실한 이미지를 가지고 있었는데, 발전을 싫어한다니?

"아니, 발전을 싫어한다고?"

"정확하게는 수뇌부지. 아래에서 열심히 일하는 대부분의 사람들은 그런 걸 몰라. 대부분은 그저 아래에서 한 명이라도 더 살려 보겠다고, 자기 돈을 내 가면서 열정 페이로 부려 먹힐 뿐이지."

노형진은 안타깝게 말했다.

그가 회귀 전 미국에서 일하면서 진짜 놀랐던 것 중 하나가, 자선사업을 하는 자들 중에 사이코패스나 소시오패스가 어마어마하게 많다는 것이었다.

그들은 국민을 위해서가 아니라 자신을 위해 가면을 쓰고 활동을 했다.

"어째서?"

"후원하는 나라가 발전하면 후원금이 필요 없어지니까."

손채림은 입을 다물었다.

부정할 수가 없었다.

후원금이 없으면 그들의 화려하고 부유한 삶도 끝이다.

"그리고 대부분의 선진국들도 빈국이 발전하는 것을 싫어해."

"어째서?"

"나라를 운영하는 데 필요한 건 돈이거든. 자본주의가 전 세계를 지배하는데 자선이라고 안 그러겠어?"

"그게 무슨 상관인데?"

"자원 문제가 걸려 있거든."

자선으로 들어오는 돈은 언제나 부족하다.

충분하게 들어온다고 해도 중간에 빼돌리는 놈들이 많아서, 결국은 부족하게 된다.

빈국들의 공통점이 바로 어마어마한 부패니까.

"그러면 부족한 걸 메꿔야 해. 그런데 문제는 돈이 나올 구멍이 없다는 거지."

물건을 팔자니 기술력도 달리고 품질도 안 좋다.

식량은 자기들끼리 먹기도 부족하다.

그럼 남은 것은 단 하나.

천연자원.

"문제는 지역사회가 발전할수록 자원의 소비도 늘어난다는 거야."

한국에서는 흔하게 보는 게 쇠지만 아프리카는 죄다 흙이다.

자연을 가공할 수도 없고, 대부분의 자원은 수출하니까.

"결국 빈국의 발전은 기업들의 제조 단가 상승으로 이어져."

"그……."

노형진의 말에 손채림은 멘붕이 왔다.

그간 알고 있었던 자선에 대한 개념이 무너지는 기분이었다.

"그래서 대부분의 자선 기업들은 알게 모르게 협약이 되어 있지."

빈국에 대한 발전을 지원하지 않는다.

그러기 위해 식량과 의약품 그리고 옷을 주로 지원한다.

"너도 옛날 생각해 봐. 좀 더 효율적인 사업을 하겠다고 나선 곳이 없었을까?"

"아…… 기억난다."

인터넷에서 몇몇 기업들이 그런 시도를 해 보기는 했다.

돈으로 주기보다는, 염소나 닭을 준다거나.

"바보 같은 짓이었지."

염소를 주면 뭐 하나, 거기에 키울 수 있는 기반이 없는데.

심지어 전 세계에 닭을 수출하는 나라에다가 닭을 키우라고 병아리를 주는 삽질까지 했다.

"와…… 진짜 염세주의 쩔게 만드는데? 아니, 사람이 어떻게 그럴 수가 있어?"

"그게 현실이야. 이번 행사에 참가한 사람들을 봐."

노형진이 말하면서 참가자 명단을 건넸다.

명단을 본 손채림은 어렵지 않게 참석한 사람들의 공통적인 특징을 알아냈다.

"제조업은 없네."

"그렇지?"

제조업은 충분한 규모를 가진 거대 기업들이 많다.

당연히 노형진은 그들에게도 초대장을 보냈다.

그래서 오기는 했다.

하지만 모든 목적이 밝혀진 후에 계획에 참가하겠다고 나선 제조업자는 하나도 없었다.

"전부 IT나 서비스 쪽 기업들이야."

"그들은 자원에 대한 압박이 없거든."

도리어 한 지역이 발전해서 IT나 서비스를 받게 되면 수익이 늘어나니까.

"음……."

손채림은 왠지 떨떠름한 표정이 되었다.

"그러면 넌 공장을 만들겠다는 거야? 하지만 그냥 둘까?"

필요하다면 공장을 만들 것이다.

하지만 그들은 그 지역이 발달하는 걸 그냥 두고 보지 않을 것이다.

노형진 스스로가 지금 말하지 않았던가?

"그냥 두지 않겠지."

노형진도 어깨를 으쓱했다.

"그러면?"

"일단은 그들의 무기부터 빼앗아야지."

노형진은 씩 웃었다.

"무슨 일을 하든 한 가지만 생각하면 돼. 그게 최우선이야."

"뭔데?"

"머리는 차갑게, 하지만 가슴은 뜨겁게."

그리고 노형진의 가슴은 어느 때보다 뜨거웠다.

먹고사는 문제가 우선이지

대룡은 빠르게 움직였다.

이미 이야기가 다 되어 있었던 데다가, 이미 같은 꼴을 당한 수많은 기업들이 적극적으로 손을 내밀었기 때문이다.

“어마어마하군.”

유민택은 그들이 내놓은 돈을 보면서 혀를 내둘렀다.

아무리 세계적 기업이라고 하지만 이 정도 돈을 내놓을 줄은 몰랐던 것.

“클래스 차이가 어디 가겠습니까?”

“비참하군.”

한국에서는 나름 크다고 자부하지만 본론으로 들어가니 도리어 대표직을 맡고 있는 게 미안할 지경이다.

"다행히 외국에서는 기업인들이 자선단체 대표자를 잘 맡지 않는 편이거든요."

"그런 것 같더군."

기업인이 손대면 문제가 생긴다고 해서 그런지 운영 자금을 구해 주는 서포터나 스폰서는 할지언정 직접 나서서 재단을 운영하는 경우가 많지 않은 것이 사실이었다.

그러다가 뒤통수를 허망하게 맞는 일이 너무 많다는 게 문제지만.

"그나저나 자네 진짜인가? 종묘 회사라니. 이건 좀 뜬금없는데?"

여기서 말하는 종묘 회사는 조선 시대의 종묘사직을 말하는 게 아니다.

바로 씨앗을 말하는 거다.

"유민택 회장님도 대부분 모르시지 않습니까?"

"그건 그렇지."

고개를 끄덕거리는 유민택.

"씨앗이라는 게 그렇게 중요한 줄은 몰랐네."

"맞습니다. 우리나라에서 사랑하는 대부분의 작물은 결국 해외 품종이지요. 대표적인 게 청양 고추죠."

"뭐? 청양 고추가 외국 거라고? 금시초문인데?"

깜짝 놀라는 유민택.

청양 고추는 한국인이 좋아하기로 유명한 매운맛을 내는

대표적인 재료 아닌가?

"외국 건데 어째서 청양 고추야?"

"간단합니다. 기업이 넘어간 거죠."

"아……."

한국의 종묘 회사를 집어삼키면 그 회사가 소유한 종자들은 외국 종자가 되는 거다.

그럼 그렇게 집어삼킨 기업에서 막대한 수익을 얻어 낼 수 있다.

"그런 게 한두 개가 아닙니다. 참외나 토마토 같은 것도 결국 다 외국에 로열티를 줍니다."

"참 좋은 사업 방법이기는 한데……."

사업가로서는 눈이 번쩍 뜨이는 방법이다.

물론 양심이 좀 걸리지만.

"자선사업이랑 종묘 회사랑 무슨 관계인가?"

"종묘 회사를 만들자는 게 아닙니다."

"이해가 안 가는데?"

"지금 식량 회사와 종묘 회사의 트렌드는 뭘까요?"

"뭔데?"

"질이죠."

"그게 나쁜 건가?"

"우리는 상관없습니다."

사실 일반적인 사람들 입장에서는 좋다.

더 많은 종류의 맛있는 음식들과 과일들을 맛볼 수 있다는 뜻이니까.

문제는 이런 종류는 보통 맛이 상승하면서 산출량이 적어진다는 것이다.

동일한 영양분을 한정된 열매에 공급하는 게 보통이니까.

"하지만 대부분의 빈국에서 필요로 하는 건 양입니다."

"통일벼 말이군."

한국에서 한때 엄청나게 생산된 품종.

하지만 이제는 누구도 먹지 않는 품종.

"하긴…… 그게 더럽게 맛이 없기는 하지. 나도 한때 그걸 먹고 살았으니까."

오로지 생산량 하나만을 목적으로 만들어진 품종.

그래서 맛이 없었고, 사람들이 살 만해지자 가장 먼저 없어진 품종이었다.

물론 마냥 욕할 수도 없는 노릇이다.

그 통일벼의 등장으로 국민들이 자급하면서 배부르게 먹을 수 있는 기반이 완성되었으니까.

"식(食)이라는 것이 모든 것의 시작입니다. 배가 고프면 아무것도 못 하니까요."

"그건 그렇지. 배고픔을 정신력으로 이기라는 것이 사실 개소리야."

"하지만 생산량만이 중요한 게 아니죠. 지금처럼 도리어 곡물이 넘치는 시대에는 말입니다."

"무슨 뜻인지 알겠군. 산출량이 적어지면 가격은 오르기 마련이지."

양보다는 질.

그렇다 보니 아무래도 산출량이 줄어든다.

그러면 빈국은 그걸 커버하기 위해 더 많은 자원을 내보내야 한다.

"그래서 종묘 회사들은 새로운 품종이 나오면 다른 걸 단종시킵니다."

종자가 사라진다?

아니다.

종자는 사라지지 않는다.

인간이 인공적으로 만든 것인 만큼, 인공적으로 없애지 않는 이상 말이다.

"단종시킨다?"

"결국 기업이니까요. 대룡도 마찬가지 아닙니까?"

"하긴."

신형 텔레비전이 출시되면 구형은 단종시킨다.

그게 더 단가가 싸지만, 기능에 별로 관심이 없는 사람들은 구형을 살 테고 결과적으로 수익이 떨어질 테니까.

나이 먹은 사람들은 스마트폰에 있는 수십 개의 기능을 다 쓰지 않는다.

하물며 젊은 사람들도 쓰는 기능만 쓴다.

그러니 기능이 많은 비싼 걸 팔기 위해서는, 기존의 하위 기종 폰을 없앨 수밖에 없다.

"그러니까 우리는 유전자조작이 안 되어 있는, 대량생산을 목적으로 하는 품종의 씨앗을 개발하는 겁니다. 맛이 좋으면 좋겠지만 우선순위는 그게 아닌 거죠."

무조건 척박한 환경에서도 잘 자라고 무조건 양이 많을 것.

"그거야 알겠네. 그런데 그게 무슨 의미가 있지? 물론 돈이야 많지만."

각 기업이 내놓은 돈은 어마어마하다.

충분히 새로운 씨앗을 연구할 수 있다.

하지만 그건 쉽지 않다.

그걸 연구하는 데에만 10년이 걸릴 수도 있다.

그리고 돈을 아무리 많이 밀어 넣는다고 해도 연구 기간이 확 줄어들지는 않는다.

"뭐, 장기적으로는 좋겠지만."

"장기적으로요?"

노형진은 코웃음을 쳤다.

사람이 죽어 가는데 장기적으로 연구하는 건 한계가 있다.

안 하는 것보다는 나을 테지만.

"전 오래가는 건 바라지도 않습니다."

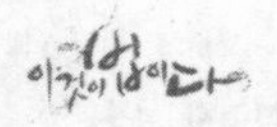

"뭐?"

"내년에는 바로 시작할 수 있을 겁니다."

"아니, 무슨……. 노 변호사, 연구라는 게 말일세, 그렇게 갑자기 진행되는 게 아니야. 게임처럼 돈을 두 배 넣는다고 연구 기간이 반으로 줄어드는 게 아니란 말일세."

"압니다. 그리고 제가 왜 굳이 그런 행동을 하겠습니까?"

노형진은 어깨를 으쓱했다.

"이미 있는데요."

"이미 있다고?"

"네."

이미 그런 품종이 있다.

다만 종묘 회사에서 생산을 하지 않는 것뿐이다.

왜냐?

돈이 안 되니까.

"우리는 그걸 꺼내 오면 됩니다."

"그건 종묘 회사에 있다면서?"

"맞습니다."

"그거 주려고 하겠어? 설마 이 돈으로 사려고?"

"아니요. 천만에요. 얼마나 비싸게 부를 줄 알고요."

노형진은 어깨를 으쓱했다.

"꺼낼 수밖에 없게 만들겠습니다."

노형진은 다음 날부터 열심히 사람들을 찾아다니기 시작했다.

사실 노형진뿐만이 아니라 다른 직원들도 사람들을 찾아다녔다.

뒤에 꼬리가 붙었지만 노형진은 속으로 웃을 뿐이었다.

"꼬리야 뭐 언제든 환영이지."

노형진은 씩 웃으며 눈앞에 있는 남자를 바라보았다.

"와서 씨앗을 연구해 달라고요?"

"네. 저희가 요구하는 건 세 가지입니다. 일단 생산량이 많을 것. 두 번째, 척박한 환경에서도 잘 자랄 것. 세 번째, 세대를 이어 갈 수 있을 것."

"으음……."

남자, 던필드는 묘한 표정이 되었다.

"세 번째 조건은 의외네요?"

던필드는 원래 모 종묘 회사에서 일하던 연구자였다.

정년퇴직을 하고 나온 지 얼마 되지 않았다.

그런데 그런 그에게 기업들이 만든 자선사업 단체가 접근한 것은 묘한 일이었다.

전혀 관련이 없었으니까.

그런데 요구 사항이 더 웃겼다.

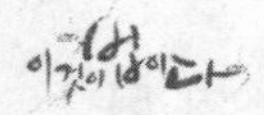

"첫 번째와 두 번째는 알겠는데, 세 번째는 지금까지 들어 본 적이 없는 요구라서요."

"왜요? 불가능한가요?"

"불가능할 리가 있습니까? 없는 걸 만들어 달라는 것도 아니고, 원래 있던 기능을 살려 달라는 것뿐인데."

노형진이 요구한 세 번째 조건, 대를 이어 가야 한다는 것은 사실 세 가지 조건 중에서 가장 필수적인 것이었다.

"우리가 매년 종자를 공급하는 건 무리가 있으니까요. 아시겠지만 우리는 자선단체라서요."

"하긴, 그렇겠네요."

자선단체라서 매년 종자를 공짜로 줄 수는 없다.

"그러니 자체 번식할 수 있게 해 주는 게 최선입니다."

사실 종묘 회사에서 파는 모든 씨앗은 특수한 처리로 자손을 만들어 낼 수가 없다.

그들이 자손을 만들어 내면 종묘 회사에는 치명적이기 때문에, 아예 번식 자체가 불가능하게 조작해 둔 탓이다.

"그 대신 저한테 지원을 해 주신다는 거죠?"

"네."

노형진은 고민하는 던필드를 보면서 속으로 웃었다.

'받아들일 수밖에 없겠지.'

미국은 회사를 그만두고 나면 말 그대로 나락으로 떨어지는 경우가 많다.

당장 수입이 없으면 못 버티니까.

그나마 연금 같은 게 있기는 하지만, 그것도 건강할 때나 의미가 있는 거지, 가족 중 누군가 교통사고라도 나면 그때는 끝장인 거다.

'그런데 얼마 전에 아내가 쓰러졌지.'

막대한 진료비가 드는 미국 특성상, 당장 집을 팔아도 수술비를 제외하면 남는 게 없다.

그가 연구에 끼어서 개발해 준다면?

노형진이 노리는 품질의 상품을 만들어 낼 수도 있다.

그는 어차피 전문 연구가다.

그러니 노형진이 손해 보는 건 없다.

물론 보험료가 좀 들겠지만, 그 정도도 감수하지 않으면 아무것도 못 한다.

"원하신다면 필요한 인원을 데리고 오실 수 있습니다."

"필요한 인원?"

"네."

"그러면……."

그는 잠깐 고민했다.

그와 같은 연구자들이 몇몇 있었다.

그들은 실적이 없다는 이유로 대부분 해직당했다.

"조건은 어렵지 않은데……."

그는 잠깐 고민하다가 고개를 끄덕거렸다.

"알겠습니다."

결국 던필드는 조건을 받아들이기로 했다.

사실 노형진이 요구한 조건은 생각보다 쉬운 것들이었다.

보통 맛을 강화하려고 하기 때문이다.

그런데 자체 생산이 가능하게 만들라니.

더군다나 노형진이 요구하는 것은 연구한 경험이 부족한 특용작물도 아니다.

감자, 고구마, 옥수수 같은 경험이 많은 작물들이다.

"감사합니다."

"그리고 말씀하신 대로 데리고 가야 할 사람이 몇 명 있는데……."

"걱정하지 마세요, 저희가 케어해 드릴 테니."

충분한 지원만 가능하다면 어렵지 않게 연구 결과가 나올 것이다.

"그러면 연구소는 언제부터 준비되나요?"

"현재 부지를 확보 중입니다. 3개월 이내에 준비될 겁니다."

"그러면……."

"아, 고용 자체는 다음 주부터 되는 걸로 할 겁니다. 그사이에는 공부를 좀 해 주시면 됩니다."

안도의 한숨을 내쉬는 던필드.

"그러면 나중에 뵙겠습니다."

"네, 감사합니다."

인사를 끝내고 나오는 노형진.

문 옆에 있던 엠버는 이상한 듯 물었다.

“시간이 좀 걸릴 텐데요?”

아무리 빨라도 10년 이상 걸리는 게 종묘 연구다.

지금 시작한다고 한들 품종을 연구하는 데 10년, 그리고 새로 개발한 종자를 뿌리는 데 아무리 빨라야 15년은 걸릴 것이다.

“아무것도 안 하면서 고혈을 빨리는 것보다는 나을 겁니다. 안 그런가요?”

“그건 그렇지요.”

고개를 끄덕거리는 엠버.

노형진의 말대로 그가 조사한 세계 자선사업 시스템은 개판이었기 때문이다.

“대부분의 돈을 거대 종묘 회사들과 의약 회사들에서 가지고 가고 있었다니. 전 전혀 몰랐습니다.”

“의식주, 이 세 가지가 필수니까요.”

사람들이 아무리 열심히 기부해도 결국 그 돈은 자본주의의 산물이다.

당연히 그 돈은 식량을 사기 위해 그들의 주머니로 들어갈 수밖에 없다.

“하지만 이제는 아닐 겁니다.”

“하지만 10년입니다. 그동안 기부가 끊어지면 얼마나 많은 사람들이 죽을지…….”

노형진은 고개를 흔들었다.

“상당수 자금이 이쪽으로 넘어오기는 했지만 기부가 아예 끊어지지는 않을 겁니다. 그리고 10년씩이나 안 갑니다.”

“네?”

“10년 안 간다고요. 애초에 기술이 그 정도 필요한 것도 아니고요. 새로운 품종 개발이라는 게 살짝 허상이 있거든요.”

“허상? 이해가 안 가네요.”

“후후후, 비밀입니다. 두고 보시면 됩니다.”

“그건 그렇다고 해도, 그걸로 세상을 바꿀 수 있다고 하시는데 어째서 그런 거죠? 하나의 씨앗일 뿐인데.”

“제가 던필드에게 요구한 세 번째 조건, 그게 세상을 뒤흔들 테니까요.”

엠버는 이해하지 못하고 고개를 갸웃했다.

“어째서요? 그냥 자기들끼리 씨를 뿌릴 수 있다는 것 아닌가요?”

“맞습니다.”

노형진은 미소를 지으며 말했다.

“그리고 그게 세계 곡물 회사들이 가장 두려워하는 조건일 겁니다.”

세계적인 곡물 회사 도티스.

그곳에서는 얼마 전에 들려온 소식에 긴급회의가 연일 계속되고 있었다.

극비리에 열리는 긴급회의의 분위기는 결코 좋지 않았다.

"확실한 겁니까, 그놈들이 품종을 연구한다는 게?"

"네."

"으음……."

이름도 정해지지 않은 자선단체.

그곳에서 발표한, 새로운 품종의 씨앗 개발.

그건 최악의 경우 도티스의 파산으로도 이어질 수 있는 문제였다.

"그들은 유전자조작 씨앗 대신에 재생산이 가능한 씨앗을 만들기로 했습니다."

"미친놈들. 그게 무슨 뜻인지도 모르고."

이사 중 한 명이 창백한 얼굴로 말했다.

"시간은 얼마나 걸릴 거라 생각합니까?"

"아무리 길어도 3년이라고 생각합니다."

다들 창백한 얼굴이 되었다.

그럴 수밖에 없는 게, 특허라는 것에는 함정이 있기 때문이다.

"유전자조작 씨앗은 특허를 내 둔 상태입니다만, 그 특질을 없애면 전혀 새로운 상품이 됩니다."

특허를 받은 대부분의 씨앗들은 2차 생산이 불가능하게 조작된 상품들이다.

"하지만 그 조작을 없애면 그때는 특허받은 상품과 완전히 다른 상품이 되지요. 그리고 이번에 고용된 대다수의 사람들은 그 작업에 관여했던 이들입니다. 2차 생산 배제를 없애기 위해 장비를 구하고 시설을 확보하는 시간까지 포함해도 3년입니다."

으드득, 이를 가는 사람들.

"우리가 먼저 개발해서 특허를 내면 안 됩니까?"

"의미가 없습니다. 어떤 식으로 바뀔지도 모르고……."

방대하다 못해 상상도 못 할 세계가 바로 유전자의 세계다.

이쪽에서 직접 연구해서 특허를 낸다 해도 유전적으로 동일하지 않으면 의미가 없다.

더군다나 뭔가 바뀌는 게 아니라 그냥 원래 있던 기능을 살리는 것뿐이다.

씨앗이라는 것은 생산이 가능한 것이 자연계의 상식.

막았던 기능을 다시 살렸다고 해서 특허가 나올지는 모를 일이다.

"더군다나 자금에서 차이가 엄청 심합니다."

"심하다고요? 우리가 주는 돈이 적진 않을 텐데요?"

"우리 기준으로는 그렇지요."

곡물 시장은 트렌드가 많이 바뀌는 곳이 아니다.

먹고사는 문제도 있지만, 사람들은 익숙한 맛을 추구하기 때문이기도 했다.

아예 맛이 없다면 대책이 없지만 말이다.

"하지만 그들은 우리의 연구 예산의 네 배 이상을 쓸 수 있습니다."

"네 배……."

동일하게 시작한다고 해도 저들이 훨씬 빨라진다는 소리다.

두 배씩 빨라지는 건 아니지만 10%만 빨라도 특허에서는 그들이 유리하다.

"최악의 상황입니다."

대표 자리에 앉아 있는 사람 중 한 명이 나지막하게 입을 열었다.

"도대체 어쩌다가……."

사실 이들이 이렇게 두려워하는 데에는 이유가 있다.

일단 자급이 가능해지면 자신들의 판매량이 어마어마하게 줄어들 수밖에 없기 때문이다.

그러면 자연스럽게 수익률이 떨어져서, 도티스는 가격을 올려서라도 수익을 보전할 수밖에 없게 된다.

"그러면 그때 그들이 치고 나올 겁니다."

그들, 그러니까 빈곤한 국가들에 충분한 씨앗이 보급된다면 그들이 식량 생산을 할 수 있게 된다.

자신들의 판매처에서 자신들과 싸우는 경쟁 기업이 되는 셈이다.

"거기에다 그들은 씨앗을 살 필요도 없지요."

즉, 자신들이 그걸 통제할 수도 없다는 것.

더 큰 문제는 그 이름도 정해지지 않은 놈들이다.

"그들이 양보다 질을 연구할 수도 있지요."

딱 봐도 저들이 노리는 건 하나다.

근본부터 고치겠다.

그 근본부터 고치려면, 당연히 자립할 수 있는 작물도 연구할 것이다.

사실 연구하지 않아도 어느 순간 튀어나올 수도 있다.

교잡했을 때 형태를 예측할 수 없으니까.

"우리가 압력을 행사해서 방해하는 건 가능하겠습니까?"

"불가능합니다, 아예 우리 쪽과는 관련이 없어서."

대부분이 서비스나 IT 기업들이다 보니 자신들과는 관련이 없다.

더군다나 그들의 규모는 절대 작지 않다.

오히려 그들이 뭉치면 도리어 자신들을 잡아먹을 수도 있는 규모다.

몇몇 기업은 혼자서도 자신들을 망칠 수 있는 규모이고 말이다.

"더군다나 그들의 뒤에는 미다스가 있습니다."

"미다스라……."

전 세계 금융계의 보이지 않는 손.

베일에 가려진, 실패를 모르는 투자자.

그리고.

"자기한테 밉보인 곳을 살려 둔 적이 없는 자죠."

"으음……."

곡물 기업은 많다.

누군가를 밀어줘서 자신들에게 대항하게 하려고 한다면 난리가 날 것이다.

"우리끼리 뭉치는 건 어떻습니까?"

"그건 아닙니다. 아시겠지만 곡물 기업이 뭉치는 걸 정부에서 두고 볼 리 없습니다."

곡물.

사람이 먹을 수밖에 없는 것.

그 말은, 그 자체가 무기라는 뜻이다.

"어느 정도의 담합은 모른 척하겠지만 이건 아닙니다. 설사 두고 보려 한다 해도, 그들이 로비를 안 할까요?"

"……."

"로비력은 우리가 훨씬 부족합니다."

상대 기업들이 로비를 하게 되면 불리한 건 자신들이다.

"그렇다고 가만히 두고 볼 수는 없지 않습니까?"

늦어도 3년 안에 관련 작물이 나올 테고, 5년 후면 무서운 속도로 퍼져 나갈 것이다.

"10년 안에 우리의 매출은 절반 이하로 떨어질 겁니다."

아프리카를 비롯한 빈국들에 들어가는 식량이 소비되지 않으니 생산량도 줄여야 할 테고 말이다.

"이건 곤란한 일입니다."

침묵이 흐르는 회의실.

"일단 대비책은 하나 있습니다."

"있다고요?"

"네. 우리가 그 시장을 선점하는 겁니다."

"선점?"

"비슷한 품종은 있습니다. 물론 유전자조작이 되어서 재생산은 불가능하지만요."

"그걸 뿌리자?"

"네."

맛은 없다.

하지만 생산량은 많다.

그리고 그 품종은 가격이 무척이나 싸다.

그건 수익률이 낮다는 뜻이다.

그래서 이쪽에서 고의적으로 시장에서 퇴출시킨 품종이었다.

"으음……."

"일단 우리가 그 시장을 선점하고, 그들이 들어올 시장을 틀어막는 겁니다.”

“하지만…….”

“결국 그들이 들어올 시장입니다.”

안 들어온다면 고맙겠지만, 그럴 리 없다.

“식량 자체를 수출하지 않겠다고 하면…….”

“세계적인 지탄의 대상이 될 겁니다. 그리고 아까도 말씀 드렸다시피 우리가 식량을 무기처럼 쓴다는 말이 나올 텐데, 그러면 좋은 꼴은 못 봅니다.”

한번 그런 짓을 하면 각 기업은 장기적으로 자신들과 거래하지 않으려고 할 것이다.

여차하면 자신들이 무기처럼 휘두를 거라는 걸 알 테니까.

“망할 놈들.”

회의 결과는 비참했다.

하지만 답은 하나뿐이었다.

“진짜로 씨앗을 뿌렸어?”

손채림은 어이가 없었다.

자신들이 발표한 지 얼마 되지도 않았음에도 불구하고 식량 업체와 종묘 업체에서 저가형 씨앗을 판매하겠다는 발표를 하기 시작했기 때문이다.

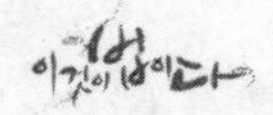

"없는 게 아니라고 했잖아."
노형진은 어깨를 으쓱했다.
예상대로였다.
"저들 입장에서는 우리가 자급이 가능한 씨앗을 공급하는 게 가장 두려운 일일 거야."
"아니, 자급이 가능한 씨앗이 없는 게 아니잖아?"
"그래. 문제는 그 씨앗의 성분이지."
지금도 한국에 자급 가능한 씨앗이 없는 게 아니다.
자연 그대로의 씨앗은 누구의 소유도 아니니까.
"하지만 그런 씨앗은 생산량도, 맛도 부족해. 상품으로 파는 데에는 한계가 있지."
"아……."
"그러니 상품으로 팔기 위해서는 어느 정도 개량한 종이 필요해."
지금까지는 모든 기업이 수익을 생각하면서 그 개량종을 만들었기 때문에 2차 생산을 틀어막았다.
"하지만 그러지 않는 개량 업자가 나타났지. 그들로서는 불리한 싸움을 시작한 거야."
보통 이런 싸움에서 상대방을 찍어 누르는 건 돈이다.
"하지만 이제는 이쪽도 돈이 있다는 거야."
"경쟁자라는 거구나."
"그래. 모든 시장은 경쟁자가 생기면 일종의 싸움이 시작되는 법이지."

한쪽은 공짜로 씨앗을 뿌려도 되는 쪽, 다른 한쪽은 그렇지 않은 쪽.

"거기에다 우리 쪽은 그들처럼 자금의 압박이 오지 않거든."

저들이 100만 톤의 식량을 생산하기 위해서는 매년 그에 걸맞은 씨앗을 공급해야 한다.

하지만 자신들은?

"그냥 한 번만 공급하면 되는 거야."

그다음 해부터는, 지난해 생산분 중 일부가 씨앗이 될 테니까.

"그들이 생산에 투자해야 하는 자산을 우리는 연구 개발에 투자할 수 있는 거지."

노형진은 키득거렸다.

물론 돌아오는 것도 없지만, 애초에 돌아오는 걸 원하지 않으니까 자선사업인 것 아닌가?

"물론 누군가는 마음에 안 들겠지만."

노형진은 눈을 살짝 찡그리면서 문을 바라보았다.

그때 그 문으로 누군가 들어왔다.

"어서 오십시오."

"안녕하십니까? 한국 라이트비전의 최하수라고 합니다."

나이가 지긋한 남자는 노형진에게 인사를 건넸다.

하지만 그의 눈은 그다지 우호적이지 않았다.

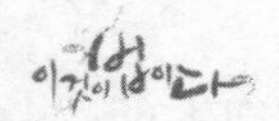

"어쩐 일이신지?"

"이번에 대룡에서 저희 쪽에 대한 기부를 철회한 걸로 알고 있습니다만."

"그렇습니다."

"이유를 알고 싶네요?"

"이유야 공문으로 보내 드렸다시피……."

이유는 간단했다.

외부감사.

대룡은 자신들이 기부하던 곳에 대한 외부감사를 자신들이 하겠다는 의견을 보냈다.

그런데 그 수많은 곳들 중에서 단 한 곳도 그걸 허락하지 않았다.

"대룡은 사용 내역이 정당한 곳이라면 문제 삼지 않기로 했습니다만."

그 말은, 문제가 있다면 당연히 그 지원을 끊겠다는 뜻이었다.

"하지만 그건 심각한 간섭입니다."

"간섭할 수밖에 없는 상황이니까요. 요즘 워낙 믿음이 가지 않는 사람들이 많아서요."

노형진은 최하수를 힐끗 보면서 말했다.

그의 얼굴이 약간 당황한 듯 보였다.

'그렇겠지.'

한국 라이트비전은 노형진이 아는 곳이다.

이번에 사고를 친 곳은 아니지만, 알게 모르게 기부금을 횡령하는 곳이기도 했고.

'기부금으로 특정 정당과 특정 정당 의원의 선거 자금을 대 주기도 했지.'

감사를 하긴 하지만, 애초에 감사하는 인간들도 대부분 비슷한 놈들이기 때문이다.

외부의 공신력 있는 감사기관에 감사를 맡긴 적이 없으니 개판일 수밖에 없었다.

"저희 쪽 의견은 간단합니다. 감사를 받아 주시면 됩니다."

"그건 곤란합니다."

"그러면 지원은 없습니다."

"그러면 지금까지 지원을 받아서 생계를 유지하던 많은 아이들의 생명이 위험해집니다."

'이럴 줄 알았다.'

자기들이 불리하면 꼭 아이들의 생명 운운하면서 도움을 강제한다.

하지만…….

'그러면 그 돈으로 룸살롱에 가지 말란 말이다.'

그 돈으로 룸살롱에 다니면서 생명 운운하다니.

물론 그렇게 따질 수는 없는 노릇.

"그러면 그 아이들의 연락처를 주십시오."

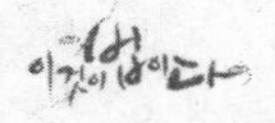

"네?"

"당장 그 아이들의 생명이 위험한 만큼, 저희 대룡에서 직접 아이들을 지원하는 방향으로 하겠습니다."

최하수의 얼굴이 살벌하게 일그러졌다.

"왜요? 감사도 아니고, 그 정도도 못 해 주실 이유라도 있나요?"

"그건 아닙니다만, 그건 개인 정보라서 못 드립니다."

"그러면 아이의 동의를 받아서 주시면 됩니다."

"그건 곤란합니다."

"어째서요?"

"대부분 아프리카에 있어서요."

"저희는 기꺼이 거기에 사람을 파견할 생각이 있습니다."

노형진은 싱글거리면서 웃었다.

'내 얼굴을 한 대 후려치고 싶겠지.'

물론 도와주기는 했을 것이다.

최소한으로 말이다.

'진짜로 좋은 일을 하는 사람들까지 욕먹게 하고 싶지는 않지만, 너희 같은 인간들은 진짜 지옥이 있으면 거기로 떨어져야 해.'

보수도 못 받고 전쟁터로 향하는 의사들.

죽을 각오로 사람을 돕기 위해 들어가는 자원봉사자들.

모든 걸 버리고 인생을 희생하는 종교인들.

그 많은 사람들이 저런 사기꾼들 때문에 도리어 의심받고 고통받으며 제대로 지원받지 못한다.

반면에 저들은 아이들을 팔아서 받아 낸 돈으로 술 먹고 여행 다니며 예우를 받는다.

"우리는……."

"아까도 말했습니다만."

노형진은 최하수의 말을 잘랐다.

길게 이야기할 필요도 없었고, 그럴 생각도 없었다.

"저희가 감사를 하겠습니다. 한 번만 허락해 주시면 지원은 제대로 들어갈 겁니다."

간단한 조건이다.

그걸 외부에 공표하겠다는 것도 아니고, 그냥 그간의 기록만 보겠다는 것이다.

"후회할 겁니다."

하지만 최하수는 뜬금없는 말만 했다.

"후회요?"

"대룡은 이미지가 아주 좋은 기업입니다. 그런데 자선사업을 거부했다는 걸 알면 국민들이 어떻게 생각할까요?"

"허?"

옆에서 조용히 듣고 있던 손채림은 어이가 없어서 눈을 부릅떴다.

"지금 그걸 말이라고 해요?"

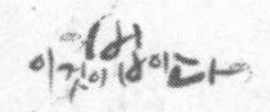

"사실을 말하는 겁니다. 사실을."

노형진에게 비릿한 웃음을 날리는 최하수.

조금 전의 사람 좋은 미소가 아닌, 비웃음으로 가득한 그의 얼굴.

"네, 우리가 뭐 쪼금 마음대로 쓴 건 인정합니다. 하지만 살다 보면 그럴 수도 있는 거지요. 그런데 그걸 가지고 뭐라고 하는 건 너무한 거 아닙니까? 룸살롱은 당신들도 다니잖아요?"

빈정거리는 최하수.

손채림은 구역질이 난다는 표정으로 그를 바라보았다.

그리고 노형진은 눈을 찌푸렸다.

"그건 부정할 수 없겠지요. 하지만 최소한 그들은 자기 돈으로 다녔습니다만?"

"우리도 우리 돈으로 다닙니다."

"그 돈이 어째서 당신들 돈입니까?"

"우리 주머니로 들어오면 우리 돈이지요."

빈정거리는 최하수.

노형진은 더 이상 그의 말에 대꾸하지 않았다.

그럴 가치도 없었다.

"나가세요."

"뭐요?"

"나가시라고 했습니다. 좀 고상한 언어로 말씀드리면 축

객령입니다. 나가지 않으시면 경찰을 부르겠습니다. 법적인 용어로 말씀드리자면, 현 시간부로 나가시지 않는 경우 불법 침입에 해당되어 법적인 처벌을 받으실 수 있습니다."

"너희들……."

최하수는 얼굴이 붉으락푸르락해지더니 바깥으로 나가 버렸다.

"저거 왜 저래?"

"애초에 좋은 꼴을 보여 줄 수 있겠어? 지금 저들은 수백억의 지원금이 날아가게 생겼는데."

대룡이 일단 시작했지만, 전 세계 기업들이 노형진이 구상한 대로 지원하기 시작하면 자연스럽게 저런 식의 자선사업체들은 망할 수밖에 없다.

"하지만 이해가 안 가잖아. 그래도 라이트비전이면…… 유엔 산하의 자선단체 아니야?"

손채림이 놀라는 데에는 다 이유가 있었다.

라이트비전은 유엔 산하에 있는 단체로, 유엔의 관리를 받는 곳이다.

그런데 저런 식으로 행동하다니.

"엄밀하게 말하면 '대리점'이야."

"뭐?"

"유엔 산하의 '대리점'이라고."

"대리점? 내가 아는 대리점? 이해가 안 가는데?"

"간단하게 말하면 이름만 빌린 거지."

가령 직영점은 본사에서 물품을 공급받고 동시에 본사의 관리를 받는다.

반면에 대리점은 그 지역에 대한 공급계약을 체결하고 직접 물건을 받아다가 팔아서 수익을 남기는 구조다.

즉, 대리점은 기업의 일부라기보다는, 기업에서 이름만 빌려서 활동하는 별개의 기업으로 봐야 하는 것이다.

"그런데 대리점이라고?"

"그래. 물론 유엔에 라이트비전이라는 단체가 있는 것은 맞아."

하지만 한국을 비롯한 상당수 지역의 라이트비전은 일정 이상 기부금을 내는 조건으로 그 이름을 빌려 쓰고 있다.

"그러니까 그 기부금 외에는 마음대로 쓸 수 있는 거지."

한국에 세계적인 자선단체가 많은 이유 중 하나다.

진짜 그들이 운영하는 게 아니라, 그 이름을 빌려서 한국지부라고 한 후에 기부금을 많이 받는 것이다.

"요즘은 착한 일 하려고 해도 머리를 써야 하는 시점이야. 사기꾼은 나날이 발전하거든."

"끄응…… 그건 알겠는데, 그러면 어쩌지? 저 녀석들이 무슨 짓이든 하려고 할 텐데."

아마도 대룡이 기부를 거부했다는 식으로 뒤집어씌우면서 언플을 하려고 할 것이다.

"그게 저들이 진짜가 아니라는 증거야."

기부란 자발적으로 하는 것이다.

저들이 권하거나 부탁할 수는 있지만, 강요하거나 안 해준다고 보복할 수는 없다.

"보복한다는 것 자체가 기부가 아니라 이권이라는 거지."

"어찌 되었건 대부분의 국민들은 그런 구조를 모르잖아. 저들이 안 좋은 소리를 하면 국민들이 안 좋게 생각할 텐데……."

아무리 대룡이 이미지가 좋다고 하지만 사회단체들에 비할 수는 없다.

그러니 사회단체가 물어뜯기 시작하면 불리한 것은 대룡이다.

노형진은 씩 웃었다.

"아 다르고 어 다른 게 세상이야."

"응?"

"아까 최하수가 뭐라고 했지?"

"어…… 너희도 룸살롱 간다고?"

"그래. 그리고 그 말은……."

노형진은 씩 웃었다.

"최하수도 룸살롱에 다닌다는 거지."

"하지만 최하수가 룸살롱에 다닌다고 인정할까?"

인정할 리가 없다.

노형진은 씩 웃었다.

"인정하지 않겠지. 그렇지만 이 세상에, 룸살롱에 혼자 술 마시러 가는 남자는 없어."

"그러면 다른 친구?"

"친구라……."

노형진은 고개를 끄덕거렸다.

"친구라고 볼 수도 있겠지. 아주 친한 친구, 후후후."

⚖

인터넷 방송이라는 것.

그건 단순히 프로그램을 공급하는 것으로 끝나지 않는다.

인터넷 방송의 핵심은, 누구에게도 압력을 받지 않고 방송이 가능하다는 것이다.

그리고 그 인터넷 방송국의 주인은 다름 아닌 대룡이었다.

대룡의 힘을 잘 알지 못했던 라이트비전.

그곳은 생각지도 못한 상황에 처했다.

–아…… 그분요? 음…… 변태예요, 변태.

–한 번 오면 적어도 돈 천만 원은 쓰고 다니세요.

–한 번에 여자 두세 명 끼고 방에 들어가요.

–그런데 좀 토끼라, 들어올 때 성인용품을 가지고 와요.

–솔직히 기부금으로 그러는 거 마음에 안 들죠. 그래도 어쩌겠어

요, 돈인데.

여자들이 방송에 나와서 하는 말, 그리고 그 아래에 뜨는 증언들.

—이번 증언은 대역과 가명을 사용하여 보여 드리는 증언입니다.

대룡의 선빵.
그건 단순히 아픈 정도가 아니라 최하수를 휘청거리게 만들었다.
"뭐야, 이거?"
대역과 가명을 써서 누군지 알 수는 없다.
하지만 세계적인 자선단체의 C 모 씨라는 사람 중 토끼이면서 성인용품을 쓰는 사람이 자신이라는 것쯤은 최하수도 알 수가 있었다.
"저거 뭐야! 저거 뭐냐고!"
최하수는 길길이 날뛰었다.
"회장님, 중요한 건 그게 아닙니다."
"중요한 게 그게 아니라니! 이것보다 더 중요한 게 어디 있어!"
"더 보셔야 합니다."
녹화본을 틀어 준 직원은 진땀을 흘렸다.

물론 지금 터진 일만 해도 어마어마한 충격이다.
하지만 진짜 충격은 그 뒤에 있었다.

—그러니까 유엔이 한국의 정치에 적극적으로 관여하면서 조종한 것이 사실인가요?

"뭐?"
말도 안 되는 충격적인 소리에 혼이 나가는 최하수.
하지만 혼이 나간 것은 최하수뿐만이 아니었다.

—절대 아닙니다. 우리 유엔 라이트비전은 정치적 중립을 엄중하게 지킵니다.

자선단체가 정치적 중립을 잃어버린다는 것은 결국 그 단체의 폐쇄로 이어질 수밖에 없는 중요한 사안이다.
더군다나 그저 그런 단체도 아니고 유엔 산하의 단체가 그랬다는 것은, 유엔 자체가 뒤흔들릴 수도 있는 심각한 문제였다.

—하지만 해당 단체가 대한민국의 정치에 관여한 증거가 한두 개가 아닌데요.
—네? 그럴 리가요!

유엔의 담당 직원은 말도 안 된다고 손사래를 쳤다.

하지만 증거가 들이밀리자 얼굴이 사색이 되었다.

특정 정당과 정치인에 대한 자금 지원 및 특정 정치단체에 대한 지원, 회사 내 특정 세력을 지지하는 사람들에 대한 지원과 반대 세력에 대한 불이익을 주는 행동 등, 증거가 한두 개가 아니었다.

—이 정도면 사실상 대한민국의 정치를 유엔에서 조종하려고 했다고 봐야 합니다만?

—자, 잠시만요……. 이건…… 확인해 보겠습니다……. 확인을…….

패닉에 빠진 직원은 다급하게 일어났다.

그리고 시간이 좀 지났다는 안내 이후에, 다른 직원이 등장했다.

아까 그 사람보다 훨씬 직급이 높아 보이는 남자는 곤혹스러운 표정으로 말했다.

—이번 사태에 대해 참으로 안타깝게 생각합니다. 하지만 유엔의 한국 정치에 대한 관여는 없었습니다.

—그러면 이 증거들은 뭔가요?

—해당 단체는 저희 유엔 산하 라이트비전이라는 자선단체입니다. 그들은 일정 후원금을 내는 조건으로 저희들의 이름을 빌려 쓰고 있

으며, 그것 외에는 저희들과 아무런 관련이 없는 별개의 조직입니다.

—별개의 조직?

—그렇습니다.

그 말을 들은 최하수는 그대로 바닥에 털썩 주저앉았다.

⚖

"내정간섭이라……. 이거 임팩트가 장난 아니군."

유민택은 뉴스를 보면서 웃으며 말했다.

"노린 거니까요. 그냥 '소속 단체입니까?' 하고 말하면 임팩트가 없잖습니까?"

소속 단체냐고 공문으로 물어보고 아니라고 대답하는 과정은, 재미도 없고 사람들의 관심도 끌 수 없다.

"하지만 내정간섭이라는 말은 강도가 다르죠."

다른 곳도 아닌 유엔에 의한 내정간섭.

이게 진짜라면 전 세계가 흔들릴 만한 일이다.

벌써 몇몇 나라의 뉴스는 의심의 눈초리를 보내고 있었고, 유엔은 그에 대한 변명을 하기에 급급했다.

"어찌 되었건 저들에게는 내정간섭 세력이라는 딱지가 붙었고요."

"국민들은 두 눈을 부릅뜨고 뚫어지게 보고 있고 말이지."

“네.”

“저들이 우리한테 돈 달라는 소리는 못 하겠군.”

노형진은 피식 웃었다.

“고작 그걸로 끝내려고 했다면 제가 유엔까지 취재하라고는 하지 않았을 겁니다.”

“고작?”

“다른 계획이 있으니까요.”

“다른 계획?”

“이미 진행 중입니다. 보시겠습니까?”

노형진은 인터넷에서 뭔가를 찾아서 보여 줬다.

그걸 본 유민택은 얼굴이 딱딱해졌다.

“이거…… 후원 기업 명단 아닌가?”

“네. 보시다시피 대룡도 명단에 들어 있습니다.”

“아니…… 어째서?”

좋은 이미지가 아닌 곳이다.

그런 만큼 명단에 올라가면 이미지가 일부 망가지는 것은 어쩔 수 없다.

물론 이번에는 자신들이 속은 것이기는 하지만, 그렇다고 해도 타격이 없을 수는 없다.

“살을 주고 뼈를 취하기 위해서죠.”

“살을 주고 뼈를 취한다?”

“네. 만약 여기서 돈만 안 주는 선에서 끝낸다면, 저들이 어쩔까요?”

“우리를 건들지는 못하겠지.”

“우리는 못 건드릴 겁니다. 하지만 저들 뒤에 있는 자들이 우리를 건들겠지요.”

“아…….”

저들은 특정 세력을 지지해 주고 있다.

당연히 그 특정 세력이 그냥 넘어갈 리 없다.

“그들 때문에라도, 우리뿐만 아니라 기업들도 잘라 내야 합니다.”

“그들이 힘을 잃어야 한다 이거군.”

“네.”

거기에다가 다른 기업들까지 빠지게 되면, 아무리 그들이 보복하고 싶다고 해도 할 수가 없다.

빠졌다는 이유로 보복하면, 같은 이유로 보복당할 것을 두려워하게 된 기업들이 힘을 합쳐서 반격할 테니까.

“그리고 우리는 적당한 핑계도 있으니까요.”

그 이유는 국민들이 만들어 줄 것이다.

“우리는 이제 기다리면 됩니다, 후후후.”

생명보다 비싼 약들

노형진의 예상대로 후원 기업들은 매일같이 전화로 욕을 먹었다.

물론 대룡도 마찬가지였다.

심지어 불매운동까지 벌어지는 판국이었다.

"의외로 반향이 크네."

손채림은 고개를 갸웃했다.

자선단체의 비리가 걸린 게 한두 번이 아닌데, 이번만큼은 전 국민이 나서서 때려죽일 듯이 덤비고 있었기 때문이다.

"처음이니까."

"응?"

"자선단체가 그 돈을 엉뚱한 데 쓰는 건 한두 번 있었던 일이 아니야. 익숙해졌다고 해야 하나?"

"그런가?"

"그래. 그래서 사람들은 일정 부분 인정해 주는 그런 게 있어. '그래, 이 정도는 너희 마음대로 써라.' 하는 거지. 하지만 그걸 자기가 마음대로 쓰는 것과 정치에 끼어드는 건 전혀 다른 문제야."

애초에 그들이 자선단체에 기부금을 낸 이유는 자신보다 못한 사람들을 돕기 위해서였다.

그런데 그 돈을 정치자금으로 정치인들이 쓴다?

기부금을 낸 본인이 그 정당을 지지하는가 아닌가는 둘째 문제일 뿐이다.

"거기에다 이번 일은 아까 말했다시피 자선단체의 정치적 중립위반이야. 그것도 유엔이라는 국제단체가 끼어 있으니 분노하지 않을 수가 없는 거지."

"그게 중요해?"

"중요한 거지. 너 국제단체가 알게 모르게 특정 정치 세력을 지원한다는 거 들어 봤어?"

"에이, 설마."

"설마가 현실이야."

"뭐?"

"특히 독재국가에서 그런 성향을 보이지."

깜짝 놀라는 손채림.

설마 그럴 줄은 몰랐던 것이다.

"그럴 수밖에 없어. 독재국가의 경우는 무력을 가지고 있으니까. 결국 안전을 위해서라도 그들과 협력하는 수밖에 없지. 그들에게 들어가는 돈도 적지 않고."

"으음……."

"그래서 100만 달러를 그 지역에 주면, 이것저것 다 빼고 20만 달러만 가는 거야."

"그런 일이 한국에서 벌어진다 이거구나."

"그래. 한국이 독재국가나 마찬가지라는 거지."

물론 억측이라고 할 수도 있다.

하지만 제삼자에게 지배받는다는 것을 좋아할 사람들은 없다.

"결과적으로 그런 분노 때문에 우리만 유리해졌잖아?"

매일같이 두들겨 맞는 상황인 데다가 그 특정 정당을 제외한 정당들도 명백한 선거법 위반에 내정간섭인지라 거품을 물고 달려들었다.

이 상황에서 지원을 할 곳도 없다.

"그리고 이건 소송이 가능하지."

"응? 그게 무슨 소리야? 돈 달라고 못 한다며?"

"그래, 준 돈을 달라고는 못 해."

무조건성 증여니까.

"하지만 그들의 행동으로 인해 엉뚱한 오해를 받았지. 그리고 그로 인해 기업의 이미지가 타격을 입었어. 그러면?"

"손해배상 청구가 가능하구나."

"얼마 되지는 않겠지만 말이야."

얼마 되지 않을 거라는 건 안다.

중요한 건 그 목적이다.

일단 소송을 시작하게 되면 안 그래도 자금이 부족한 그들을 더욱 압박할 수 있다.

이미 그들을 도와주는 사람들은 아예 없어져 버렸고, 그들의 감사는 피할 수 없는 현실이 되어 버렸다.

"아마 최소한 라이트비전은 사라질 거야."

유엔에서도 기부금을 받고 이름을 빌려주는 행동에 대해 감시를 붙이기 시작할 것이다.

한 번은 실수지만 두 번부터는 고의니까.

"자발적으로 깨끗해지면 좋을 텐데."

"역사적으로 말이야."

노형진은 머리를 북북 긁었다.

"자발적으로 깨끗해지는 거 봤어? 내가 아는 인간은 그런 존재가 아니거든."

"하긴, 부정은 못 하겠다."

변화는 언제나 외부에서부터 시작된다.

자발적으로 정화해서 정치를 바로 세운다?

말도 안 되는 개소리다.

물론 기적적으로 한두 명은 그럴 수 있다.

하지만 타락한 조직에서 한두 명이 깨끗해져 봐야 그 조직에서 퇴출될 뿐이다.

"세상에서 가장 병신 같은 말이 자발적으로 통제하겠다는 거야."

무슨 문제만 터지면 조직들, 특히 정치 관련 조직들은 자발적으로 통제하겠다고 한다.

하지만 언제나 시간이 지나면 흐지부지되고 그 피해는 국민들이 입는다.

"이번에는 자발적인 게 아니니 좀 바뀌겠지만."

"뭐, 그건 시간이 지나면 알겠지."

손채림은 주차장으로 들어가면서 건물을 바라보았다.

제법 커다란 건물이다.

그녀는 그 건물을 보면서 나지막하게 말했다.

"복제 약이라……."

"왜, 불안해?"

"아니, 좀 그렇잖아. 복제라니 성능이 떨어질 것 같아."

"그렇지 않아. 복제한다고 해도 결국 실험은 해야 하거든."

"그래?"

"그래."

복제 약.

복제 약은 기존의 약을 복제한 약을 뜻한다.

영어로는 Generic이라고 하는데, 복제를 한다고 해도 결국은 똑같은 약이라는 동질성 검사를 해야 한다.

"약의 특허 기간은 20년이지. 하지만 보통 임상 실험에 들어가기 전에 특허를 받아야 해서 그 기간을 빼고 나면 보통 약이 발매된 후에 길어 봐야 10년이야."

그래서 보통 10년이 지나면 그 약의 특허는 끝나고 다른 기업들에서 복제 약을 생산할 수 있게 된다.

"그런데 왜 자선단체에서 쓰는 약은 복제 약이 별로 없어? 소모량이 얼마나 많은데."

"그래서 없는 거야."

"응?"

"복제 약을 만드는 회사들은 대부분 작은 규모의 회사야, 이곳처럼."

노형진은 건물을 바라보았다.

나름 규모가 있는 의약 회사이기는 하지만 세계적인 의약 회사들을 비교해서 생각한다면 진짜 한 줌밖에 안 되는 규모의 곳.

"말라리아 약이나 간염 약 같은 것들, 거대 의약 회사들이 팔아먹는 약들. 그건 거대 의약 회사들의 생명 줄이나 마찬가지야."

매년 자선단체가 어마어마하게 구입해 가니까.

"문제는 그런 약들이 어마어마하게 비싸다는 거야."

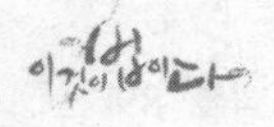

말라리아 약 1인분에 몇백 달러, 결핵 약 1인분에 또 몇백 달러.

이런 식이니까 끝이 없는 거다.

"말라리아 약을 먹고 말라리아를 피하면 결핵에 걸리고, 결핵을 피하면 말라리아. 두 개 다 피하면 영양실조."

그런 식으로 사람이 죽어 나간다.

"그걸 우리가 생산할 수는 없지."

노형진은 차분하게 말했다.

"하지만 소송비는 지원해 줄 수 있어."

노형진이 노리는 것이 바로 그것이었다.

"소송비를 지원해 준다고요?"

진한약품의 박석한은 침을 꿀꺽 삼켰다.

"그렇습니다. 대신 진한약품에서 말라리아 약을 복제해 주시기 바랍니다."

"하지만 말라리아 약은 있는데요?"

"하지만 그게 무척이나 비싸죠."

고개를 끄덕거리는 박석한.

"그리고 그 약의 특허 기간은 끝났고요."

원래 법적으로 약의 특허 기간은 20년이다.

그리고 기존 업체는 그 특허 기간이 끝나기 직전 성분을 미묘하게 변화시켜서 다시 20년짜리 특허를 새로 만든다.

법을 이용한 꼼수다.

“이런 경우 소송을 통해 이기면 우리도 기존 약을 복제할 수 있지요.”

엄밀하게 말하면 기존 약과 다른 약의 특허 기간이 20년 발생하는 거니까.

“문제는 돈이죠.”

박석한은 안타깝다는 듯 말했다.

“소송에 들어가면 못 이기니까요.”

아무리 법적으로 이쪽이 유리하다고 해도 소송전에 들어가면 돈이 문제가 된다.

“압니다. 보통 그런 곳은 미국이나 유럽 같은 곳에 자리하고 있으니까요.”

이런 소송이 들어가면 소송 비용만 못해도 100억대가 된다.

그리고 작은 회사들은 그걸 감당할 수 있는 능력이 없다.

“큰 회사들은 다른 기업과 척지면서 그걸 만들 이유가 없고요.”

이미 자기들이 만들고 있는 약이 있으니까.

“저도 압니다.”

노형진은 고개를 끄덕거렸다.

미국에서 살면서 자본주의의 부조리에 대해 얼마나 잘 알게 되었던가?

사실 원가가 10달러도 안 되는 약이지만 자선단체에는 100달러씩에 나가고, 그나마 착한 일 한다고 싸게 파는 게 80달러다.

"우리는 한국에서 그걸 복제해서 원가에 공급받을 계획입니다."

그러면 무려 열 배의 공급이 가능해진다는 뜻이다.

최소한 약이 부족해서 죽는 걸 바라보기만 해야 하는 일은 벌어지지 않을 것이다.

"물론 완전 공짜는 아닙니다. 어느 정도의 이익은 보장해 드릴 겁니다. 많이는 아니겠지만, 필요로 하는 양이 어마어마한 만큼 수익이 적지는 않을 겁니다."

'확실히…….'

사실 자신들이 만드는 약들 대부분은 복제 약이다.

그런 복제 약은 전 세계적으로 인정받고 있다.

당장 그 유명한 비아그라도, 시간이 지나고 특허가 끝나자마자 이런저런 복제 약이 쏟아졌다.

그래서 원래 회사에서는 막으려고 했지만, 워낙 시장이 큰 약인지라 거대 회사들도 덤벼들었기 때문에 어쩔 수가 없었다.

"우리가 원하는 건 20년이 지난 약들의 복제입니다."

"하지만 20년 전 약들입니다. 성능이 좀 떨어질 텐데요."

노형진은 피식 웃었다.

그건 사실이다.

어떤 면에서는 말이다.

"제가 처음 커피를 마셨을 때가 생각나네요."

"네?"

갑자기 커피 이야기를 하는 노형진의 말에 어리둥절한 두 사람.

"웬 커피?"

"처음에 커피를 마셨을 때, 저는 그날 밤에 선잠을 잤지요. 카페인 효과 때문에요."

"그런데요?"

"지금은 하루에 세 잔씩 마셔도 충분히 잘 잡니다. 어째서일까요?"

"아하!"

내성.

현재의 약들이 강한 이유는 현대인들이 많은 약에 노출되면서 내성이 생겼기 때문이다.

"20년 전 약은 확실히 지금 약보다는 약하지요. 하지만 아예 효과가 없다면 20년 전이라고 해도 허가가 났을 리 없지요. 거기에다 대부분의 약은 개발 기간이 있어서, 실제 판매 기간은 대략 10년 정도입니다. 20년 전 개발이라고 하지만 사실 여전히 판매되고 있는 약들이 대부분이라는 거예요. 무엇보다 대부분의 빈국 사람들은 내성이 없습니다."

당장 내일 죽을 것 같아도 약이 없어서 먹지 못하는 나라가 빈국들이다.

그런 곳에서 약에 대한 내성?

말도 안 된다.

당연히 내성이 없고, 20년 전의 약이라고 할지라도 충분한 성능을 발휘할 것이다.

"물론 소송비가 많이 들기는 할 겁니다. 100억 원이 들 수도 있지요. 하지만 매년 그들에게서 소위 원본이라고 불리는 약을 사는 데 들어가는 돈에 비하면 새 발의 피입니다."

성공한다면 10분의 1 가격에 약을 살 수 있다.

"확실히……."

그리고 복제 약이 생기면 저들은 결국 가격을 낮출 수밖에 없다.

"그런데 왜 저희를……?"

사실 기업은 여러 곳이다.

그런데 왜 굳이 자신들의 회사를 고른 건지, 박석한은 고개를 갸웃했다.

단가를 낮추자고 한다면 중국이나 인도 같은 곳이 더 효율적이니까.

"뭐, 제가 한국 사람인 것도 있지만, 중요한 건 안전성입니다. 어찌 되었건 약이니까요."

"아……."

중국과 인도를 비하하는 것은 아니지만, 아직 그쪽은 먹을 것이나 약으로 장난치는 놈들이 넘쳐 난다.

심지어 분유를 화공 약품으로 만드는 놈들도 있다.

“계약 자체는 할 수 있습니다. 하지만 그걸 정직하게 관리하고 통제할 수 있는 곳이 필요했습니다. 최소한 진한약품은 거짓말은 안 하니까요.”

노형진이 진한약품을 선택한 가장 큰 이유는, 큰 이윤을 바라면서 가짜 건강식품을 만들어 팔기보다는 말 그대로 기본을 충실하게 지키려고 했기 때문이다.

“사실 돈을 벌기 위해서는 이런 복제 약보다는 건강식품을 적당히 만들어 파는 게 훨씬 낫죠.”

건강식품은 가격도 비싸거니와 그 효과에 대해 검증할 필요도 없으니까.

“하지만 이곳은 그걸 알면서도 검증된 약에 대한 복제 약만 팔더군요.”

“아버지의 유지셨습니다. 아픈 사람들이 없게 하라는…….”

머리가 나빠서 의사는 되지 못했지만, 그는 아버지의 기업을 물려받아 크게는 못 키워도 최소한 안정적으로 유지는 하고 있었다.

“약은 믿음이 있어야 합니다. 만일 우리가 소송하고 나서 그들과 담합한다면? 그러면 다시 소송에 들어갈 테니, 수년간 얼마나 많은 사람이 죽을지 모르지요.”

노형진의 말에 박석한은 감동한 눈빛이었다.

지금까지 다들 자신을 멍청하다고 했다.

돈 벌 방법이 눈앞에 있는데 안 한다고.

노형진의 말마따나 진한약품은 어느 정도 믿음이 있는 회사이니, 건강식품 하나 만들면 대박이 날 수밖에 없었다.

하지만 박석한은 우직하게 한 가지만 지켰다.

그런데 그걸 알아주는 사람이 나타난 것이다.

"감사합니다."

"별말씀을요."

노형진은 미소로 답했다.

"그 특허 기간이 끝났음을 인정받기 위해서는 소송 주체가 의약 회사여야 한다는 점이 중요하니까요."

'게다가 최악의 경우에 방어하기 위해서는 작은 회사가 더 편하지.'

큰 기업끼리 싸우면 일이 커진다.

소송이 들어가면 저들도 어떤 방식으로든 공격할 테니, 그걸 막기 위해서는 회사가 작은 것이 유리하다.

"하시겠습니까?"

"우리 회사는…… 홍익인간의 말씀을 믿고 실천했습니다."

박석한은 침을 삼키며 말했다.

"아프리카에 산다고 사람이 아닌 건 아니지요."

"널리 사람을 이롭게 하라."

노형진은 미소를 지었다.

⚖

"소송은 길어질 거야."

노형진은 미국의 뉴스를 살피며 말했다.

미국에서 소송이 시작되었다.

엠버를 비롯한 드림 로펌과, 의약 회사가 고용한 변호사들의 싸움.

"길어져? 저쪽은 죽을 각오로 나오는 것 같은데?"

이쪽도 변호사가 무려 스무 명이나 붙었지만 저쪽은 더했다.

동원한 변호사만 쉰일곱 명, 변호사 비용은 무려 128억.

말 그대로 죽자고 덤비는 판국이다.

"이런 소송은 짧아도 2년, 길면 4~5년씩 걸리겠지. 저쪽도 수익을 놓칠 수는 없으니까."

"아니, 종묘 회사는 타협했잖아. 그런데 왜 저들은 타협을 안 해? 우리가 빈국 제공용으로 만드는 건 적당히 인정한다든가 하는 식으로 말이야."

"종묘 회사와는 좀 달라. 모 아니면 도거든."

식량 회사나 종묘 회사는 일단 자신들이 시장을 선점하고 싼 가격으로 들이부어서 지킬 수 있다.

노형진이 애초에 노린 게 바로 그거였고.

그들은 미래를 통째로 잃어버리는 대신에 매출 감소를 받아들인 것이다.

하지만 의약품은 이야기가 달랐다.

"모 아니면 도?"

"그래. 지금 같은 시대에 선진국이라 불리는 나라에서 결핵이나 말라리아 같은 걸로 죽어 나가는 사람이 얼마나 될 것 같아?"

"아……."

"돈은 되지. 하지만 그 돈은 빈국에서 나와. 정확하게는, 빈국을 지원하는 자선단체에서 나와."

그게 현실이었다.

그런데 빈국에 약을 지원한다?

그건 그 약에 의한 수익을 완전히 포기하는 꼴이 된다.

"그렇다고 아예 안 만들 수도 없어. 잘 안 걸린다는 거지, 아예 안 걸린다는 건 아니니까. 그래서 각 나라별로 상비약은 만들어야 하지. 문제는 선진국은 내성이 강하다는 거야."

어떤 나라든 질병에 대해 의무적으로 일정 수량 이상의 치료제나 백신을 보유해야 하는 규정이 있다.

비상시 그 약으로 긴급 상황을 해결해야 하기 때문이다.

문제는 자신들이 만들 약은 내성이 약해서, 내성이 강해진 선진국에서는 쓸 수 없다는 것.

즉, 그 특허를 가진 기업에서 어쩔 수 없이 만들어야 한다는 뜻이다.

"우리가 만드는 약이 효과가 없다는 뜻이네."

"그래."

법률에 따르면 돈이 되는 약만 만들 수는 없다.

그러니 그들은 그 비상용 약을 생산해야 하는데, 그럴수록 적자를 볼 수밖에 없다.

"식량 같은 경우와는 좀 달라."

식량은 매출은 좀 줄어들지언정 그 사업 자체가 망하지는 않는다.

하지만 의약품은 아니다.

몇몇 의약품은 빈국의 소모를 제외하면 수익성이 마이너스로 떨어지는 것이 현실이었다.

"결국 끝까지 가게 되는 싸움인 거지."

노형진은 컴퓨터를 끄면서 말했다.

"저들로서는 포기를 못 한다. 그럼 그걸 어떻게 포기하게 할 거야?"

아무리 봐도 그건 불가능해 보였다.

그런데 노형진의 입에서 생각지도 못한 말이 튀어나왔다.

"포기 안 할 텐데 왜 포기하게 만들겠어?"

"뭐?"

당혹하는 손채림.

"아니, 포기 안 하면 어쩌려고? 무조건 20년 지났으니까 우리는 만들겠다 그런 거야?"

"아니, 그건 아니야. 우리가 만들 수는 없어."

"하지만 공장을 이미 섭외했잖아."

"엄밀하게 말하면 공장만 섭외했지. 하지만 한국에서 만든다고는 하지 않았다."

"그게 무슨 말이야?"

노형진의 말에 손채림은 어리둥절했다.

소송까지 해 가면서 어떻게 해서든 만들려고 하는 게 노형진이다.

그런데 저쪽이 포기 못 할 테니 만들지 않겠다고?

"애초에 소송은 페이크야."

"뭐라고?"

페이크, 그러니까 속임수라는 말에 손채림은 당혹감을 감추지 못했다.

"물론 적지 않은 돈이 들어간 건 사실이야. 하지만 마냥 이길 거라는 기대만 하고 몇 년이고 싸울 수는 없지."

"그거랑 페이크랑 무슨 관계인데?"

"특허라는 건 조건이 있어."

"어떤 조건?"

"국외에서는 대항력이 없다."

"그게 무슨 말이야?"

"말 그대로야."

미국에서 특허를 낸다?

그랬다 하더라도, 한국에서도 특허를 내지 않으면 한국에서 동일한 물건을 만드는 것에 대해 제한을 걸지 못한다.

물론 그 반대도 가능하다.

"다만 국가 간의 조약에 따라 그 특허를 인정하는 경우는 있지."

즉, 한 나라에서 특허를 낸다고 해도 조약에 가입된 나라에서는 동일한 효과를 발휘한다는 것이다.

"그런데?"

"그런데 그 조약에 모든 나라가 가입했을까?"

"그거야 아니겠지. 그걸 가입할 여력이 없는 나라도 분명히 있을……."

손채림은 노형진의 말에 아차 싶었다.

노형진이 초반에 그랬다.

해외에서 만들어도 되는 걸 왜 굳이 비싼 돈 주면서 유럽이나 미국에서 들여오냐고.

"알아차린 모양이네. 맞아. 소위 빈국들은 거기에 가입하지 않았지."

빈국들은 거기에 가입할 정도의 행정력도 없거니와, 설사 가입하고 싶어도 그에 상응하는 대가를 낼 수가 없다.

그렇다면 기업들이 그 나라에 특허를 내느냐?

아니다.

"애초에 특허를 낼 만한 시스템 자체가 없는 나라도 있고."

당장 소말리아 같은 곳은 특허를 받아 주기는커녕 제대로 된 국가조직도 없는 상황이다.

"그런 곳에 공장을 세울 거야."

"그러면 박석한은 어째서……?"

"만일 우리가 장비를 사면 어떻게 될까?"

"알아차리겠구나."

자신들의 계획을 알아차리고, 어떻게 해서든 방해하려고 할 것이다.

하지만…….

"박석한은 일단 소송을 걸었어. 그리고 관련 장비를 구입하겠지."

그들은 그 장비가 한국으로 갈 것이며 한국에서 승리하는 대로 복제 약을 만드는 데 사용될 거라 생각할 것이다.

"페이크지. 그건 동티모르로 갈 거야."

이미 확인한 내용이었다.

동티모르는 2002년 인도네시아에서 독립한 신생국가다.

당연히 가난하고 상대적으로 빈국이다.

또한…….

"기존의 보호국이 아니지."

"아……."

"20년 전 그들은 나름 국가별로 특허 신청을 했어. 하지만 동티모르는 생긴 지 11년 된 국가야. 과연 특허 신청을 했을까?"

안 했다.

정확하게는, 할 생각을 못 했다고 봐야 할 것이다.

동티모르가 특허로 문제를 일으킬 정도의 나라는 아니니까.

"그 장비는 동티모르에 들어갈 거고, 거기서 의약품을 제조하기 시작할 거야."

"동티모르면……."

"섬나라지."

의약품 공장은 큰 면적을 차지하지 않는다.

가난한 섬나라에서는 중요한 공장이 될 것이다.

"나중에 그 나라에 항의한다고 해도, 동티모르에서는 공장을 포기할 수 없어."

제대로 된 기업이 없는 그곳에서 그 정도 규모의 공장은 나라를 지탱하는 중요한 핵심 시설이 될 것이다.

"그리고 그곳은 인건비도 싸지."

싼 인건비와 싼 땅값, 정부의 전폭적인 지지, 그리고 현행법상 미국 기업들이 특허를 내지 못해서 한발 늦은 사업 준비.

"그런데 우리가 동티모르에 특허를 낸다면?"

"문제가 될 것이 없지."

이미 동티모르에는 기존에 특허가 나지 않은 의약품에 대한 특허가 등록되고 있는 상황이다.

"그러면 미국에서 벌어지는 소송은 시선을 끌기 위한 미끼네?"

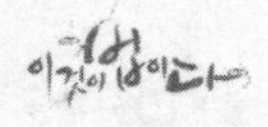

"그래."

장비를 한국으로 가지고 오고, 그들이 한국에 설치하려 한다고 생각하게 하면서 한국에만 신경 쓰게 하기 위한 속임수.

"아마 그들은 한국 정부에다가 온갖 방법을 다 써 가면서 방해하라고 로비하고 있겠지. 크크크."

"아니, 미리 말이라도 해 주지?"

"미안. 하지만 이미 꼬리가 붙어 있어서 어쩔 수 없었어."

"꼬리? 아…… 염병. 무슨 뜻인지 알겠네."

자신들을 따라다니는 의약 회사의 끄나풀들.

그들은 무슨 정보라도 얻어 내기 위해 눈이 벌게진 상태일 것이다.

"혹시라도 네가 동티모르라는 나라를 검색하게 된다면, 알지?"

"쓰읍."

물론 그들이 그녀의 노트북을 해킹하지는 못할 것이다.

하지만 멀리서 그녀가 검색하는 걸 망원렌즈로 보거나 회사의 컴퓨터를 해킹할 수는 있다.

"한 해 수십억 달러가 걸려 있는 일이야. 그들이 그렇게 안 할 거라는 확신이 있어?"

손채림은 노형진의 말에 인정할 수밖에 없었다.

노형진의 말대로 자신들이 직접 장비를 샀다면 아마 그들의 눈에 띄었을 것이다. 의약품을 만들 수 있는 장비는 흔하게 유통되는 게 아니니까.

"확실히 진한약품이 사면 의심은 안 하겠네. 지금까지 복제 약을 만들어 팔던 회사였으니까."

"맞아."

"하지만 미국이나 관련 국가들은 못 들어가잖아."

"그건 그렇지. 하지만 전에도 말했다시피, 어차피 돈 받고 팔려고 하는 건 아니잖아."

미국에서야 팔지 못하겠지만, 말라리아 약을 미국에 팔 가능성 자체가 낮다.

그런 건 신경 쓸 이유가 없다.

"하지만 동티모르는…… 치안이 좀 그렇지 않아?"

"그래. 그래서 거기에 특허를 내지 않은 거지."

사실 동티모르는 내전이 끝난 지 얼마 되지 않은 국가다.

심지어 얼마 전에도 대통령 암살 시도가 있었고, 인도네시아 회귀파가 여전히 테러를 저지르는 곳이기도 하다.

"전이라면 그런 곳에 의약품 공장을 만들면 도둑들이 몰려들겠지."

하지만 이제는 아니다.

어찌 되었건 동티모르는 내전이 끝났고 정부 시스템이 안정을 찾아가는 중이다.

즉, 군 병력이 확보되어 있다는 뜻이다.

"아마 그런 공장이 생기면 동티모르 정부는 어떻게 해서든 보호하려고 할 거야.”

거기에다 자신들이 가진 것은 돈이다.

“자선단체는 무장하지 않는다. 보통은 그게 정답이지. 하지만 그건 권고 사항일 뿐이야.”

그 지역에서 충분한 무력을 가진 병력을 뽑아서 무장하고 지킨다면, 돈은 얼마 안 든다.

하지만 강력한 방어는 가능하다.

당장 입구에 벙커를 만들고 중화기만 배치해도, 그걸 뚫기 위해서는 탱크를 동원해야 한다.

내전이 끝난 지 얼마 안 된 동티모르 입장에서는 방어를 위해 탱크나 장갑차도 쉽게 구해 배치할 수 있고, 여차하면 대전차미사일까지 설치할 수 있다.

“그게 가능하다고?”

“얼마 전에 쿠데타가 끝났다니까.”

한 나라에서 쿠데타가 끝났다는 것은 한 세력이 모조리 죽었다는 뜻이 아니다.

한 세력이 항복했다는 뜻이다.

“쿠데타를 일으킨 쪽은 인도네시아 회귀파에 속한 군인들이었어.”

물론 주요 장성들은 처형당하거나 처벌을 받았겠지만, 그 휘하의 병력은 대부분 그냥 풀려났다.

그들은 명령에 따른 것뿐이었으니까.

"그렇지만 그들은 여전히 백수지."

실전 경험을 가진 군 병력이 백수로 남아 있다.

그들을 고용해 공장을 지키면 과연 그 공장을 털려고 하는 놈들이 있을까?

"더군다나 그곳은 자선 공장이야."

당장 그곳을 털어서 전쟁 물자로 써야 하는 상황도 아닌데다가, 그곳에서 나오는 약으로 가족들을 살릴 수 있고 그곳에서 나오는 월급으로 가족들을 먹여 살릴 수 있다.

"그런 곳을 목숨 걸고 털 가능성은 낮아."

어찌 보면 그곳은 세상에서 가장 안전한 생산지가 된다는 뜻이다.

"멋진걸."

이미 특허를 내는 과정 중이니, 필요한 대부분의 약품은 그곳에서 만들어 낼 수 있을 것이다.

그것도 최소한 과거의 10분의 1 가격에.

"기술은 일단 진한약품에서 제공할 테니까."

물론 신기술이 나오면 그때는 그들이 동티모르에 등록할 것이다.

하지만 상관없다. 어차피 신기술이 나온다고 해도 같은 질병에 대한 약이니까.

효과가 좋으면 아쉽기야 하겠지만.

"사실을 알면 속이 좀 쓰리겠네."

"좀 쓰린 수준이 아닐걸."

노형진은 고개를 흔들었다.

"아마 무슨 짓이든 하려고 할 거야."

"무슨 짓이든?"

"그래, 무슨 짓이든."

노형진은 안타깝게 말했다.

"하지만 그걸 가만둘 수는 없지."

때로는 매도 먼저 맞아야 하는 법이니까.

⚖

"뭐라고?"

한창 소송 중이어서 신경 쓸 게 많았던 의약 회사의 사장 모리슨은 당혹스러운 보고에 얼굴이 굳었다.

"동티모르에 특허가 올라갔다고?"

"네! 당했습니다!"

"그게 무슨 소리야?"

"애초에 우리의 시선을 한국에 묶어 두고 공장은 동티모르에 만들고 있었습니다."

순간 모리슨은 아무 말도 할 수 없었다.

그제야 자신들이 간과한 게 뭔지 알아차렸기 때문이다.

회장인 그가 특허의 지역에 관련된 간단한 법을 모를 리 없다.

“그러면…… 장비는?”

“아무래도 선박에서 바꿔치기당한 듯합니다.”

분명히 장비를 진한약품으로 가지고 가는 걸 확인했다.

하지만 생각해 보면 자신들이 본 것은 장비가 실려 있다는 컨테이너였지, 그 안의 물건은 아니었다.

“이익……!”

자신들이 어떻게 해서든 수익을 방어하기 위해 수백억을 들여서 소송을 하는 사이, 그들은 장비를 이미 동티모르에 설치하고 있었던 것.

“당장 그곳에 소송 걸어!”

“하지만 회장님, 그곳은 우리 관할이 아닙니다.”

“관할이 아니라는 게 뭔 개소리야!”

“특허 관리 조약에 포함되지 않은 나라입니다.”

소송을 걸어 봐야 당연히 인정될 리 없다.

“설사 건다고 해도, 그 공장은 ‘동티모르의 희망’이라 불리고 있습니다. 그곳에서 일할 사람만 수천 명입니다.”

“윽!”

동티모르 정도 되는 곳에서 수천 명이 일할 수 있는 공장이라면 아주 중요한 생산 시설이다.

그곳에서 나오는 돈이 나라를 흔들 정도로.

“동티모르 정부에서도 그들을 지키기 위해 병력의 주둔지를 옮길 계획이라고 합니다."

"이런 망할……."

모리슨은 이를 뿌드득 갈았다.

설마 이런 식으로 뒤통수를 맞을 줄은 몰랐다.

"도대체 일을 어떻게 하는 거야! 특허를 미리 신청했어야 할 거 아니야!"

"아니…… 그게…… 나라라는 게……."

세상에 나라가 떡하니 생길 거라고 누가 예측이나 했겠나? 그것도 21세기에 말이다.

그러니 다들 동티모르라는 나라에 대해 관심도 없었고, 거기에 특허를 추가로 신청해야 한다는 간단한 생각조차도 하지 못했던 것이다.

"당장 그곳에 있는 공장을 없애 버려!"

"하지만 회장님, 공장은 이미 완성 단계라고 합니다."

"무슨 수를 써서라도 막아! 그게 무슨 의미인지 몰라!"

그곳에서 싼 가격에 빈국으로 가는 약들을 생산하기 시작하면, 자신들의 주요 수입원이 날아가는 셈이다.

세상에 어떤 곳에서 열 배씩 주고 자신들에게서 약을 사겠는가?

"회장님, 방법은 없습니다."

"뭐?"

"이제 와서는……."

말을 묘하게 흐리는 부하의 말에 모리슨은 눈을 찌푸렸다.

"방법이 없다?"

"네, 법적으로는 우리가 어떻게 할 수 있는 방법이……."

"법적으로는 말이지……."

"네, 법적으로는."

"법이 아닌 다른 방법으로는?"

"그건, 찾아보기 나름일 것 같습니다."

모리슨은 마음을 굳혔다.

한두 푼도 아니고, 매년 수억 달러의 돈이다.

그 돈을 그냥 날릴 수는 없다.

자신들의 매출의 40%가 넘는 어마어마한 돈 아닌가?

"그 방법 찾아봐, 조용히."

"알겠습니다."

지시를 내리면서 모리슨은 다시 한 번 이를 뿌드득 갈았다.

"확신하십니까?"

샌더슨은 침을 꿀꺽 삼키며 말했다.

프랑스 소속 민간 군사 기업에 속한 그는 이 지역에서 고용된 사람들에게 전략과 전술 그리고 무기 사용법이나 공장의 방어에 관련된 기술을 알려 주기 위해 파견되었다.

물론 그와 그의 동료들은 사람들을 훈련시키면서 동시에 공장을 지키는 계약도 되어 있었다.

오면서 일단은 교전을 각오했지만, 그게 현실로 다가오자 걱정이 안 될 수가 없었다.

그럴 수밖에 없는 게, 일단의 세력이 공장을 습격한다는 정보가 들어왔기 때문이다.

다른 사람도 아닌 노형진에게서.

"네, 우리 근로자 중 한 명이 알려 줬습니다."

노형진이 고용한 옛 반군 중 한 명이 알려 준 정보였다.

"일단의 세력이 용병을 모집한다고 하더군요, 자세한 정보는 얻기 힘들었지만, 어떤 공장을 기습할 계획이라고."

"어떤 공장이라……."

특정되지는 않았지만, 사실 동티모르에서 습격당할 만한 수준의 공장은 뻔하다.

그리고 그중 이유를 가지고 있는 곳은 한 곳뿐이었고.

"전에도 이런 일이 있었지요."

그때는 연구소였고 이번에는 공장이라는 차이가 있을 뿐이었다.

"하지만 어떻게 그런 일을……."

"어려운 결심은 아닐 겁니다. 매년 수억 달러니까요."

거기에다 동티모르는 아직 내전이 끝난 지 얼마 되지 않은, 치안이 극도로 불안한 곳이다.

그러니 정부군이 미처 회수하지 못한 무기도, 여전히 과거의 꿈을 버리지 못한 극단적 반군도 사방에 널려 있었다.

'그나마 운이 좋았지.'

사실 노형진이 반군 출신을 고용할 때 저항이 없었던 것은 아니었다.

다른 사람도 많은데 꼭 반군이어야 하겠느냐는 의견이 있었던 것이다.

하지만 노형진은 그러한 차별이 오히려 그들의 세력을 키운다고 주장하면서 그들을 고용했다.

'그런데 그들이 정보를 자발적으로 가지고 올 줄이야.'

그들이 자신들과 함께 일할 반군을 구하는 과정에서 정보를 얻고 연락을 해 온 것이다.

그들 입장에서는 과거는 과거일 뿐, 당장은 가족을 먹여 살려야 하는 공장이 더 중요했으니까.

"그런데 생각보다 안 놀라시네요."

"예상했으니까요. 저라도 같은 생각을 했을 겁니다."

다만 그 시기가 문제였다.

과연 그들이 언제 올지는 알 수가 없었으니까.

'어디서 새어 나간 거…… 아니, 당연한 건가?'

동티모르 정부에 특허를 낸 순간, 정보는 샐 수밖에 없었다. 다만 언제 움직이느냐가 관건이었을 뿐.

'생각보다 빠르기는 하네.'

하긴, 이슈가 된 후에는 아무래도 움직이기 힘들어질 테니까.

'하지만 자기들이 당한 거라는 걸 모를 테니.'

노형진은 히죽 웃으며 샌더슨을 바라보았다.

"중요한 건 그들이 함정에 빠졌다는 거죠. 병력의 위치는 확실합니까?"

"확실합니다. 저들이 들어오거나 나갈 수 있는 모든 위치에 병력을 배치했습니다."

"그들에게 발각당할 가능성은요?"

"없습니다. 사실상 그들이 움직이는 걸 다 보고 있을 테니까요."

"그건 그렇지요."

공장으로 접근하는 길은 탁 트인 공간이다.

애초에 가장 가까운 동네도 차로 10분 이상 움직여야 하는 거리인 만큼, 아무리 반군이 기습하려고 해도 차로 움직일 수밖에 없다.

-여기는 흰 독수리. 재규어 나와라.

그 순간 들리는 무전기의 목소리.

"재규어, 수신 양호."

-남쪽 20킬로미터 지점에서 상당수 병력이 움직이는 것이 확인되었다. 총 다섯 대의 트럭이다. 이상.

짧은 말이었지만, 기다리고 있던 노형진은 침을 꿀꺽 삼켰다.

드디어 그들이 움직인다는 소리였다.

"재규어 수신했다. 이상."

샌더슨은 무전을 끊고 한숨을 푹 쉬었다.

"진짜군요. 설마 자선단체를 습격하는 놈들이 있을 줄이야."

"자선단체에 대한 습격은 자주 있는 일입니다."

그저 공개를 하지 않을 뿐.

당장 상대방에게 자선용품이 잘 가도록 두고 보는 독재자나 반군은 없다.

그나마 강탈만 해 가면 다행이고, 모조리 죽이는 경우도 종종 벌어진다.

"그나저나 드론으로 감시하는 줄은 모르나 보군요."

"이런 곳에서 드론으로 감시할 줄은 몰랐겠지요."

아무리 민간용 드론이라고 하지만 충분한 숫자만 있으면 넓은 지역을 감시할 수 있다.

더군다나 야밤에 황무지를 라이트를 켜고 달리는 차량들이라면 더더욱 발견하기 쉽다.

"일단은 두고 보세요. 테러범들이 이곳에 들어올 때까지 기다려야 합니다."

"걱정하지 마세요. 각 병력에는 우리 팀이 하나씩 붙어 있으니까 어지간해서 작전이 흐트러지는 일은 없을 겁니다."

샌더슨은 씩 웃었다.

그리고 그의 말대로, 차량은 아무런 저항도 없이 공장으로 들어섰다.

"어째서 경비원이 없지?"

운전하던 남자는 차에서 내리면서 눈을 찌푸렸다.

듣기로는 상당한 병력이 배치되어서 지키고 있다고 했다.

그런데 경비원조차 없다니.

"대장, 후퇴합시다."

그는 왠지 모를 불안감에 선두 차량에 타고 있던 대장에게 가서 말했다.

하지만 대장은 그 말을 들어줄 생각이 없었다.

"이게 얼마짜리 일인 줄 알아? 무려 300만 달러짜리다, 300만 달러짜리. 이거 하나만 해치우면 우리도 떵떵거리면서 살 수 있어."

다른 곳도 아니고 이곳 동티모르에서는 그 돈이면 진짜 황제처럼 살 수 있다.

"어차피 이번 한 번이야."

"으음……."

"아니면 전처럼 인도네시아로 넘어가든가."

"……."

인도네시아와 다시 합치자고 주장하던 반군 중 상당수는 패배한 후 넘어가기도 했다.

하지만 인도네시아에서는 그들을 영웅 대접은커녕 짐짝 취급했다.

동티모르보다는 나은 편이라고 하지만, 인도네시아도 부자 국가는 아니니까.

더군다나 반군 출신이니 위험한 것도 사실이고.

결국 그곳에서 바닥을 기던 상당수 반군은 다시 동티모르로 넘어왔다. 최소한 이곳에는 가족이 있으니까.

"여기만 제대로 박살 내면 인생이 바뀌는 거야!"

"하지만 경비원이 없는 게 불안한데요."

"그래서 뭐? 고작 경비 몇 명이 어쩌겠어?"

그는 손에 들린 총을 흔들며 기고만장하게 외쳤다.

"딱 보면 몰라? 경비원들이 우리가 몰려오니까 겁먹고 튄 거 아니야?"

"그거야……."

확실히 경비 초소라고 해 봐야 작은 것 하나뿐이고, 주변에 아직 군부대가 배치되지 않았다.

그러니 경비원이 가진 무장이라고 해 봐야 소총 정도일 텐데, 많아야 열댓 명 정도의 경비원들로 무려 백 명이나 되는 자신들을 막을 수는 없을 것이다.

"들어가서 폭탄을 설치해!"

"네, 대장!"

우르르 건물로 몰려가는 사람들.

"어?"

하지만 그들은 들어가기 무섭게 공장이 뭔가 잘못되었다

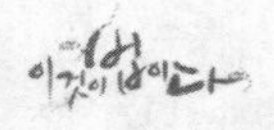

는 것을 알아차렸다.

텅 비어 있는 공장.

물론 쇠뭉치가 잔뜩 있기는 하지만 누가 봐도 그게 기계가 아니라는 것쯤은 알 수 있었다.

"이거 뭐야?"

"여기 약품 공장 맞아?"

아무리 봐도 공장으로는 볼 수 없는 곳이었다.

"대장, 튀어야 합니다. 함정입니다!"

아무리 가난하고 못 배웠다고 해도 실전을 겪은 자들이다.

이게 함정이라는 것을 알아차리는 것쯤은 어려운 일이 아니었다.

"젠장, 뭐야? 어디서 정보가 샌 거야?"

대장은 다급하게 몸을 돌려 그곳을 벗어나려고 했다.

하지만 채 열 걸음도 가기 전에 뒤쪽에서 뜨끈한 열풍이 불어왔다.

쾅!

"으아악!"

요란한 소리와 터져 나가는 폭발음, 그리고 그들에게 뿌려지는 독한 연기.

"이거 뭐야? 콜록콜록."

"콜록콜록."

한편, 고통에 몸부림치는 그들의 모습을 화면으로 보면서 노형진은 속으로 키득거렸다.

'한국제 CS탄이 좀 독할 거야.'

소위 말하는 사과탄.

사실 이제 재고도 얼마 남지 않은 것이지만, 그걸 구하는 건 어려운 일이 아니었다.

일단 샌더슨은 프랑스의 민간 군사 기업 소속이기 때문에 이런 비살상무기를 구하는 건 쉬운 일이었다.

"어떻게 할까요? 열까요?"

침입해 온 자들은 몰랐지만, 공장의 문은 그냥 문이 아니었다.

전자식 자물쇠로, 원격으로 잠겨 있었다.

—콜록콜록!

—열어 줘!

—살려 줘!

화면에 비치는, 고통에 몸부림치는 테러범들.

그들은 문에 매달려서 두들겨 댔지만 쇠로 만든 문이 열릴 리 없었다.

"아니요. 최소한 애국가 4절까지는 부르고 나와야지요."
"네? 그게 무슨 말입니까?"
"한국에서 통하는 농담입니다, 후후후."
유격 훈련의 지옥 같은 장면을 생각한 노형진은 머리를 절레절레 흔들었다.

—열어 줘, 제발!

뒤쪽에서는 화마가 솟아나고 독한 가스가 공간에 꽉 차 있으니, 그들은 그야말로 미칠 지경이었다.
그들이 믿고 있던 총은 이런 상황에서는 아무 소용도 없었고.
"슬슬 꺼내 주지 않으면 죽을 것 같은데요."
심지어 보고 있던 샌더슨이 걱정스럽게 말할 정도였다.
"그럴까요?"
노형진이 고개를 끄덕이자 샌더슨은 옆에 앉아 있던 직원에게 눈짓했다.
잠시 후 내부 스피커로 방송이 나갔다.

—너희들은 지금 카메라로 감시받고 있다. 무기를 버려라. 한 놈이라도 무기를 버리지 않으면 문은 열리지 않는다.

그 말이 끝나기 무섭게 테러범들은 너도나도 무기를 바닥에 내던졌다.

그러자 문이 열렸다.

"콜록콜록!"

다급하게 바깥으로 튀어나와서 숨을 쉬려고 발악하는 테러범들.

그들은 일단의 병력이 와서 자신들을 제압하는데도 저항조차 하지 못했다.

"수고하셨습니다."

노형진은 헉헉거리는 그들에게 다가가서 지그시 내려다보았다.

"이분들이 테러범이군요."

"아니, 우리는……."

"뭐라고 변명하셔도, 저기 불타는 건물을 보면서 생각나는 건 그것밖에 없는데요?"

노형진의 말에 대꾸하지 못하고 고개를 푹 숙이는 사람들.

"간이 부었군요, 여기를 습격하다니. 300만 달러라……. 그걸 쓸 수 있을 거라 생각했습니까?"

"그, 그걸 어떻게……?"

대장은 고개를 번쩍 들었다.

설마 자기들 정보가 새어 나갔다고는 꿈에도 생각하지 못했던 것.

'그렇겠지.'

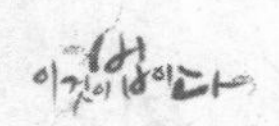

설마 자기편이 이쪽에 취업해 있을 거라고는 생각도 못 했을 테니까.

"이제 신고를 해야겠군요."

핸드폰을 드는 노형진, 절망이 깃드는 대장.

"아니면 협상을 하든가."

"협상요?"

옆에서 통역이 해 준 말에 그들은 고개를 번쩍 들었다.

"어떻게 할까요? 선택할 기회를 드리겠습니다. 신고를 할까요, 협상을 할까요?"

꿀꺽.

모두의 시선이 대장에게 쏠렸다.

사실 이런 상황에서 대장이 선택할 수 있는 길은 오직 하나뿐이었다.

신고하면 감옥에 간다는 소리인데, 동티모르의 감옥은 지옥 그 자체다.

거기에다 반군 출신에 테러범이라면 어떤 고문이 기다릴지 모른다.

못해도 20년 이상 감옥에서 살아야 할 텐데, 그 기간 동안 수많은 고문을 이겨 내고 살아남을 자신 따위는 여기에 있는 누구에게도 없었다.

"어…… 어떤 협상을 말씀하시는 겁니까?"

"제 요구는 간단합니다."

노형진은 그를 내려다보면서 말했다.

"진실."

—우리는 그들의 부탁을 받고 제1 공장에 대한 테러를 자행했습니다. 그들은 우리에게 300만 달러를 약속했고, 계약금으로 10만 달러를 줬습니다.

그들에게 요구한 진실.

그건 언론에 사실을 말하라는 것이었다.

그 대신 인도네시아로 추방해 주겠다고 한 것.

물론 인도네시아에서 받아 줄지는 의문이지만.

"인터넷에 난리가 났어."

의약품 업체가 자신들의 수익을 위해, 자선단체에서 만들고 있던 의약품 제조 공장에 테러를 가했다.

이건 전 세계적으로 분노를 불러일으켰다.

그 사이에 있는 그 둘 간의 소송이나 법률적 관계는 중요하지 않았다.

"저들은 이제 돌이킬 수 없는 결과를 맞이하겠지."

노형진은 씩 웃으며 말했다.

"그들이 가진 약품 중 20년이 지난 약품에 대해 모조리 무효 소송을 할 거야. 그리고 지금 같은 분위기에서는 아무래도 무효하다는 결과가 나오겠지."

그리고 자신들은 이제 당당하게 합법적으로, 복제 약을 만들면 되는 것이다.

지금이야 동티모르 한 곳이지만 다른 곳에서도 약을 생산하게 된다면 단가는 계속 떨어질 것이다.

"습격할 걸 알았던 거야?"

"글쎄, 솔직히 뭐, 그다지 기대는 하지 않았어. 조심한 건 사실이지만."

설마 하는 생각도 있기는 했다.

'다만 경쟁사가 알 수 없는 화재로 전소한 것만 기억하고 있었지.'

그들의 짓이라는 의심은 있었지만 증거가 없어서, 결국 그때는 흐지부지되었지만 말이다.

"어찌 되었건 우리는 약을 만들 수 있게 되었으니까."

노형진은 느긋하게 말했다.

"이제 자선단체들은 어마어마하게 돈을 아낄 수 있을 거야."

"그리고 널 싫어하겠지."

노형진은 피식 웃었다.

"그런 미움이라면 백 번이라도 받아 주지."

그럴수록 더 많은 사람이 살아날 수 있을 테니까.

"자선도 결국 머리 써 가면서 해야 하는 거야."

"아…… 진짜 남 돕는 데도 머리 써야 하다니, 참 복잡한 세상이다."

"그래, 복잡한 세상이지."

노형진은 씁쓸하게 말하면서 허공을 바라보았다.

복수 같은 소리 하고 자빠졌네

"매형."

"응?"

"죽었어요?"

"손가락 하나 까딱하지 못하는 것을 죽었다고 표현한다면 나는 이미 죽어 있다."

노형진은 매형인 박광석을 보면서 피식 웃었다.

"죽을 맛인가 보네."

"둘째가 성격이 보통이 아니야."

원래 회귀 전 박광석은 검사였다.

하지만 노형진이 회귀를 하면서 그를 만나고 그를 대신해서 복수하고, 그 후 그는 노형진의 누나 노현아와 결혼까지

했다.

그리고 그게 그의 인생을 바꾸었고, 이번에는 검사가 아닌 판사가 되었다.

"젠장, 이럴 줄 알았으면 너 있는 로펌으로 갈걸."

"지금이라도 올래요?"

"남자가 칼을 뽑았으면 썩은 무라도 잘라야지."

사람들이 모를 뿐 판사들의 업무량은 어마어마하다.

사실 증원을 해야 하는데 권력을 나누기 싫은 고위 판사들 때문에 증원도 막혀 있는 상황이라 아래쪽 판사, 특히 박광석처럼 일 좀 배우고 이제 슬슬 쓸 만하다고 하는 판사는 일에 치여서 죽을 수준이다.

"그렇다고 집에 안 들어올 수도 없고."

안 그래도 힘들어 죽겠는데 둘째는 울고불고 난리를 친다.

그러니 당사자는 죽을 맛이다.

"원래 그런 겁니다."

"끄응……."

박광석은 신음만 낼 수밖에 없었다.

그것 말고는 그가 할 수 있는 게 없었으니까.

"전 이만 가 볼게요."

"미안해."

"아니에요."

노형진도 어떤 기분인지 알기 때문에 그저 피식 웃고 아파트를 나왔다.

중요한 일이 없다면 그냥 쉬게 해 주는 것이 지금은 제일 고마울 때니까.

"그나저나 인생이 바뀌어서 얼마나 올라갈까?"

그는 확실히 법원에서 인정받고 있는 사람이다.

그러니 충분한 지원이 된다면 제법 높은 자리까지 갈지도 모른다.

"좀 지원을 해 줘야 하나?"

노형진은 이런저런 생각을 하면서 아파트 입구를 나오다가 모자를 쓴 낯선 사람과 부딪혔다.

"아, 죄송합니다."

"아, 씁."

모자가 떨어지자 눈을 팍 찡그리면서 노형진을 노려보는 남자.

노형진은 잽싸게 그에게 모자를 주워서 건네주다가 그대로 얼어붙었다.

"눈깔 제대로 안 뜨고 다녀?"

거친 얼굴을 한 남자는 폭력적인 모습으로 노형진에게 겁을 주었다.

하지만 노형진이 얼어붙은 것은 그런 그의 모습에 겁먹어서가 아니었다.

'조혁우?'

조혁우.

어찌 그를 잊을 수 있겠는가?

박광석을 괴롭히던 가해자이자, 회귀 전에는 누나와 결혼해서 결국 누나와 조카를 죽음으로 몰아넣었던 괴물.

그 괴물이 눈앞에 서 있었다.

"씨벌."

그는 눈을 부라리고는 자기 갈 길을 갔지만, 노형진은 그의 뒷모습에서 눈을 뗄 수가 없었다.

'어째서?'

조혁우.

원래 역사에서 그는 온갖 범죄를 저지르고 감옥에 가 버린다.

이번에도 노형진이 그를 잡아서 감옥에 넣어 버렸다.

최대한 오래 있기를 원했지만, 학생이라는 신분 때문에 결국 그는 그리 오랜 시간을 감옥에 있지는 않았다.

한국의 범죄 선처 주의 때문에 노형진의 예상과 다르게 채 5년도 채우지 않고 출소한 것이다.

하지만 그 뒤에 일용직을 거쳐 술집에서 삐끼로 일하다가 사기와 협박으로 교도소에 들어갔다가 나온 것으로 알고 있었다.

'그런데 왜……?'

어째서 지금 여기에서 조혁우를 만나게 된 것일까?

'우연?'

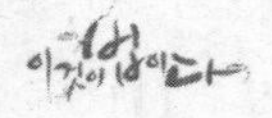

노형진은 고개를 흔들었다.

이 아파트는 서울에서도 비싼, 고가의 아파트촌이다.

조혁우가 살 만큼 땅값이 싼 동네가 아니다.

"설마……?"

노형진은 등골이 오싹했다.

사실 이런 경우 답은 정해진 것이나 마찬가지다.

그도 숱하게 겪었던 일이 아니던가.

"젠장."

노형진은 절로 눈을 찡그릴 수밖에 없었다.

⚖

"조혁우에 대해 조사를 해 왔습니다."

고문학은 노형진의 부탁을 받고 그에 대한 뒷조사를 해 왔다.

보통은 손채림에게 부탁해서 진행하지만, 정식 사건도 아닌 만큼 노형진이 직접 부탁을 한 것이다.

"일단 그는 형기 4년 반을 마치고 나왔습니다."

"4년 반요?"

"네."

"으음……."

역시 자신이 노렸던 것보다 훨씬 적게 나왔다.

"그 후에는 어떻게 지냈나요?"

"일단 형기를 마친 후, 나이트클럽에서 삐끼 생활을 한 모양입니다. 웨이터로 쓰기에는 나이도 어리니까요."

삐끼의 삶은 그다지 좋지 못하다. 일단 자신이 픽업해 온 사람들의 숫자에 따라 돈을 받는 데다가 그나마도 충분히 받지 못하기 때문이다.

하지만 전과도 있는 데다 학교도 제대로 졸업하지 못한 그가 할 수 있는 일은 한정되어 있었다. 심지어 사기와 협박으로 또 교도소에 들어간 것으로 기억하니.

분명 인생이 처참하게 망가졌을 것이다.

"인생이 망가졌겠군요."

"네, 처참하게 망가졌죠."

운동을 잘하던 그였지만, 교도소에서 몸을 만들 수는 없어서 결국 운동은 포기해야 했다.

더군다나 운동계에서 전과 경력, 그것도 폭력 및 살인미수는 치명적이었다.

궁극적으로 운동으로 성공하는 최종 목표는 국가 대표다.

하지만 전과가 있으면 국가 대표가 될 수가 없다.

애초에 국가 대표가 될 만큼 실력이 있는 것도 아니었지만.

"어찌어찌 삐끼 생활을 하다가, 취객과 싸움이 붙어서 쫓겨난 후에는 노가다로 연명한 모양이더군요."

"음……."

노형진은 심각하게 고민했다.

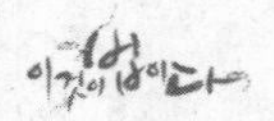

과연 그가 어떤 생각으로 그곳에 온 것일까?

"혹시 그의 삶에 대한 반성 같은 게 있었나요?"

"어떤 의미이신지?"

"삐끼가 사람들이 인정하지 않는 직업이지만, 그래도 그 일을 하는 사람이 다 나쁜 건 아니지 않습니까?"

살기 위해 하는 일이다.

그걸 무조건 나쁘다고 할 수는 없는 노릇이다.

설혹 잘못을 저질렀던 사람이라 하더라도, 나중에라도 반성하고 가족을 부양하기 위해 온갖 무시를 받으면서도 웃으며 일하는 수많은 사람들이 존재하니까.

혹시나 그런 상황이라면 자신이 오해하는 것일 수도 있다, 말 그대로 우연일 테니.

그러자 고문학은 사건 기록을 읽어 주었다.

"싸움의 원인은 절도였습니다."

"절도?"

"네. 술에 취한 손님의 지갑에서 100만 원을 꺼냈습니다."

"미친."

한두 푼도 아니고 무려 100만 원이라니.

"제 경험상 그런 쪽은 어지간하면 실드 쳐 줍니다. 다들 어려운 삶을 살아가는 사람들이라, 그냥 고개 숙이고 싹싹 빌면 넘어가 주죠. 업체 쪽에서도 소문이 나면 여러모로 골치 아프니까요."

“그런데요?”

“그런데도 잘렸다는 건 하나뿐입니다. 그마저도 안될 정도라는 것.”

“으음…….”

“정확한 기록은 얻지 못했습니다만, 이런 경우 대부분 폭력이 동반됩니다.”

돈을 훔친 것을 의심하는 손님, 그리고 그걸 부정하는 직원.

보통 그런 경우 자연스럽게 몸수색으로 넘어간다.

그런데 그 돈을 감출 틈이 없었다면…….

“손님을 구타한 건가요?”

“그럴 겁니다.”

실제로도 조혁우는 그렇게 손님을 구타했다가 지갑에서 돈까지 나오면서 빼도 박도 못하게 된 경우였다.

“반성이라는 건 물 건너간 셈이군요.”

“그럴 겁니다.”

교도소에 몇 번 갔다 와서도 버릇을 못 고치고 손님을 구타했으니 당연히 잘렸을 테고.

“그리고 이 경우 이런 놈들은, 자신이 망한 원인을 엉뚱한 곳에서 찾지요.”

“매형이군요.”

조혁우를 맨 처음 감옥에 넣은 이가 바로 박광석이다.

노형진은 그 사건에서 드러난 적이 없다.

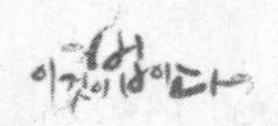

당연히 조혁우의 분노는 박광석에게 향했을 것이다.

"자기는 백수로 하루하루 먹고살기도 힘들어 죽겠는데 자신의 인생을 파멸시킨 남자는 판사가 되어서 성공한 삶을 살고 있다……?"

노형진은 턱을 스윽 문지르면서 생각에 빠졌다.

'거기에다 자신이 좋아했던 여자를 아내로 삼아서 말이지.'

정상적인 사람이라면 자신의 죄를 뉘우치고 살았을 것이다.

하지만 조혁우라면?

'눈깔이 돌아갔겠군.'

노형진이 걱정하는 것은 다름 아닌 보복이다.

판사든 변호사든 검사든, 법조계에 있는 사람은 어쩔 수 없이 걱정해야 하는 부분.

'끄응…… 이건 곤란한데.'

애초에 조혁우가 멀쩡한 인간이었다면 살인미수 수준으로 박광석을 괴롭히지도 않았을 것이다.

그는 경찰에 잡혀 있는 상황에서도 박광석을 끌고 가서 죽이려고 무차별 폭행한 놈이다.

그런 놈이 반성?

'내가 너무 큰 꿈을 꾸는 거겠지.'

사실 반성을 하려고 한다면 못 할 것은 아니다.

노가다는 전과가 있어도 할 수 있고, 기술을 배운다면 적지 않은 돈을 벌 수 있으니까.

하지만 그가 고른 것은 삐끼나 동네 조폭.

"감사합니다."

"어떻게 하시겠습니까?"

"글쎄요. 그건 생각 좀 해 봐야겠네요."

별달리 뾰족한 수가 없어, 노형진은 눈을 찡그리며 나지막하게 말할 수밖에 없었다.

⚖

"뭐? 조혁우?"

박광석의 눈에서 불똥이 튀었다. 그렇게 오랜 시간이 지났지만 박광석에게 조혁우는 여전히 원수나 다름없었다.

"그놈이 이 주변을 돌아다닌다고? 확실한 거야?"

"맞아요. 혹시나 해서 조사해 봤는데 그 녀석 주소지는 대구예요."

"대구?"

"네."

"대구에서 여기까지 왜 와?"

"그러니까요."

정확하게 말하면 그는 대구에서 나이트 삐끼를 하다가 쫓겨난 후 주소지를 옮긴 흔적이 없다.

사람은 먹고 자야 하니 답은 하나뿐이다.

'떠돌아다니면서 모텔에서 숙식을 해결하는 거지.'

즉, 제대로 자리를 잡지도 못했다는 소리다.

"크, 빌어먹을 자식."

박광석은 이를 악물었다.

'그 녀석이 과연 어떤 목적으로 온 것일까?'라는 의문에 대한 답은 나와 있었다.

"안부를 물으러 온 건 아니겠지요."

"그렇겠지."

보복 말고는 다른 이유가 없어 보였다. 몰래 접근해서 찔러 죽이고 튀면, 주소지가 없는 자신을 건드리지 못할 거라고 생각했을 것이다.

"그렇게까지 자기 인생을 망치고 싶은 건가?"

"자기 인생이 망가졌으니 그 인생을 채워 넣고 싶은 거죠."

"크윽……."

"중요한 건 매형도 매형이지만, 아이들하고 누나가 문제예요."

그가 복수하려고 한다면 단순히 박광석만 노리지는 않을 것이다.

'누나를 노릴 수도 있어.'

웃긴 일이지만 현실이 그렇다.

자신을 감옥에 넣은 박광석도 박광석이지만, 누나도 결국 그를 만났다.

누나에게 관심이 많았던 그의 입장에서 누나의 그런 행동이 결국은 배신으로 느껴질 수 있다는 것이 영 불안했다.

'그리고 보통 그런 배신감은 아이한테도 영향을 주지.'

차라리 박광석만 노리면 경호는 쉽다.

하지만 복수심은 상대방이 고통받기를 원하는 것이다.

즉, 단순히 박광석을 지키는 것만이 문제가 아니라는 거다.

가족들도 노릴 테니까.

"경찰에 신고해야 하나?"

"할 수는 있겠지만 순찰을 늘려 주는 것 말고는 방법이 없을 거예요. 아직 어떤 범죄도 저지르지 않았으니까."

"으음…… 그냥 우연은 아닐까?"

"글쎄요. 우연이라고 보기에는 너무 공교롭잖아요?"

이 주변에 무슨 상권이 있는 것도 아니고, 다 아파트뿐이다. 그런데 갑자기 등장하다니.

"우연일 가능성은 없어요. 거기에다 매형 주소는 철저하게 관리되고 있다고요."

법조계에서 보복이 있을 수 있기 때문에 어지간하면 판사도 검사도 주변에 섣불리 주소를 흘리고 다니지 않는다.

그런데 관련 범죄자가 주변에 나타났다는 것 자체가 의심스러운 상황.

"그냥 둘 수도 없고, 그렇다고 접근 금지 명령이나 처벌을 할 수도 없고……."

현재 조혁우는 아무런 행동도 하지 않았다.

당연히 신고를 해도 처벌을 할 방법이 없다.

"접근 금지도 의미가 없지요."

접근 금지 명령은 상대방에게 해코지를 하려고 접근하는 사람들을 막기 위해 내려진다.

문제는 그 수준이 딱 해코지까지라는 것.

"단순히 때리거나 욕하거나 하는 거라면 문제가 안 돼요."

그때마다 명령을 어긴 셈이 되기 때문에 그에 대한 처벌이 들어가지만.

"극단적인 선택을 하려고 마음먹고 온 상황이라면 의미가 없지요."

"극단적 선택이라……."

박광석은 눈을 찌푸렸다.

"그렇게까지 할까?"

"사실상 기밀에 가까운 형님네 주소를 찾아내서 왔어요. 우연히 마주쳐서 따라왔을 것 같아요?"

"그럴 리 없겠네."

어느 법원에서 일하는지, 어디서 사는지 알아내는 것.

그 모든 것이 돈이다.

가난한 조혁우가 그 돈을 내는 것은 확실히 버거운 일이었을 것이다.

"흥신소에서도, 다른 사람도 아니고 판사의 뒤를 캐 주는 것을 싼 가격에 해 줄 리 없지요."

"흠……."

"결과적으로 그가 노리는 건 극단적인 가능성일 수밖에 없어요. 더군다나 단순히 욕을 하거나 화를 내는 거였다면 당장 들이닥쳐서 뒤집었을 거예요. 하지만 그는 모자로 얼굴을 가리고 이 주변을 돌아다니고 있었어요."

추후의 계획이 있지 않고서야 그럴 이유는 전혀 없다.

"망할 놈."

박광석은 이를 빠드득 갈았다.

자신을 그토록 집요하게 괴롭혔던 조혁우다.

그런데 아직도 정신을 못 차리고 자신을 원망하다니.

"원래 범죄자들은 그래요."

자기 잘못을 반성한다?

백 명 중 한 명이나 그럴까 말까다. 범죄자들은 자기 잘못을 반성하는 게 아니라 자기를 신고한 피해자를 원망한다.

"일단 네 누나랑 애들은 친정으로 보내야겠다. 그쪽은 모르겠지?"

"그럴 거예요."

설사 안다고 해도 거기에는 만일에 대비해서 패닉 룸까지 만들어 놨으니 별일은 없을 것이다.

"그동안 우리는 그에 대해 조사를 좀 해 봐야겠네요."

"나는 당분간 그냥 다녀야겠다, 만일 내가 안 보이면 의심할지도 모르니."

노형진은 고개를 끄덕거렸다. 그의 말이 맞으니까.

"그동안 우리는 그 녀석을 미행할게요. 그 녀석의 동선을 보면 우연인지 필연인지 알 수 있으니까."

노형진은 그저 우연이기를 마음속으로 원했지만, 결과적으로 우연은 아니었다.

⚖

"따라다닌다고요?"

"네."

지난 며칠간 조혁우는 박광석의 동선을 따라다니고 있었다. 집과 법원을 왔다 갔다 하면서 말이다.

"끄응……."

누가 봐도 뭘 노리는지 알아차릴 수밖에 없는 상황.

"무장 같은 건요?"

"모릅니다. 차를 타고 있어서요."

"음……."

노형진은 얼굴이 어두워졌다.

그리고 조용히 듣고 있던 손채림은 눈을 찡그렸다.

"이건 누가 봐도 너희 매형이랑 가족을 노리는 건데?"

"그런 것 같네."

"어쩌지? 지금이라도 대피시켜야 하나?"

"계속 그럴 수는 없잖아."

한 번 노린 사람은 계속 노린다.

매일같이 도망가면 의미가 없다.

"더군다나 그 말은 매형이 서울을 떠나야 한다는 거야."

사람마다 야망이라는 게 있다.

그건 매형도 마찬가지.

"하지만 한국에서 서울을 떠난다는 건 사실상 출세를 포기한다는 뜻이지. 특히 공직 쪽은 더 심해."

노형진은 한숨을 푹 쉬며 말했다.

"그놈이 무서워서 지방을 전전한다? 그게 더 문제 아니야? 거기에다 지방으로 간다고 한들 그 녀석이 따라가지 말라는 법이 있어?"

"그건 그러네."

"안전하려면 결국 해외로 가야 하는데, 그것도 웃기잖아."

해외에서는 박광석이 배운 법적 지식이 아무런 쓸모가 없다.

물론 안전은 하다, 조혁우는 전과가 있어서 여권과 비자가 나오지 않을 테니.

"하지만 그 때문에 도망간다는 건 말도 안 되고."

"하지만 보복을 할 수는 없잖아?"

"그건……."

노형진은 턱을 문질렀다.

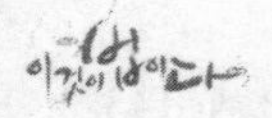

"망할…… 도대체 왜……?"

노형진은 한숨이 나왔다.

사실상 사람을 죽일 뻔한 사건이다.

그런데 고작 징역 4년이라니.

"안 봐도 뻔하지. 조혁우 그 자식 집이 좀 살았잖아."

"그랬나?"

"네가 친 사고인데 그것도 기억 못 해?"

"그 새끼한테는 관심이 없었어."

애초에 자신과 접점이 있었던 것도 아니었고 회귀하기 전에 매형으로 나타났을 때는 거지새끼나 다름없었다.

"그 새끼 집안, 무척 부자야. 1심에서 시끄러우면 조용히 있다가 2심에서 빵빵한 변호사를 사서 형량 깎는 거 흔한 일이잖아."

"뭐?"

"그게 그리 놀랄 일이야?"

손채림과 노형진은 초등학교 동창이다.

즉, 손채림은 조혁우와 관련이 없다는 뜻이다.

그런데 그걸 어떻게 안단 말인가?

물론 소문이 시끄럽긴 했지만, 그 후의 소문까지 알 정도는 아니었다.

"넌 그걸 어떻게 안 거야?"

손채림과 노형진은 그 당시에는 친하지 않았다.

그러니 그 당시에 이런 소식을 전해 듣지는 못했다.

“우리 집도 좀 살았잖냐.”

“응? 그거랑 무슨 관계야?”

“동네에는 부자들끼리 모이는 모임이 있잖아. 타이거클럽 같은 거.”

“아아아.”

노형진도 아는 곳이다. 최초 목적은 자선이었지만 지금은 지역 유지들의 권력 놀음의 전당이 되어 버린 그곳.

“너도 거기 출신이야?”

“나는 아니야. 내가 그때 몇 살인데 거기를 가냐? 정확하게 말하면 부자 부모님이 모인다고 해야겠네.”

“허.”

대충 이해가 갔다.

부자들이 자기들끼리 모이는 건 흔한 일이니까.

‘그런데 그러면 이상한데? 그러고 보니까 말이 안 되잖아.’

노형진은 그 말이 이상하다는 생각이 들었다.

‘하지만 우리 누나와 결혼할 때는 사실상 거지새끼나 다름 없었는데.’

결혼할 때 결혼식을 올릴 돈도 없어서 혼인신고만 하고 살았다. 그런데 부자였다고?

‘아니, 지금만 봐도 이해가 안 가는 건 마찬가지인데.’

부잣집 아들내미가, 감옥에 몇 번 다녀왔다고는 해도 그 후에 삐끼 노릇을 하면서 살아간다?

말도 안 된다. 돈만 있으면 사람을 병신을 만들어도 편하게 살아갈 수 있다.

'뭔가 이상한데.'

노형진은 머리를 북북 긁었다.

"혹시 그에 대해 아는 거 있어?"

"아는 건 없는데. 뭐, 우리 엄마는 기억하실지도 모르겠다."

"그러면 확인 좀 해 줄 수 있어? 지금 상황이 이해가 가지 않아서 그래."

"알았어."

손채림은 고개를 끄덕거렸다.

"어쩌면…… 그게 돌파구가 될지도 모르겠어."

직감적으로 노형진은 그게 중요하다는 걸 느끼고 있었다.

⚖

"사기를 당했다네."

"얼마나?"

"80억. 거의 전 재산이지."

"허?"

손채림의 어머니에게서 들은 소식은 제법 충격적이었다.

"왜 그런 정보가 빠진 거지?"

"넌 조혁우에 대해서만 조사해 달라고 했잖아."

"아, 그랬나? 그러면 자세한 이야기는 알아?"

"뭐, 대략적인 것만."

조혁우의 집안은 부자였다.

정확하게 말하면 노형진과 충돌할 때만 해도 부자였다.

애초에 그 정도 학교 폭력을 실행하는 놈이 뒷수습을 할 정도의 힘도 없을 리 없었다.

"그런데?"

"그 일이 터지고 나서 아무래도 창피하니까 서로 연락을 끊었나 봐. 하지만 간간이 소식은 소문이 났는데."

"사기를 당했다?"

"응."

전 재산을 사기를 당하고 집안은 망했다.

"어떤 식으로 사기를 당했기에?"

"보증을 선 모양이야."

"보증?"

"응. 멍청한 짓을 한 거지."

단순히 몇억짜리 보증이면 문제가 되지 않았을 것이다.

하지만 수십억짜리 보증이었고, 그 때문에 집안이 날아갔다.

"조혁우가 감옥에 가 있는 사이에 그런 일이 터진 모양이야."

"대충 그림이 그려지는군."

아마 회귀 전에는 노현아를 만나기 전에 그런 일이 터졌을 것이다. 그러면 대충 시간이 맞는다.

'그리고 결혼했지.'

하지만 그사이 그는 교도소에 가 버렸다.

'그 원한도 겹치겠군.'

교도소에서 나왔더니 집안이 망했다.

그러면 사람들은 필연적으로 미워할 사람을 찾는다.

그리고 그 대상이 다름 아닌 박광석, 즉 노형진의 매형이다.

"사기꾼이 어디에 있는지는 알고?"

"중국으로 튀었다는 소문만 있대."

"쩝. 하긴, 80억쯤 사기 쳤으면 중국으로 튀었을 테지."

그러나 한국의 무능한 경찰이 중국과 협력해서 사기꾼을 잡으려는 생각을 할 리는 없을 테니 집안은 그대로 무너졌을 것이다.

"어쩐다."

"사기꾼을 잡아다 바친다?"

"내가 그 고생을 왜 해? 그리고 그런다고 해서 그놈이 '아, 그럼 용서해 줄게.' 할까? 애초에 미친놈은 그놈이지 내가 아니야."

"그건 그런데."

정작 사기꾼은 찾지 못하고 엉뚱한 곳에 화풀이하는 사람이 다름 아닌 조혁우다.

"그렇다고 가만둘 수는 없잖아?"

"흠……."

"경찰에 보고를 한다고 해도, 너도 경찰에 대해 잘 알잖아."

"알지."

사람이 죽을 것 같다고 해도, 일단 사건이 벌어지기 전까지는 방법 없다고 손 놓고 구경하는 게 경찰이다.

물론 경호 업무를 할 수는 있겠지만, 높은 급수도 아니고 고작 평판사 한 명을 위해 그럴 일은 없다.

기껏해야 순찰을 자주 돌아 주는 정도.

"끄응. 뭐, 일단 힘부터 있어야 보호를 받네. 더러운 세상."

툴툴거리는 손채림.

그 말을 듣고 있던 노형진의 머릿속에 문득 좋은 생각이 들었다.

"그래, 좋은 생각이네."

"응? 뭐가?"

"힘이 있어야 보호를 받는다면서?"

"그렇지."

"그 힘을 우리가 좀 빌려 오자고."

"힘을 빌려 오자고?"

"그래, 후후후."

"누구한테?"

"누구긴, 사자지."

"사자?"

"그래, 사자."

노형진은 사자가 될 만한 사람을 알고 있었다.

"과연 사자가 어떻게 반응할지는 두고 보자고."

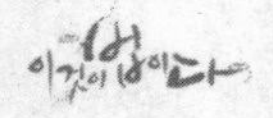

사자와 여우

“당분간은 이사를 하는 게 좋겠어요.”

“이사? 도망가자는 거야?”

박광석은 눈을 찌푸렸다.

아무리 자신이 힘이 없는 평판사라고 하지만 자신을 괴롭혔던 범죄자 한 놈 때문에 인생을 망치고 싶은 생각은 없었다.

“형진아, 나 판사야. 앙심 품은 놈들이 한두 놈이 아닐 텐데 그때마다 도망갈 수는 없어.”

단호하게 선을 그어서 거절의 의사를 표현하는 박광석.

노형진은 그런 그에게 차분하게 설명해 줬다.

“매형, 그런 거 아니에요. 다른 미끼를 던져 주자는 거죠.”

“다른 미끼?”

"네."

노형진은 손채림이 찾아온 사건에 대해 차분하게 설명했다.

그리고 거기에 덧붙여서 자신의 계획을 이야기했다.

"그 녀석은 형님한테 원한을 가지고 있지요. 그리고 매형은 그런 부분을 걱정하고 있고요."

"그래, 그건 사실이야."

"아까도 형님이 그랬잖아요? 판사 노릇 하면서 앙심을 품는 녀석들이 한두 놈이 아니라고."

"그렇지."

"대부분의 판사들이 다 그런 생각 하지 않을까요?"

"그런 생각 안 하는 판사는 없지. 그런데 그거랑 다른 미끼랑 무슨 관계가 있다는 거야?"

"매형, 옛날에 조혁우 사건의 판결을 내렸던 판사가 누구인지 기억나요?"

"어? 그거…… 주지희 판사님인데?"

"기억하시네요?"

"내 인생이 바뀌었는데 기억 못 할 리가 있겠냐?"

주지희 판사.

그 당시 사건을 담당했던 판사다.

그녀가 박광석에게는 자신을 구원해 준 사람이었다.

"사실 그분 덕분에 내가 판사를 한 거니까."

"아, 그래요?"

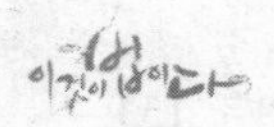

"그래, 다른 사람은 안 들어 준 내 이야기를 그분은 들어 주시더라."

노형진은 고개를 끄덕거렸다.

그 당시 자신은 어렸기 때문에 사건 이후에 무슨 일이 벌어졌는지는 몰랐으니까.

'그래서 판사가 된 거구나.'

자신을 만나서 바뀐 것도 있겠지만, 아마 주지희 판사의 행동에 감동했을 수도 있었을 것이다.

"그래, 그분 덕분에…… 너 설마……?"

말을 하던 박광석의 얼굴이 불편하게 굳었다.

"주지희 판사를 노리게 하자는 거냐?"

"네."

"야! 어떻게 사람이 그럴 수가 있어!"

발끈하는 박광석.

하지만 노형진은 물러나지 않았다.

"그러면 지금 도망가실 겁니까? 조혁우는 끝까지 따라올 텐데?"

"아무리 그래도 그분은 내 은인이야!"

"은인이니까 도와드리려고 하는 겁니다."

"뭐?"

"그 미친놈이 형님한테 보복한 후에 멈출 것 같아요? 형님도 범죄심리학 배우셨잖아요?"

박광석은 말문이 턱 막혔다.

"그 녀석이 가진 복수심은 그냥 헛된 복수심이에요. 형님이나 우리 애들, 그리고 우리 누나 죽인다고 해서 풀릴 복수님이 아니라고요."

"그건……."

"이런 사례들이 어떻게 끝나는지 아시잖아요?"

"하아, 씨발."

"장담하는데요, 다음 대상은 주지희 판사님입니다."

"끄응……."

실제로 그랬다.

자신의 인생이 망가졌다고 생각해서 복수하려고 하는 놈들은 절대 한 명으로 끝내지 않는다.

왜냐하면 복수를 해도 바뀌는 게 없기 때문이다.

'그 복수심은 자신의 책임이 아니라는 책임 전가에서 나오지.'

그래서 그놈을 죽이면 속이 시원해지고 인생이 필 것 같다.

하지만 그런다고 해서 절대 속이 편해지지 않는다.

"복수에는 끝이 없지요. 그건 배우셨잖아요."

"후우, 그래 그렇지."

일단 박광석을 죽인다고 해도 분노가 사라지지는 않는다.

그러니 그는 그 원인을 자신이 아닌 다른 사람에게 뒤집어씌운다.

"처음에는 신고자, 그다음은 증인, 그다음은 판사와 검사,

그 후에는 자기를 변호했던 변호사까지."

"끄응."

"아니라고는 말 못 하시잖아요."

틀린 말이 아니다.

실제로 있었던 일이니까.

가해자가 출소하고 나서 복수를 위해 신고자와 증인, 그리고 담당 판사와 검사, 심지어 자신을 변호했던 변호사까지 찾아가서 끔살 했던 사건이 있었다.

그는 그들 때문에 자신의 인생이 망가졌다며 그 복수를 한 거라 울부짖었지만…….

"애초에 그 녀석의 인생은 스스로 망친 거죠."

"닝기미."

그닥지 않게 욕을 한 박광석은 담배를 꺼내 물었다.

"담배 피워요?"

"그 많은 미친놈들 보면서 담배 안 피우게 생겼냐?"

"하긴."

판사가 받는 스트레스는 상상 이상이니까.

"후우."

한참 담배를 피우던 박광석은 입술을 깨물었다.

"아무리 그래도 은사님인데……."

"형님, 고마운 분인 건 알아요. 하지만 그렇다고 해서 닥쳐올 상황을 피할 수도 없잖아요."

"내가 도움을 청하면?"

"아무리 그분이라고 해도, 도움 청한다고 해서 도와주시겠어요?"

"그건……."

"은사님이라고 하지만 친하세요?"

"아니."

물론 몇 번 인사는 드렸다.

하지만 일하는 법원이 다른 만큼 아무래도 거리감이 있었다.

"그런데 그분이 형님 말을 듣고 뭘 어떻게 도와주겠어요?"

"아……."

어찌 되었건 노려지는 것은 평판사다.

"그분이 은사님인 것과 그분을 형님을 지켜 주려고 하는 사람 취급하는 건 전혀 다른 이야기라고요. 그분이 공명정대한 건 알아요. 그렇지만 그게 형님이 그분에게 특별한 사람이라는 뜻은 아닙니다."

반대로 공명정대하기 때문에 다른 판사들과 마찬가지로 경찰에 보호를 요청하는 선에서 끝날 가능성이 높다.

"아, 진짜. 누가 변호사 아니랄까 봐 아픈 데만 두들겨 까네."

박광석은 담배를 쭈욱 빨아들이더니 재떨이에 신경질적으로 비벼 껐다.

"그래, 내가 좀 나쁜 놈 되면 우리 가족이 편해지니까 들어 보자. 너, 계획은 뭐야?"

“그분, 지금 동부에서 부장판사를 하고 있습니다.”

“그런데?”

“부장판사가 보복의 대상이 된다면 어떤 일이 벌어질 것 같아요?”

“난리가 나겠지.”

부장판사면 권력의 정점에 들어선 사람이다.

그가 가지는 힘은 평판사와는 비교도 할 수 없다.

“그러니까 이사를 하자는 겁니다.”

“어디로?”

“당연히 그분 주변이지요.”

“그분 주변이라…….”

“지금 조혁우는 형님을 노리고 있어요. 하지만 언젠가는 주지희 판사님이 표적이 됩니다.”

“후우.”

“그리고 그 순서를 아는 건 우리뿐이죠.”

“우리뿐?”

“네. 사실 판결한 사람이 더 미움의 대상이냐 아니면 신고한 대상이 미움의 대상이냐는 결국 본인의 결정이거든요.”

박광석이 눈을 찌푸렸다.

“그러니까 그 새끼가 주지희 판사님을 노리도록 몰아가자?”

“정확하게는 주지희 판사님을 노리는 걸로 의심받게 만들자는 겁니다. 그 녀석, 주지희 판사님 주소는 모를 거예요.

하지만 우리는 알죠. 우리가 그쪽으로 가면 그놈도 그쪽으로 갈 테고, 주지희 판사님이 노려진다는 의심을 받게 할 수 있어요. 사실 이건 미끼를 던진다고 볼 수도 없어요. 의심만 받게 만드는 거니까. 아마 조혁우 그 새끼는 아직 주지희 판사님의 존재 자체도 떠올리지 못했을걸요."

"끄응……."

확실히 그럴 가능성이 높다.

어떤 놈은 신고자를 먼저 노리지만 어떤 놈은 판사를, 어떤 놈은 검사를 먼저 노린다.

어찌 되었건 주변에 판결을 내렸던 전과자가 알짱거리면 판사들의 기분이 좋을 수는 없다.

"적당히 얼쩡거리면서 판사님이 경각심을 가지게 만들면 별일은 없을 거예요."

그러려면 박광석과 주지희 판사의 동선이 겹쳐야 한다.

그러기 위해서는 그가 이사 가는 것이 최선이다.

"아…… 쓰읍…… 떨떠름하네."

"어쩔 수 없어요. 힘이 없는 평판사니까. 그럴 때는 호랑이의 힘을 빌려서라도 위세를 떨쳐야지요."

"그래. 그까짓 힘…… 빌리지, 뭐."

자신이 미안한 것과 가족을 포기하는 것은 전혀 비교할 대상이 아니다.

무엇보다 가족이 우선이다.

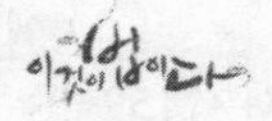

그리고 진짜로 주지희 판사가 위험해지는 것도 아니고 말이다.

"하지만 어느 세월에 집을 구해서 가냐고, 이제 와서."

노형진은 품 안에서 뭔가를 꺼내 들었다.

딸랑거리는 열쇠 하나.

"이미 해결해 놨습니다."

"허?"

"웃돈 준다는데 아파트 안 파는 사람은 없거든요, 후후후."

"무서운 놈."

"원래 제가 좀 무서운 놈이지 않습니까?"

노형진은 씩 웃었고, 박광석은 고개를 절레절레 흔들 수밖에 없었다.

야반도주라고 해야 하나?

박광석의 이사는 말 그대로 번갯불에 콩 볶아 먹듯이 이루어졌다.

사실 이사라고 해 봐야 기존 집은 그냥 두고 몸과 간단한 짐만 옮긴 것이지만 말이다.

그리고 얼마 지나지 않아서 노형진은 다시 그자를 마주쳤다.

"확실하네."

모니터로 조혁우를 보면서 손채림은 떨떠름하게 말했다.

“조용히 옮겼는데 따라왔어. 어디서 정보 캐서 따라다닌다는 소리네.”

“역시나.”

혹시나 자신이 설레발치는 거 아닌가 하는 생각에 조용히 한 이사였다.

하지만 그걸 따라온 이상, 확실해졌다.

조혁우는 매형과 그 가족을 노린다.

“어쩔 거야? 당장 경찰에 신고해?”

“뭐라고? 범죄자가 따라다닌다고?”

“그건 그러네.”

“경찰이 건드리면 도리어 다급해져서 무슨 짓을 할지 몰라. 그러니까 우리는 계획대로 움직여야지.”

“문제는 어떻게 이야기해 주냐는 거야. 우리가 이야기해 주면 이상하잖아?”

노형진이 씩 웃었다.

“우리 변호사들의 좋은 점이 뭔지 알아?”

“뭔데?”

“검사든 판사든, 모든 법조계 사람들과 사법연수원 동기 출신이라는 거지, 후후후.”

그러니 대신 말해 줄 사람은 얼마든지 있었다.

⚖

"그러고 보니……."

가끔 있는 동기들끼리의 모임.

노형진은 아무래도 나이가 어려서 막내 취급이었지만, 그래도 분위기가 나쁜 것은 아니었다.

노형진은 그 안에서 슬쩍 운을 띄웠다.

"동배 형이 동부 쪽이죠?"

"그렇지. 왜, 너 담당 사건 있어? 으아, 몸 사려야겠다. 너랑 친하다고 일단 자르고 봐야겠는데?"

엄살을 떠는 동기 출신 형님의 말에 노형진은 씩 웃었다.

"날 피한다고 그게 피해지나?"

"에이, 저승사자 같은 놈. 진짜 판사들이 너 하나 잡으려고 눈깔 뒤집는다."

"내가 뭘 잘못했다고?"

"네가 날려 버린 판사 모가지가 몇 개인데."

"그 덕에 승진하신 분이 불만을 가지면 안 되죠."

"하여간 한 번을 안 지려고 하네, 저거."

키득거리는 사람들.

노형진은 눈치를 보다가 슬슬 입을 열었다.

"아니, 근데 진짜 동부 맞죠?"

"맞아. 왜?"

"요즘 이상한 소문이 들려서요."
"이상한 소문?"
"누가 주지희 판사 뒤를 캐고 다닌다는 소문이 있어요."
갑자기 주변이 싸늘해지면서 침묵이 흘렀다.
이 안에 있는 사람들은 다 판검사, 변호사다.
그러니 누군가 신상을 털고 다닌다는 이야기에 예민할 수밖에 없다.
"너 그거 무슨 말이야?"
아까와 다르게 웃음기를 싹 지우고 말하는 동배.
"새론에 정보 부서 있는 거 아시죠?"
"알지."
다른 로펌과 다르게 정보 부서에서 감춰진 정보까지 캐는 것이 새론의 승리 비결이라는 것쯤은 다들 알고 있었다.
노형진은 그 말을 하면서 슬쩍 운을 뗐다.
"그쪽에서 사건 하나 추적하다가 우연히 나왔는데, 주지희 판사 조사하고 다니는 놈이 하나 있대요."
탁.
마지막까지 들고 있던 술잔이 탁자에 놓였다.
그리고 모두의 시선이 이쪽으로 쏠렸다.
"진짜냐?"
"저도 변호사예요. 설마 제가 이런 걸로 농담하겠어요?"
"으음…… 그렇지."

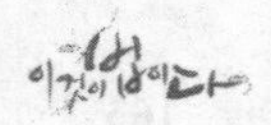

변호사인 노형진이 이게 얼마나 예민한 문제인지 모를 리 없다.

"그래서 뒷조사를 좀 부탁했는데……."

"벌써?"

"형님들도 듣자마자 꺼림칙한데 저라고 안 그랬겠습니까?"

"끄응…… 그렇지."

"거기에다 형님들은 조사할 수단도 없잖아요. 경찰이야 뭐, 온갖 요란을 떨다가 도망치게 할 테고."

"그건 그래. 그래서 뭔데?"

"그 새끼, 주지희 판사님이 빵에 넣은 놈이더라고요."

"빵?"

"네. 5년 때렸는데 가석방으로 4년 반 만에 나왔어요."

"니미 씨발."

동배의 입에서 절로 욕이 튀어나왔다.

빵에 넣은 범죄자가 나와서 판사를 캐고 다닌다.

이건 빼박이다.

"네가 조사까지 하고 여기서 말하는 거 보니까 뭐 있는 것 같은데…… 사실대로 말해 봐."

"그래. 이거 그냥 못 넘어가는 말인 거 알지?"

"사실은……."

노형진은 차근차근 이야기했다.

물론 그 과정에서 매형의 이야기는 쏙 빼 버렸다.

당연히 조혁우가 주지희 판사를 노리는 형태가 되어 버렸다.

"이건…… 위험한데."

"맞아. 집안까지 망했으면 원한이 이만저만이 아닐 텐데."

이들도 안다.

일단 원한을 품으려고 들면 범인은 자기 잘못도 남에게 뒤집어씌우고 판사의 잘못도 아닌 걸 판사 잘못이라고 뒤집어씌운다는 것을.

"제가 주 판사님이랑 인맥이 있는 것도 아니고 확실한 것도 아니고 해서, 말하기가 영 좀 그래서요."

"아니야. 말 잘했다. 아, 씨발, 술맛 팍 떨어지네."

누군가 주지희 판사를 노린다는 것.

그건 절대 그냥 넘어갈 일이 아니다.

"주 판사님 가족이 어떻게 됩니까?"

"가족? 왜? 아, 씨발……."

동배는 눈을 찌푸렸다.

가족을 노리지 말라는 법은 없다.

더군다나 주지희 판사는 가족을 끔찍이 아끼는 사람으로 잘 알려져 있다.

"딸만 둘인데. 남편분은 지금 세종에 혼자 내려가셨고."

"딸들은 서울에 있고요?"

"그래. 지금 고등학교 다녀."

"혹시 어느 학교에 다니는지 아세요?"

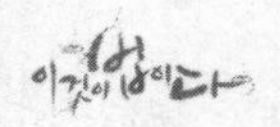

“왜?”

“형님도 아시잖아요, 미친놈들이 가끔 가족부터 노리는 거.”

“아오…… 부정 못 하겠다.”

동배는 결국 자리에서 일어났다.

“학교는 알아내서 문자 줄게. 혹시나…….”

“회사에 말해서 사람 붙여 줄게요. 우리는 경호 팀 있으니까.”

“미안하다.”

“미안은 무슨.”

사실 올바른 사람일수록 경호원을 붙일 정도의 돈이 없다.

주지희 판사는 공명정대하기로 소문이 나 있으니 두 딸에게 경호원을 붙일 돈이 있을 리 없다.

경찰이 붙어 다닐 수는 없고.

“다른 때였으면 거절하겠지만…….”

아무래도 이것도 일종의 접대로 오해받을 수 있으니까.

“보통 상황이 아니잖아요. 다행히 우리 새론은 경호 팀도 있고.”

“내가 가능하면 빨리 연락할게. 나 먼저 들어간다.”

동배가 먼저 일어나서 나가면서 다급하게 전화기를 들었고, 남은 사람들은 술맛이 떨어진 듯 입맛을 다시다가 남은 술을 털어 넣고 주섬주섬 자리를 정리했다.

“이쯤에서 파하자.”

“그래. 영 꺼림칙하네.”

자신이 대상이 될 수도 있다는 걱정에 다들 왠지 어두운 얼굴들이었다.

"한 번은 겪을 일이었잖아요."

"그건 예상하고 있었지만 직접 들으니 진짜 엿 같네."

그렇게 파하고 각자 자신의 집으로 가는 그때 '띠링' 소리와 함께 노형진에게 한 통의 문자가 왔다.

거기에 적혀 있는 이름을 보면서 노형진은 슬며시 미소를 지었다.

⚖

"반가워요. 주지희라고 해요."

"변호사 노형진이라고 합니다."

서동배와 함께 나란히 자리에 앉은 노형진은 중년의 여판사에게 최대한 정중하게 인사를 건넸다.

"서동배 판사에게 이야기 들었어요. 하지만 아무래도 내가 좀 더 확실하게 알아봐야 해서."

그녀는 떨리는 마음을 최대한 감추고 진지하게 말했다.

"저도 우연히 정보 팀을 통해 전해 들은 거라서요. 그게 다였습니다."

"그래도 다시 한 번 말해 주시겠어요?"

"네."

노형진은 다시 한 번 말하면서 그녀를 바라보았다.

그녀는 애써 진정하려고 하고 흥분을 감추려는 모습이었지만, 이미 마음속으로는 동요하고 있었다.

'미안합니다.'

사실 정부에서 판사와 검사에 대한 제대로 된 보호 대책만 세워 두면 될 일이다.

그런데 그러지 않아서 그가 굳이 이렇게 조치하는 거지.

하지만 그렇다 해도 그녀를 이용하는 건 사실이니까, 노형진으로서는 사과하지 않을 수 없었다.

"이야기해 줘서 고마워요. 그리고 바로 경호 팀을 보내 준 것도."

"아닙니다. 안전이 제일이니까요."

"하지만 두 명이나 보내 주면……."

"어차피 저희 쪽 경호 팀은 월급제입니다 그러니 걱정하지 않으셔도 됩니다."

두 딸은 고 1과 고 3이었다.

그런데 다니는 학교가 다르기 때문에 경호원이 각자 붙어 다니는 수밖에 없었다.

"그런데……."

노형진은 슬쩍 말을 흐렸다.

"왜 그러지요?"

"사실은 경호 팀 말고도 주변에 감시 팀을 하나 더 붙였습니다."
"감시 팀? 어째서요?"
"그 녀석이 어디까지 아는지 알아야 했거든요."
"확실히……. 새론은 사소한 것도 놓치지 않는 곳으로 정평이 나 있지요."
이해가 간다는 듯 고개를 끄덕거리는 주지희.
감시 팀을 따로 붙인다는 게 결코 기분 좋은 일은 아니었다.
하지만 그녀는 그 일에 대해 화를 낼 수가 없었다.
"그런데 이것 좀 봐 주시죠."
"이건 뭐죠?"
"그 감시 팀이 찍은 사진입니다."
노형진이 내미는 사진을 받아 든 주지희의 눈이 격하게 흔들리기 시작했다.
사진 너머에 보이는 건물.
그건 막내딸이 다니는 학교의 건물이었다.
그리고 그 앞에 보이는 어떤 남자의 뒷모습.
후드를 뒤집어쓰고 있어서 누군지 알 수 없는 모습.
"설마?"
"네. 저희가 주 판사님 댁 앞에서 찍은 사진과 동일한 옷입니다."
노형진은 다른 사진을 스윽 내밀었다.
주지희 판사의 아파트 바로 앞에서 찍은 사진이었다.

똑같은 체구, 똑같은 옷, 다른 공간.

“이…… 이…….”

이번만큼은 주지희도 흥분을 감추지 못하고 손을 바들바들 떨었다.

설마 진짜로 자신의 딸을 노릴 줄은 몰랐던 것이다.

거기에다 남자가 딸을 노린다?

그러면 어머니 입장에서 최악을 가정할 수밖에 없게 된다.

“괜찮으시면 아예 여성 경호 팀원에게 전담시키겠습니다. 남성 경호원은 아무래도 못 가는 곳이 있으니까요.”

“미안합니다. 그런 걸…….”

거절해야 한다.

거절해야 그녀의 신념에 맞는 일이다.

하지만 그럴 수가 없었다.

공명정대고 자신의 커리어고, 그 무엇이 아이들보다 소중하겠는가?

“애초에 이런 목적으로 만든 경호 팀이니 걱정하지 않으셔도 됩니다.”

“고맙습니다.”

“일단은 이 문제를 해결하는 데 집중하는 게 좋겠습니다. 아시겠지만 저희가 지원해 드리는 데에도 한계가 있으니까요.”

잠깐이야 동병상련이니 뭐니 둘러댈 수 있지만, 1년이고 2년이고 무조건 경호원을 붙여 둘 수는 없다.

그런 것도 어떻게 보면 뇌물로 보일 수 있으니까.

"경찰에 이야기는 해 보겠습니다만……."

결국 돌고 돌아 경찰.

하지만 경찰은 명확한 범죄가 없으면 터치 못 한다는 게 함정.

"와, 돌겠네."

듣고 있던 서동배는 머리를 흔들었다.

"씨발, 내가 당하는 입장이 되니까 경찰이고 뭐고 죽여 버리고 싶네."

"서 판사!"

"죄송합니다, 주 부장판사님."

"고민이기는 하네요."

주지희 판사도 경험이 많은 만큼 이 상황은 진짜 스스로 지키는 것 말고는 방법이 없다는 걸 알고 있었다.

그렇다고 여기서 포기하면 무슨 일이 벌어질지 모르고.

"판사를 그만두고 낙향해야 할지도……."

"그런다고 포기할까요? 뒷조사를 해서 주 판사님 뒤를 캐냈는데요."

도리어 그때는 판사도 아니기에 경찰이 최소한의 보호도 해 주지 않을 가능성이 높다.

"방법이 없는 건 아닙니다."

"무슨 방법이 있나요?"

"그가 사고를 치면 최고 형량을 때릴 수 있게 다른 판사들에게 이야기해 두는 겁니다."

"다른 판사들에게?"

눈을 찌푸리는 주지희.

청탁 같은 건 그녀의 성격에 맞지 않았으니까.

"청탁이 아닙니다. 사정을 말씀해 주신다면 다른 분들도 알아주실 겁니다. 주 판사님은 다른 판사가 위협받고 있는데 가만두시겠습니까?"

"아마…… 양심이 허락하는 선에서 최고 형량을 언도하겠지요."

"그겁니다. 그가 실수하는 시기만 노리고 있으면 됩니다."

"하지만 그가 실수를 할까요?"

"실수할 겁니다."

"어떻게 알아요?"

"분노로 움직이는 놈은 실수를 하지 않을 수가 없거든요."

⚖

"어떻게 한 거야?"

"뭘?"

"그 사진 말이야. 학교에 그 녀석이 간 적이 없는데."

사실 비효율적으로 학교 주변을 감시할 필요는 없다.

이미 조혁우를 다른 팀이 따라다니고 있다.

그러니 그가 사고를 칠 가능성은 제로라고 봐도 무방하다.

"아, 그거?"

노형진은 미묘한 미소를 지어 보였다.

"옷 구하느라고 힘들었다."

"뭐? 그게 무슨……. 설마?"

사진에 찍혀 있는 것은 그저 후드 티를 입고 있는 조혁우의 뒷모습뿐.

"허? 그거 가짜였어?"

"가짜였지."

"그걸 증거로 쓰면 어쩌려고?"

"그건 증거로 못 써. 누군지 확인할 방법이 없으니까."

"그럼 그냥 심증용이다?"

"정답."

그걸 보고 주지희 판사는 그가 조혁우라고 확신했다.

같은 공간에 같은 옷을 입은 사람이 있을 가능성은 제로에 가까우니까.

"와, 미친. 판사를 속여?"

"판사는 사람 아니야? 판사도 자기 일이면 정신 못 차려. 의사가 왜 가족 수술을 직접 안 하는데?"

자기 딸의 안전이 달리면 수술하는 도중에 '설마'라는 가정이 들어가지 않을 수가 없다.

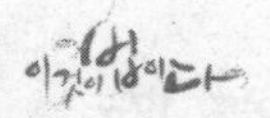

"일단 그놈에게 뭐든 엮을 수만 있다면, 그놈은 볼 것도 없이 법정 최고형이야."

"그게 목적이었구나."

"맞아. 부장판사를 노린 놈을 판사들하고 검찰이 그냥 두고 볼 리 없지."

전처럼 나이 어리다고 대충 선처받아서 가석방으로 나올 수도 없다.

일단 전과도 있는 데다가 노린 대상이 판사다.

가석방 허락이 나올 수가 없다.

"그건 알겠는데, 그건 결국 조혁우가 사고를 친다는 가정하에 벌어지는 일이잖아. 그놈이 무슨 사고를 쳐?"

"치게 만들어야지."

"뭐로? 폭행? 그런 거야 뭐 어려운 거 아니지만. 그거 최고형이라고 해 봐야 그다지 높지 않을 텐데?"

노형진은 고개를 흔들었다.

"폭행으로는 안 돼. 확실하게 하려면 살인미수쯤으로 가야지."

"한 번도 아니고 두 번이나 걸리겠어?"

"걸릴 수밖에 없게 해야지. 그놈이 가장 미워하는 다른 카드를 써서 말이지."

"다른 카드?"

"그가 분노하는 가장 큰 이유는 뭘까? 자기 인생이 망가진 가장 큰 이유는? 실질적으로, 그리고 이성적으로."

"그거야……."

손채림은 잠깐 생각하다 알아차렸다.

"사기꾼이네."

"맞아. 사기꾼이지."

사기꾼이 그의 집안에 사기를 치지 않았다면 그는 감옥에서 나왔다고 해도 떵떵거리면서 잘살고 있었을 것이다.

하지만 그 사기꾼이 집안을 망하게 하는 바람에 그는 결국 인생이 바닥으로 떨어졌다.

"사실 원한을 품을 만한 최우선순위를 꼽으라면 사기꾼이겠지."

"그 사기꾼은 중국에 있잖아."

"맞아. 하지만 잡아 오면 그만이지. 안 그래?"

노형진은 씩 웃었다.

"그 사기꾼한테 당한 사람이 한두 명이 아니었지?"

"그래."

"이참에 우리도 좋은 일 좀 같이 하자고, 후후후."

⚖

워낙 큰 사건이었기 때문에 같은 일을 당한 피해자를 찾는 것은 어렵지 않았다.

그리고 그들은 반쯤 포기한 상황에서 새론에서 추적해 주겠다는 말에 별말하지 않고 수임을 해 줬다.

그를 잡기 위해 중국으로 가면서도 손채림은 걱정으로 인해 앞이 캄캄했다.

"호만호라……. 이름이 특이하네. 그런데 어떻게 추적하려고? 아니, 그걸 떠나서 그 녀석이 한국으로 돌아가려고 하지 않을 텐데."

중국 어디로 숨었는지도 알 수가 없는 놈이다. 설사 찾아내어 잡는다고 해도, 그놈을 어떻게 한국으로 끌고 온단 말인가?

"방법이 있어."

노형진은 웃으며 말했다.

"얼마 전에 추적당했거든."

"뭐?"

"경찰 기록을 봤는데, 중국 공안에서 추적하는 데 성공하기는 했어."

정확하게 말하면 한국에서 그들의 위치가 드러났고, 한국 경찰이 그걸 중국 공안으로 넘긴 것이다.

그러나 중국 공안이 잡으러 갔을 때는 이미 튄 후였다.

'뭐, 안 봐도 뻔하지만.'

중국 공안에 넘기는 순간 그에게 정보가 새어 나갔을 것임을 추측하는 것은 어려운 일이 아니었다.

"그러면 어떻게 잡으려고? 튀어서 못 잡았다는 건 중국 공안도 추적을 못 한다는 소리잖아."

"그건 그렇지. 하지만 난 방법이 있어. 내가 정보력이 나름 빵빵한 걸 잊고 있는 건 아니지?"

"그게 중국에까지 미친다고?"

"내가 누구?"

"끄응, 하긴."

다른 사람도 아니고 미다스다. 충분히 그럴 수 있기에 손채림은 납득한 듯 고개를 끄덕거렸다.

하지만 노형진에게 정보 라인 따위는 없었다.

사실 그가 믿는 것은 다른 것이었다.

'다른 사람이라면 모르지만 난 이야기가 다르지.'

자신은 기억을 읽을 수 있다.

물론 아주 오래된 기억이라면 모르지만…….

'다행히 얼마 전에 그 흔적이 잡혔단 말이지.'

물론 그 흔적은 바로 끊어졌지만, 그것만으로도 충분했다.

"가자고. 그 사람이 어디로 갔는지 기억이 알려 줄 거야."

"기억?"

"그래, 기억."

손채림과 노형진은 각자 흩어져서 그가 발견된 호텔을 뒤지기 시작했다. 각각 다른 직원들에게 그에 대해 물어보는 게 목표였지만…….

'그럴 필요가 없지.'

노형진은 그가 있던 방에 들어가서 조용히 집중했다.

'과연 어디로 갔을까?'

마지막 수사 결과에 따르면 그는 최근 2개월간 숨어 지내면서 호화로운 삶을 살았다고 한다.

하지만 중국까지 온 그가 과연 호텔만 전전했을까?

'어디냐?'

노형진은 그가 있었던 자리에 앉아서 조용히 시간을 거슬렀다.

그리고 어느 순간 새로운 장면이 눈에 들어왔다.

'계약서?'

그의 눈에 들어온 것은 새로운 계약서.

그것도 토지 계약서다.

그리고 그 옆에 있는 신분증.

'창언위라…….'

그리고 느껴지는 흥분과 즐거움.

'새로운 신분이군.'

만들어진 가짜 신분증.

이제 그걸 가지고 중국에서 살 수 있는 것이다.

"아빠, 진짜 우리는 이걸로 편하게 살 수 있는 거야?"

"너희 엄마가 멍청한 짓만 안 하면 말이지."

"왜 자꾸 그 이야기를 꺼내요?"

"멍청하게 전 동창한테 왜 연락을 해? 그래서 다 털어 내고 또 이사해야 하잖아?"

"그럴 수도 있지, 뭘……."

"하여간 이번에는 입 닥치고 살아. 신분 바꿀 때마다 얼마씩 줘야 하는지 알아?"

"알았어요. 알았어. 그러니까 돈 좀 줘요."

"또 왜?"

"가서 명품 백 사게."

노형진은 거기서 기억을 읽는 것을 멈췄다.

더 이상 읽을 필요가 없었으니까.

"그래서 걸린 거군."

그의 아내가 동창에게 연락한 것이다.

그런데 그 동창은 피해자와도 친구였던 것.

그래서 그가 다급하게 피해자에게 전화해서 추적이 가능했던 것이다.

"경찰이 멍청했네."

딱 봐도 신분증이 새로 나올 정도면 알게 모르게 중국의 누군가와 손잡고 있다는 뜻이다.

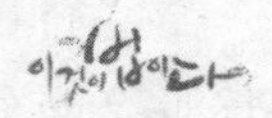

그런 그가 드러났는데 사람을 보내는 게 아니라 부패로 유명한 중국 공안에 연락하다니.

"잡을 생각이 없구먼."

노형진은 고개를 절레절레 흔들었다.

"뭐, 당연한 건가?"

이런 등급의 사기꾼은 이미 한국 경찰 내부에도 선을 두고 있는 일이 비일비재하니까.

애초에 수백억 사기로 수사 중인데 출국 금지도 떨어지지 않았다는 것 자체가 말이 안 된다.

"뭐, 일단은 잡았으니 가능하겠지, 후후."

노형진은 그러면서 주변을 둘러보았다.

어디로 갔는지 알아내기는 했지만 그에 맞는 변명을 만들어 내야 한다.

노형진은 옆에 있는 메모장을 보고 씩 미소를 지었다.

"와, 다 모른다네."

고개를 절레절레 흔드는 손채림.

"다 물어봤지만 그런 사람은 모른대."

"정확하게는, 엮이기 싫은 거지. 길바닥에서 강간 살인이 벌어지고 있어도 모른 척 지나가는 게 중국인이라고 하잖아."

"끄응……. 그러면 어떻게 잡지?"

"이미 잡았지."

"뭐?"

깜짝 놀라는 손채림.

노형진은 품에서 뭔가를 꺼내 흔들었다.

"그건? 메모장? 그런 걸 적어 둘 리가…… 아하!"

메모장에 연필로 살살 칠해진 면을 보고 손채림은 바로 알아차렸다.

"간단한 과학이지."

"그게 흔적이 남아 있다고?"

"세게 눌러서 쓰는 타입은 의외로 흔적이 아래에까지 남거든."

연필이나 볼펜으로 꾹꾹 눌러서 쓰는 경우, 그 압력 때문에 뒷장에도 흔적이 남는다.

그걸 연필 가루로 살살 칠해 보면 어떤 글을 썼는지 알아내는 것이 가능하다.

"의외로 호텔에서 메모장을 쓰는 일은 별로 없으니까."

"하긴, 그렇겠네."

사람마다 다르기는 하지만 꾹 눌러서 쓰는 경우 뒤에 서너 장까지 그 흔적이 남으니 충분히 그들이 쓴 흔적이 남아 있을 수 있다.

"허베이성이라……. 창언위?"

"허베이성은 중국의 도시 중 하나야. 그래도 좀 큰 도시지. 창언위라면, 아마 이름 아닐까?"

"이름이겠네."

새로운 이름, 그리고 새로운 도시.

"그곳에 숨을 거구나."

"그래."

"허베이성이라……. 그곳에 가서 창언위를 찾으면 되는 건가? 하지만 거기도 인구가 적지 않을 텐데."

노형진은 씩 웃었다.

"그들은 뇌물을 주고 이름을 받은 거야. 그랬겠지?"

"그렇겠지. 출생신고 해서 받지는 않았을 테니까."

"그러면 우리라고 뇌물 쓰지 말라는 법 있겠어? 후후후."

⚖

창언위라는 이름을 추적하는 건 어렵지 않았다.

노형진의 말대로 적절한 뇌물을 주는 것만으로도 창언위라는 이름 중 가능성이 있는 사람이 나왔으니까.

"집을 샀네."

"그래."

허베이성의 상당한 부촌 지역, 그 지역에 새로 지어진 집.

그 집을 산 사람이 있었다.

"시기도 맞고, 여기에 따르면 아들 하나에 아내 한 명이야. 가족 구성도 맞아."

"끄응……."

손채림은 왠지 허탈한 표정이 되어 버렸다.

"이렇게 쉽게 잡힌다고? 아니, 지난 몇 년 동안 못 잡는다고 하던 건 뭐야?"

"정확하게 말해서 못 잡은 게 아니라 안 잡은 거야."

"안 잡은 거라……."

"여기가 우리나라 관할권은 아니니까 잡으러 올 수는 없지."

물론 공동 수사를 부탁해서 할 수는 있다.

하지만 그런 경우 정보가 샐 가능성이 높다.

"중국 같은 경우는, 뭐 중국뿐만 아니라 다 마찬가지겠지만, 국제 수배자를 잡는 부서가 따로 있는 것도 아니고."

물론 있기야 있을 것이다.

하지만 그 규모가 충분하지는 않을 것이다.

특히나 중국의 규모와 인구수를 생각하면 말이다.

"더군다나 생각해 봐. 수백억대 사기꾼이야. 그가 들어온다는 것은 중국 정부 입장에서는 수백억이 유입된다는 소리야."

"아……."

"적극적으로 잡으려고 할 리가 없지."

"씁쓸하네."

"그런 게 현실이야."

결국 국가를 운영하는 것도 돈이니까.

"저기 온다."

손채림은 저 멀리서 다가오는 한 무리의 사람들을 보고 슬쩍 몸을 숨겼다.

그리고 망원경을 꺼내서 다가오는 사람들을 확인하고는 침음성을 흘렸다.

"맞아. 그 녀석이야. 호만호."

사진에서 충분히 봤던 그 녀석이 등장하자 손채림은 나지막하게 말했다.

"진짜 허망할 정도로 잘 추적되네."

'뭐, 내 능력이 치트 키 같은 거라.'

노형진은 속으로 말을 삼키면서 그를 바라보았다.

그는 가족들과 함께 느긋하게 새로운 집으로 들어가고 있었다.

"일단 확인은 했어. 문제는 저 녀석을 한국으로 어떻게 데려가느냐는 거야. 납치해? 그럴 수는 없잖아."

일단 그는 중국에서 신분을 받은 중국인이다.

그게 설사 뇌물로 받은 부정한 것이라고 할지라도, 일단 그러면 국제적 문제를 일으킬 가능성이 크다.

"한국은 중국의 심기를 건드리는 걸 무척이나 두려워하잖아. 납치할 수도 없고. 설사 납치한다고 해도 조혁우에게 납치해서 대령할 수는 없잖아?"

아무리 조혁우가 바보라고 해도, 누가 사기꾼을 납치해서 눈앞에 데려다주면 의심부터 할 것이 뻔했다.

"제 발로 가게 해야지."

"어떻게?"

"중국은 돈만 있으면 되는 나라야. 단 한 가지만 빼고."

"단 한 가지?"

"그래."

노형진은 그 단 한 가지가 뭔지 알고 있었다.

"그걸 이용하면 그는 돌아가지 않을 수가 없을걸."

중국.

공식적으로는 공산주의 국가지만, 사실 어떤 면에서는 미국보다 더 극단적 자본주의를 표명하는 국가다.

돈에 길들여진 거대한 괴수랄까?

그래서 돈만 있으면 어렵지 않게 사람을 죽일 수 있는 곳이 중국이다.

하지만 그런 중국에서도 절대 용납하지 않는 단 한 가지가 있다.

다름 아닌 마약이었다.

"중국은 마약이라고 하면 아주 진저리를 치지."

"그럴 만하지."

과거에 청나라가 무너진 이유가 다름 아닌 마약 때문이었으니까.

그 당시 영국이 중국 땅에 무차별적으로 뿌린 마약으로 인해 청나라가 치명적인 타격을 입은 것 때문에, 중국은 공식적으로 마약 사범에 대해서는 무조건 사형을 고수하고 있다.

"그리고 그가 마약 사범이라면 어떨까?"

"하지만 돈으로 그에게 죄를 뒤집어씌울 수는 없잖아."

"하지만 마약을 심을 수는 있지."

"뭐?"

"사기꾼이라는 존재는 남을 생각하지 않아. 그런 놈이 자기 집에서 부리는 사람을 어떻게 대할 것 같아?"

"설마?"

돈이 넘치는 그들이, 자신들이 일일이 몸을 움직여서 저 커다란 집을 청소할 리 없다.

당연히 가정부를 고용해서 청소를 한다.

그리고…….

"가정부한테 이미 넘겨줬어."

"헉!"

가정부는 충분한 대가를 약속받고 그 물체를 그 집에 숨겨두기로 했다.

"그런 부탁도 들어준다고?"

"아주 개무시를 당한 모양이던데?"

거기에다 노형진이 약속한 돈은 절대 적은 게 아니다.

그게 뭔지도 모르지만, 일단 집 안에 감춰 주기만 하면 무려 5천만 원을 준다고 하니 그녀는 군말 없이 고개를 끄덕거렸다.

"그걸 이제 신고할 거야."

"하지만 그러면 죽잖아!"

"안 죽어."

노형진은 손가락을 까딱거렸다.

"잊었어, 체포 영장이 나왔을 때 그 녀석은 이미 튀었다는 걸?"

"어?"

"중국에서는 절대 용서해 주지 않는 게 마약이야. 하지만 그게 그들의 카르텔을 끊어 버린다는 뜻은 아니지."

노형진이 씩 웃으며 말했다.

"자, 이제 신고를 하자고, 후후후."

⚖

"뭐요? 마약 신고?"

호만호는 벌떡 일어났다.

자신에 대한 마약 신고가 들어왔단다.

"그게 무슨 말입니까!"

—잘 모르겠습니다. 하지만 당신이 마약 딜러라는 소문이

파다하게 퍼져 있습니다.

"아닙니다! 제가 마약 딜러라니요!"

—일단 제가 어떻게 할 수 있는 게 아닙니다.

그냥 마약중독자도 사형을 때리는 판국에 마약 딜러라니, 이건 빼도 박도 못하고 사형이다.

—그런데 진짜로 그 돈, 어디서 번 겁니까?

아무리 뇌물을 주고 좋은 관계를 맺었다고 하더라도, 자신이 사기를 치고 왔다고 말할 수는 없는 노릇.

그동안 상대방은 그에 대해 묻지 않았다.

하지만 상황이 이렇게 되면 묻지 않을 수가 없다.

"아니, 그건……."

—왜 말을 못 해요?

"그건 좀 그래서…… 한국에서 벌어 온 돈이라서요."

—한국에서 뭐 해서 벌었는데요?

"그게……."

호만호가 머뭇거리며 제대로 대답을 하지 못하자 상대방도 등골이 오싹해졌는지 다급하게 말했다.

—이제 연락하지 마요. 우리는 모르는 사이입니다. 일단 마지막으로 하는 말입니다. 도망가요.

지금 잡히면 자신도 엮인다는 걸 안 상대방은 그 한마디만 하고 가차 없이 전화를 끊었다.

"이런 니미 씨발!"

호만호는 전화기를 내려놓자마자 다급하게 어디론가 향했다.

그가 향한 곳은 지하에 있는 와인 저장고.

"아빠, 어디 가?"

중간에 아들이 부딪혀서 물었지만, 그는 대답할 틈이 없었다.

그는 와인 저장고 구석에 있는 나무틀을 살피기 시작했다. 그 신고 서류에 마약이 숨겨 있는 장소가 표시되어 있었기 때문이다.

그리고.

"닝기미……."

그 안에서 나온 하얀 가루.

족히 3킬로그램은 되어 보이는 어마어마한 양.

"여보, 왜 그래?"

"아빠, 무슨 일이야?"

분위기가 심상치 않자 그를 따라 나온 가족들이 물었다.

"당했다! 함정에 빠졌어!"

"함정이라니?"

"집에 마약이 숨겨져 있어. 그래서 지금 중국 공안에서 우리에 대한 영장이 발부되었단다."

사색이 되는 가족들.

그들도 중국에서 살기 위해 공부해서, 중국이 얼마나 마약에 대해 치를 떠는지, 그리고 처벌이 뭔지 알고 있으니까.

"뭐? 아빠, 그게 무슨 말이야!"

"여, 여보…… 그게 마약이에요?"
"끄응……."
마약을 내려다보던 호만호는 입술을 깨물었다.
"그거 당장 버려요!"
"변기에 내리자! 영화에서 그랬어! 변기에 내리면……!"
"이것만 있을 것 같아!"
이것만 있다면 자신도 그랬을 것이다.
하지만 내부자는 마약이 네 곳에 숨겨져 있다고 했다.
그중 언급된 자리는 이곳 하나고.
즉, 이걸 처분한다고 해도, 뒤지면 다른 곳에서도 나온다는 소리다.
"망할!"
그는 머리를 굴렸다.
지금 이미 뭘 어떻게 하기에는 방법이 없었다.
"짐 싸! 아니, 몸만 나가!"
"네?"
"일단 한국으로 튀자!"
"한국으로요?"
"그래."
"하지만 그랬다가는……."
"걱정 마. 한국 짭새들한테도 충분히 먹여 뒀어. 들어갈 때 문제 안 될 거야. 어차피 우리는 중국인 신분이야. 일단 한국으로 가서 조용히 중국 신분증을 새로 딴 다음에 다시 중국으로 들어오면 돼."

이도 저도 안 되면 입국한 중국인한테서 중국 여권을 사서 살짝 사진만 바꿔도 된다.

나오는 것은 어려운 것이 아니다.

다행히 출국 금지는 떨어지지 않은 상황.

"어서 움직여! 어서!"

호만호는 마음이 급했다.

그는 들고 있던 하얀 가루를 노려보다가 휙 집어 던지고는 다급하게 그곳을 뛰어나왔다.

그들이 다급하게 집에서 나가는 모습을 먼 곳에서 보던 노형진은 씩 미소를 지었다.

"빙고."

"진짜로 도망가네?"

"중국은 마약 딜러는 무조건 사형이야. 그러니까 저들은 어쩔 수 없지. 신고된 상황이니 시간을 끌 수도 없을 테고."

"하지만 어떻게 그 마약을 구한 거야?"

작은 양도 아니고 무려 12킬로그램이 넘는 양이다.

그걸 3킬로그램씩 나눠서 네 군데에 숨겼다.

"아무리 너라고 해도, 그만큼이나 구할 정도면 중국 정부가 알아차릴 텐데?"

"아, 그거? 요 앞 마트에서 구입했어."

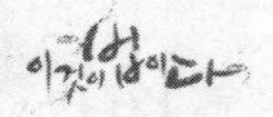

"뭐?"

손채림은 순간 당황했다.

무슨 마약을 마트에서 구입한단 말인가.

"잠깐, 그거 마약 아니었어?"

"내가 미쳤어, 진짜 마약을 구하게? 돈도 돈이지만, 잘못 걸리면 내가 사형당한다고."

"그러면 마약이라고 한 건……."

"사진상으로는 모르지."

사진을 찍어서 신고가 들어가면 그게 마약인지 아닌지 알 수가 없다.

"그런데 호만호가 정체 모를 어마어마한 돈을 가지고 있는 건 사실이거든."

"아!"

그냥 가난한 사람이라면 경찰도 의심을 덜했을지도 모른다.

그런데 갑자기 나타난 사람에, 그 재산이 수백억이다.

그런 상황에서 마약 신고가 들어왔다.

중국 공안 입장에서는 아주 의심스러울 수밖에 없다.

"그거 전분이야."

"헐."

"아마 그 사실을 알면 눈깔이 돌아가겠지."

노형진은 다급하게 도망가는 호만호를 보면서 중얼거렸다.

"하지만 이제 알 기회는 없을 거야, 후후후."

넌 미끼를 물어 버린 것이여

한국으로 들어온 후 호만호는 바로 모처로 숨어 버렸다.

하지만 이미 그의 행동을 추적하고 있던 새론에서 계속 자신을 감시하고 있다는 걸 그는 몰랐다.

"바로 경찰에 신고하는 거야?"

"아니. 그러면 우리 계획이 틀어져. 우리는 조혁우를 잡으려는 거지 호만호를 잡으려는 게 아니잖아."

"그런데 정작 조혁우네 집에서는 의뢰를 받지 않았잖아."

"알아. 일부러 조혁우네 집은 의뢰를 안 받았지."

"어째서?"

"일단은 조혁우가 빡치게 만들려고."

노형진은 새로운 소장을 꺼내 들었다.

"이건 2차 소장이야."

"2차 소장?"

"그래. 사실은 1차와 2차를 구분해서 나눠 놨어. 1차는 일단 선량한 피해자들 위주로, 2차는 질이 좀 안 좋은 피해자들 위주로."

"그게 무슨 의미가 있어?"

"있지."

사기의 피해자라고 해서 다 착한 건 아니다.

진짜로 한 푼 두 푼 모아서 만든, 가족들이 먹고살 수 있는 미래를 다 털린 사람도 있는 반면, 조혁우의 가족처럼 직원들 월급은 안 줄지언정 외제 차는 끌고 다니던 질 안 좋은 사람들도 있었다.

"2차 피해자들은 사실 이번에만 피해자였지, 월급이나 퇴직금 문제에서는 대부분 가해자였어."

"그러니까 그게 무슨 관계냐고."

"1차와 2차는 전혀 다르다는 거지."

1차는 이미 소송이 진행 중이다.

그리고 2차는 아직 소송이 진행되지 않았다.

"그리고 1차에서 피해자 측이 이기는 순간, 그가 가진 재산을 압류할 거야."

"그래서?"

"1차 소송에서 이겨서 재산을 압류하면 호만호에게는 남

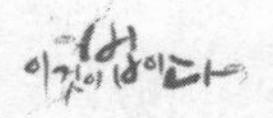

는 게 별로 없을 거야. 아예 없을 수도 있고. 문제는 2차야. 2차는 재판도 늦고 판결도 늦을 거야. 당연히 그 판결이 나올 때쯤에는 호만호가 가진 재산도 거의 없거나 아예 없을 테고. 그러면 아무래도 2차 소송을 한 사람들이 가지고 가는 금액은 훨씬 적어지겠지."

"아!"

즉, 2차 재판에서는 이미 한번 털리고 남은 재산을 분할해서 가져야 한다는 거다.

문제는 호만호가 다 토해 낼 리 없다는 것.

진짜 철저하게 감춰 둔 것도 있을 테고, 또 그가 몇 년간 숨어 살면서 쓴 돈도 적지 않을 것이다.

"당연히 2차에서 가지고 가려고 하는 사람들은 피해액에 비해 보상액이 터무니없이 작아질 거야. 그러면 조혁우는 기분이 어떨까?"

다시 옛날로 돌아갈 수 있을 거라 생각했을 것이다.

하지만 그건 말 그대로 일장춘몽으로 끝날 것이다.

물론 아예 못 받지는 않을 것이다.

하지만 그가 기억하던 과거의 삶과 비교하면 비참하기 그지없을 것이다.

"제대로 빡 돌겠네."

"그래. 그리고 조혁우라면 그 분노를 그냥 참지 않겠지."

노형진은 씩 웃으며 말했다.

"자, 그러면 우리 고객님을 만나러 가 보자고."

노형진은 조혁우의 가족들을 만났다.

돈을 찾을 수 있다는 말을 듣고, 그들은 눈을 빛냈다.

"그 말이 사실입니까?"

"네. 그는 현재 한국에 들어와 있습니다."

"그러면 당장 신고를 하면……."

"일단 신고를 하기 전에 소송을 진행해야 합니다."

"소송이라니요?"

"이미 진행 중인 소송이 있습니다."

"뭐라고요!"

노형진은 차분하게 사건을 설명했다.

이미 의뢰한 사람들이 있고, 그들이 1차 소송을 진행 중이라는 것을.

"여러분들은 연락처가 없어서 확인이 늦었습니다."

틀린 말은 아니다. 그들의 인성이 어디 가는 게 아니라서, 같은 피해자들 사이에서도 꼬장을 부려서 다른 피해자들이 연락도 안 했으니까.

"그러면 우리도 그 소송에 참가하겠습니다."

"그게 불가능합니다."

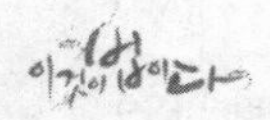

"뭐라고! 그게 무슨 소리야!"

처음에는 존댓말을 쓰던 그들은 이야기가 마음에 들지 않게 흐르자 바로 반말로 바뀌었다.

'이러니 애가 저 모양 저 꼴이지.'

아직도 자신이 기업 사장님인 줄 아는 듯한 행동.

"1차 소송 피해자들이 거절하셨습니다."

"아니, 왜!"

"보상 금액을 나눠야 하니까요."

"뭐?"

"얼마나 남았는지 알 수가 없지 않습니까?"

"그, 그건……."

"그러니 거절할 수밖에요."

소송자가 많아지면 당연히 1인당 파이도 줄어든다.

그러니 돈이 부족한 경우 자기들이 그만큼 포기해야 한다.

당연히 1차 피해자들이 거기에 동의해 줄 리 없다.

"현재로써는 2차로 들어가는 수밖에 없습니다."

"이익!"

행복한 표정으로 듣고 있던 조혁우의 얼굴이 처참하게 일그러졌다.

'어이가 없겠지.'

그는 노형진이 자신을 감옥에 넣은 당사자라고는 전혀 생각하지 못하고 있었다.

그때는 직접적으로 부딪힌 적이 없었으니까.

"그러니 일단 나중에 남은 부분이라도 2차 소송을 통해 받아 내시는 쪽으로……."

노형진은 그렇게 말하면서 조혁우를 바라보았다.

그의 눈은 이미 돌아가기 직전이었다.

노형진은 그런 그를 보면서 속으로 미소 지었다.

"우리를 따라다니는데?"

손채림은 백미러를 슬쩍 보면서 말했다.

며칠 전부터 자신들을 따라다니는 오토바이.

바보가 아닌 이상에야 모를 수가 없다.

"그놈을 잡고 싶을 테니까."

노형진은 조혁우의 가족들에게 그들이 받을 수 있는 돈을 최대한 적게 말했다.

잘해 봐야 5천 정도가 될 거라고.

"그러면 그가 노리게 될 대상은 뻔하지."

노형진의 매형인 박광석의 경우는 자신이 괴롭히던 대상이다.

신고했다고 증오는 가지고 있을지언정, 자신을 나락으로 떨어트린 사람이라고 보기에는 좀 문제가 있다.

그저 진짜 자신을 나락에 떨어트린 호만호의 대체제일 뿐.

"어떻게 해서든 호만호를 잡고 싶을 거야. 하지만 어디에 있는지 모르니까."

그러니 노형진을 따라다닐 수밖에 없을 것이다.

"그러면 이제 슬슬 어디에 있는지 알려 주는 거야?"

"알려 주면 안 되지."

이쪽에서 알려 주면 의심을 받을 수도 있을 뿐만 아니라, 재수 없으면 살인 방조에까지 엮일 수 있다.

"그러니 스스로 찾아내게 만들어야지."

노형진은 씩 웃었다.

"어디 한번 따라오라고 해 봐, 후후후. 얼마나 따라다니나."

⚖

조혁우는 노형진을 집요하게 따라다녔다.

다행히 노형진은 자신이 따라다니는 걸 모르는지 그다지 신경 쓰지 않았다.

"이 개 같은 자식, 죽여 버린다."

자신을 시궁창으로 처박은 놈이 한국에 왔다.

그런데 그 돈을 전부 받아 내지도 못할 거라는 사실에, 그는 눈이 뒤집어졌다.

자신의 인생을 망가트린 가장 큰 원수에게 복수하지 않으면 미쳐 버릴 것 같았다.

"아직인가?"

좀 떨어진 곳에서 통화를 하는 노형진.

그의 얼굴에는 심각함이 서려 있었다.

"경찰에 알리면 안 돼. 전에도 당했잖아. 경찰 내부에 분명히 같은 편이 있다니까. 만일 경찰에 알리면 다시 도망갈 거야."

그 말을 듣고 조혁우는 기가 막혔다.

'뭐라고? 또 도망을 가? 내 인생을 이렇게 망가트리고? 또?'

하지만 당장 나갈 수 없어서 이를 악무는 수밖에 없는 그였다.

"장소는 특정된 거야? 어디라고? 남양주? 일패동?"

귀가 솔깃해지는 조혁우.

드디어 어디인지 장소가 드러나기 시작한 것이다.

"일단은 소장을 우편으로 보내. 그래, 그거 받으면 무슨 반응이 있겠지. 어차피 소송전에 들어가면 우리 의뢰인에게 갈 돈이 변호사한테 갈 테니까, 가능하면 협상으로 끌고 가. 알았어."

일패동이라는 말에 그는 입술을 깨물었다.

거대한 동네에, 어디에 있는지 알아낼 수 없다고 생각한 것이다.

하지만 노형진이 우편이라는 말을 꺼내는 순간 머릿속에

서 번득하는 생각이 있었다.

'우편이라고?'

우편은 즉 우체부가 가져다주는 걸 뜻한다.

그리고 일패동이라고 한다면 잘해 봐야 우체부가 네 명 정도 될 것이다.

충분히 따라다닐 수 있다.

보통 우편이라고 하면 우체통에 넣지만, 소장은 등기로 보내진다.

즉, 누군가 나와서 받아야 한다는 소리다.

'잡을 수 있다. 이 자식.'

그는 눈을 번쩍거리면서 뒤로 물러났다.

그러자 실제로는 누구와도 통화를 하지 않았던 노형진은 슬며시 미소를 지으면서 자리를 떠났다.

⚖

호만호는 당혹감을 감추지 못했다.

"이게…… 등기라고?"

박스 하나가 통째로 온 소장.

법원에서 온 소장은 작은 봉투 수준이 아니라 작은 박스 수준이었다.

"어떻게 안 거야?"

"젠장!"

자신이 한국에 온 걸 어떻게 알았는지 모르지만, 상대방은 소송을 걸었다.

정확하게는, 자신이 없어서 진행되지 않고 있던 소송이 다시 진행된다고 보면 된다.

"여보, 어떻게 된 거야?"

"몰라……. 도대체 어디서 정보가 샌 거지? 혹시 나한테 말 안 하고 사람 만난 적 있어?"

"난 없는데."

"나도 없는데."

"아니, 그러면 어떻게 안 거야? 누구랑 이야기한 적 있는 사람 있냐고."

"이야기야……."

아내는 고개를 흔들었지만 아들은 왠지 쭈뼛거리면서 대답을 못 했다.

그걸 본 호만호는 눈을 팍 찡그렸다.

"너 이 새끼, 집에만 있는 줄 알았더니 그사이에 누구를 만난 거야?"

"만났다기보다는……."

"그러면 표정이 왜 그래?"

"그냥…… 전에 하던 게임에 잠깐 접속해서……."

"뭐? 아오, 이 새끼야! 다 자르라고 했지!"

"하지만 오랜만인데……."

"오랜만이고 나발이고, 아, 진짜!"

한국에 왔다고 전에 했던 게임에 접속해서 뭔가를 한 모양이었다.

그런데 사기는 그가 쳤다고 하지만, 같이 잠적한 아들과 아내도 추적의 대상이다.

"그러니 걸리지, 이 썅놈의 새끼야!"

"아빠, 무슨 말을 그렇게 해?"

"아오, 멍청한 마누라하고 자식 때문에 제명에 못 죽어."

"아, 진짜 무슨 말을 그렇게……!"

"닥치고 짐 싸! 지금이야 민사지, 언제 경찰들이 닥칠지 몰라. 이번에 잡혀가면 또 얼마나 처발라야 하는지 몰라서 그래?"

"알았어. 알았다고."

툴툴거리는 가족들.

일단 위치가 드러났으니 다른 곳으로 옮겨 가야 했다.

그들이 한창 짐을 싸고 있는 그때였다.

딩동.

"뭐야?"

누군가 벨을 누르는 소리였다.

이들이 숨어 있는 곳은 남양주에 있는 펜션이었다.

그런데 그런 곳까지 찾아올 사람이 있을 리 없었다.

—배달요!

"배달?"

인터폰을 들어 보니 헬멧을 쓴 남자가 손에 치킨 두 봉지를 들고 서 있었다.

"배달 안 시켰어."

—아, 장난치지 마요. 배달시켰잖아요.

"안 시켰다고 했잖아! 끊어!"

거칠게 전화를 끊어 버리는 호만호.

하지만 배달원은 다시 벨을 눌렀다.

"안 시켰다고 했잖아, 이 새끼야!"

—여기 참샘 펜션 301호 맞잖아요. 이 근방에 펜션이라고는 여기 하나뿐이구먼.

"안 시켰다고!"

다시 끊어 버리는 호만호.

그러나 벨은 끊임없이 울렸다.

"아니, 이 새끼가 미쳤나!"

가뜩이나 화가 나는데 엉뚱한 놈이 나타나서 성질을 긁자 호만호는 바깥으로 뛰어나갔다.

그리고 문을 열고 배달부의 멱살을 잡아 올렸다.

"안 시켰다고 했잖아! 안 시켰다, 이 철가방 새끼야!"

그런데 배달부는 화를 내는 대신에 가만히 있었다.

그리고 헬멧 안쪽에서 들리는 목소리.

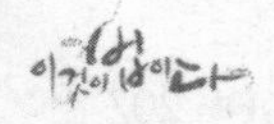

"알아."

"뭐?"

그 순간 호만호는 배에서 뭔가 뜨끔한 감각을 느꼈다.

그러더니 곧 엄청난 통증이 따라왔다.

"꺄아아악!"

"으아아악!"

통증을 미처 느낄 새도 없이 뒤에서 들리는 비명.

"이 개자식들, 죽여 버리겠어! 죽여 버릴 거야!"

호만호를 찌른 조혁우는 서슬 퍼런 회칼 두 개를 꺼내 들고 안에서 비명을 지르고 있는 두 사람에게 달려들었다.

⚖

"아오, 저 새끼. 미치겠네."

김 경사는 죽을 맛이었다.

좀 떨어진 곳에서 눈을 까뒤집고 희번득거리는 놈이 누구를 노리는지 알 수가 없었던 것.

"선배, 저 녀석이 사고 치는 거 확실해요?"

"내가 저런 새끼들 한두 번 보냐? 확실해."

조혁우가 부장판사를 노린다는 황당한 이야기가 나온 후, 위에서는 혹시 모른다며 김 경사에게 그를 잘 살피라고 말했다.

말이 살피라는 거지 사실상 감시하라는 소리였다.

그리고 그를 처음 봤을 때, 김 경사는 알 수 있었다.

"저거 눈깔 돌아간 거 안 보이냐?"

"모르겠어요."

"너도 짬밥이 되면 알 거야. 저건 누구 하나 죽이기 전에는 안 끝나."

문제는, 얼마 전까지만 해도 부장판사의 집 주변을 맴맴 돌던 녀석이 갑자기 방향을 바꿨다는 것.

웬 변호사를 따라다니자 감시하기가 곤란해졌다.

'아, 씨발……. 어쩐다.'

여기서 철수했다가 저 녀석이 다시 부장판사에게 돌아가 사고를 치면 인생 꼬이는 거고, 그렇다고 언제까지고 따라다닐 수도 없고.

그걸 아는지 모르는지 변호사는 느긋하기만 했다.

그러나 그런 김 경사의 고민은 얼마 지나지 않아서 엉뚱한 쪽으로 불똥이 튀었다.

"저 새끼가 이제는 우체부를 따라다니네. 형님, 저 새끼 저거 묻지 마 살인 하려는 거 아닐까요?"

"아니야. 그럴 거였다면 기회는 많았어."

어느 순간 갑자기 조혁우는 우체부를 따라다니기 시작했다.

황당한 일이기는 하지만, 김 경사의 직감은 그가 특정 누군가를 쫓는 거라는 사실을 알려 주고 있었다.

“저 새끼 절대로 놓치면 안 된다.”
“네?”
“놓치면 안 된다고. 저 새끼, 무조건 사고 칠 놈이야. 뭔 뜻인지 알지?”
“하지만 도대체 언제까지 따라다녀요? 서에서도 한 소리 나왔는데.”
“기다려 봐. 거의 다 왔어.”
김 경사는 투덜대는 후배를 다독이면서 조혁우를 조용히 따라다녔다.
그리고 그가 치킨을 사러 왔을 때 일이 벌어질 거라는 것을 직감적으로 알았다.
“잘 따라가. 걸리지 않게.”
“에이, 선배님. 제 짬밥을 뭐로 보고 그러십니까?”
“그러다 걸린다.”
다행히 조혁우는 뭐에 정신이 팔렸는지 그들에게 신경을 쓰지 못했고, 조혁우가 들어간 펜션의 입구에서 그들은 눈을 찌푸렸다.
“여기서 숙박을 하는 걸까요?”
“그럴 수 있지. 아닐 수도 있고.”
“그런데 치킨은 왜 사 왔죠? 그것도 두 마리나?”
“글쎄.”
갑작스러운 행동에 이해가 안 가는 그들.

하지만 그 후에 벌어진 일은 이해보다는, 경찰의 본능으로 움직이게 만들었다.

“꺄아악!”

“사람 살려!”

“비명이다!”

펜션 안쪽에서 들려오는 비명.

그들은 다급하게 펜션 안으로 뛰어들어 갔다.

안에 들어선 그들이 본 것은, 조혁우가 마구잡이로 칼을 휘둘러 대는 장면이었다.

바닥에 쓰러진 남자의 배에서는 끊임없이 피가 솟아나고, 펜션 안에서는 비명이 계속 터져 나오고 있었다.

“사람 살려!”

“죽어! 죽어! 죽어!”

“아악! 엄마, 살려 줘!”

그러더니 조혁우는 두 사람이 어찌할 새도 없이 아들로 보이는 남자의 배에 칼을 쑤셔 넣었다.

“크허어억!”

아들은 비명을 지르면서 그대로 다리가 풀려서 주저앉았다.

그 옆에서 여기저기 칼로 베인 상처가 가득한 여자는 끊임없이 비명을 질러 대고 있었다.

“꺄아아악!”

“조혁우, 멈춰! 널 살인미수 현행범으로 체포한다!”

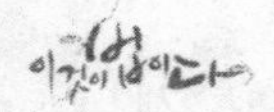

그제야 고개를 돌리는 조혁우.

하지만 그는 이미 이성이 완전히 날아가 버린 후였다.

"죽어, 이 새끼야!"

그는 심지어 경찰에게도 칼을 들고 달려들었다.

하지만 그런다고 해서 그가 경찰을 이길 수 있는 것은 아니었다.

"어어어?"

경찰은 달려오는 조혁우를 그대로 잡아서 메다꽂아 버렸다.

'쾅!' 하는 소리와 함께 조혁우는 눈에 흰자를 드러내며 쓰러졌다.

"형사님!"

"당장 구급차 불러! 이런 미친 새끼!"

두 남자가 칼에 배를 찔렸고, 여자 쪽도 방어를 하려다가 온몸에 베인 상처가 가득했다.

"이 미친 새끼가 도대체 무슨 짓을 하려고 한 거야?"

그걸 보면서 김 경사는 아무런 말도 할 수 없었다.

⚖

"결국 잡혔네."

"부장판사를 노리는 놈을 그냥 두겠어?"

노형진의 예상대로였다.

평판사였다면 안 붙여 줬을 감시 팀을 경찰에서 조혁우에게 붙인 결과, 그걸 모르는 조혁우가 가족에게 사기를 친 호만호 가족을 죽이려고 덤벼들었다가 현장에서 체포당했다.

"이건 빼도 박도 못할 살인미수지."

그것도 무려 세 건에 대한 살인미수.

"안 그래도 기회를 노리고 있던 검찰과 법원에서는 아주 땡잡은 거지."

아마도 그의 살인미수는 최고 형량이 나올 테니, 그는 남은 인생을 감옥에서 살아야 할 것이다.

"그나마 매형이 안 다쳐서 다행이야."

"그러게. 저런 미친놈들 때문에 무서워서 어디 판사 하겠어?"

"우리도 마냥 안전한 건 아니잖아."

법조계에서 일하다 보면 어찌 보면 피할 수 없는 현실이다.

범죄자라는 것 자체가 일반적으로 생각할 수 없는 사고 체계를 가진 사람들이 많으니까.

"누군가는 그 앞에 서서 나아가야지."

노형진은 씁쓸하게 말했다.

두렵기는 하지만 나아가지 않을 수도 없는 길이다.

'다만 내 주변은 고통받지 않았으면 좋겠다.'

지금 노형진이 원하는 가장 작은, 그리고 가장 절실한 소망이었다.

나쁜 놈도 일단은 의뢰인

조혁우 사건은 소리 소문 없이 끝났다.

판사에게 보복을 한다는 상황을 공론화하는 것 자체가 심각한 문제이기 때문에 언론에도 나가지 않았다.

공식적으로는 살인미수 세 건.

그에게 구형된 것은 법정 최고형이었고, 아마도 특별한 일이 없는 한 확정될 것이다.

"사건 자체는 좋게 끝났는데 말이지."

결국 사기꾼들은 거기서 체포되었다.

경찰까지 출동한 데다가, 배에 칼이 박히는 바람에 움직일 수가 없었던 것.

결국 그들은 병원에서 바로 구속영장이 발부되었고, 위치를 알아낸 피해자들이 몰려가서 지키기 시작하면서 도망칠 가능성은 제로가 되어 버렸다.

"이번에는 운이 좋았어."

"그렇지?"

만일 자신이 조혁우를 알아보지 못했다면 그가 무슨 짓을 저질렀을지 상상만 해도 끔찍했다.

아마 누나나 아이들도 피해를 입었을 것이다.

이번 사건에서도 보다시피, 그는 당사자뿐만 아니라 관련자들까지 모조리 죽이려고 회칼을 넉넉하게 가지고 다녔다.

표적이 매형이었다면 분명 가족도 건드렸으리라.

"다행인 것은 더 이상 그런 짓을 저지르지 못하게 되었다는 거지."

물론 영원히 감옥에 있지는 않을 것이다.

자신들을 노린 사건인 만큼 판사들이 볼 것도 없이 최고형을 때리겠지만…….

"살인미수는 애석하게도 영원히 감옥에 두는 게 불가능하단 말이지."

하지만 못해도 8년 형은 나올 테니 당분간은 꼼짝도 못 할 것이다.

"아니, 나온다고 해도 전자 발찌가 있으니까. 아무래도 대상이 대상이니 집중 관리를 받지 않을까?"

"그렇겠지만 그때는 또 다른 걸 엮어야지."

노형진은 눈을 찌푸리면서 말했다.

"어째서?"

"의외로 전자 발찌는 허술하거든."

사람들은 전자 발찌를 성범죄자만 차는 줄 알지만, 사실 법이 바뀌어서 강력 범죄를 저지른 사람들을 대상으로 채울 수 있게 되었다.

물론 그 강력 범죄는 살인이나 살인미수 등이며 재범의 가능성이 높을 때지만…….

"보복 범죄이니 재범의 가능성은 아주 높지."

그 때문에 검사는 전자 발찌를 요구했고, 조혁우는 출소 후에도 전자 발찌를 차야 할 것이다.

"문제는 그걸 관리하는 주체와 감시하는 주체가 다르다는 거야."

"으엥? 그건 또 뭔 소리야?"

"말 그대로야. 그걸 감시하는 주체와 관리하는 주체가 다르다고."

전자 발찌를 찬 놈이 다른 곳에서 범죄를 저지를지는 모를 일이다.

가령 일정 지역을 벗어나지 못하는 조건부 가석방의 경우라면, 그 지역을 벗어나면 전자 발찌는 그 사실을 바로 경찰에 알려 준다.

"그런데 그곳에서 똑같은 범죄를 저지르면? 가령 그 구역

내에서 전자 발찌를 차고 강간을 하면?"

"어, 그럼 어떻게 되는데?"

"경찰은 손쓰지 못하는 거지."

"그걸 차고 강간을 저질렀다는 뉴스도 몇 번 봤잖아?"

"아……."

그리고 작심하고 범죄를 저지를 놈이면 아예 그걸 끊기도 한다.

"그러니까 이거야. 관리하는 주체는 이상 현상이 접수되면 바로 검거 팀 같은 쪽에 넘겨야 하는데, 경찰에는 그런 시스템이 제대로 갖춰져 있지 않다는 거지."

"허? 진짜?"

"그래. 그래서 지역을 이탈한 사람들을 제대로 잡지도 못해."

"그럼 그게 무슨 소용이야?"

"사고 치면 쉽게 잡으려고 다는 거지. 기껏해야 심리적 망설임을 만들려고 하는 정도?"

물론 다른 범죄라면 그런 게 가능하겠지만, 살인미수다.

그것도 애초의 목표는 판사.

"그가 다시 나오면 또 똑같은 짓을 할 수도 있어."

"그때는?"

"그때는 다른 건수를 잡아서 다시 처넣어야지."

노형진은 가족들을 위험하게 둘 생각이 없었다.

물론 조혁우가 진짜 마음을 잡고 착하게 살려고 할 수도 있다.

'그런다면 뭐 문제가 안 되겠지만.'

하지만 과연 그럴지는 의문이다.

"물론 보험도 들어 둘 생각이야."

"보험이라니? 무슨 보험? 보험회사에 생명보험이라도 들어 두려고?"

"아니, 비밀리에 우편으로 사기꾼 주소를 보내 줘야지. 아무래도 사기꾼이 먼저 나오지 않겠어?"

"그거 불법 아니야?"

"불법이라……. 약간은 미묘하지, 후후후."

한국은 전통적으로 사기 같은 화이트칼라 범죄에 대한 처벌이 약하다.

수백억을 해 먹었다고 하지만, 그래도 조혁우보다는 좀 더 빨리 나올 가능성이 높다.

"그리고 그가 원한을 가진다면, 우리 매형보다는 사기꾼에게 가지겠지."

그가 사기를 쳐서 집안이 망했고, 정황상 그가 경찰에 신고했을 가능성이 높아 보이니까.

"정확한 주소는 안 줘도, 동 정도만 알려 주면 되겠지."

"인성이 바뀌지 않았다면 그 동으로 찾아가겠구나."

"그래."

그러면 그때는 다른 대책을 세우면 된다.

"일단 매형의 안전은 확보된 셈이지."

둘이서 지지든 볶든, 그건 그들이 알아서 할 문제니까.

더군다나 그는 벌써 살인미수가 네 건째다.

만일 무슨 짓을 또 저지른다면 그때는 아마 영원히 감옥에서 나오지 못할 것이다.

"뭐, 그건 나중 이야기니까 이번 사건이나 정리하자. 살인 사건이라고?"

"어, 살인 사건이야. 강간 살인."

"강간 살인이라……. 의외네?"

물론 새론이 로펌인 만큼 여러 가지 사건을 받아들인다.

당연히 그중에는 강력 범죄 사건도 있다.

하지만 강간 살인 같은 것은 보통 이쪽으로 잘 넘어오지 않는다.

피해자 우선주의를 선택하고 있는 새론에 대해 알고 있어서, 진짜 범죄자들이 새론을 꺼리기 때문이다.

"일단 살인은 네 건이고."

"허? 연쇄 강간 살인?"

"응. 구형은 사형이야."

"으음……."

연쇄 강간 살인이라면 구형이 사형이라도 하등 이상할 게 없다.

노형진이 검사라고 할지라도 아마 그 정도면 사형을 구형

할 것이다.

물론 한국은 사실상 사형 폐지국이니 무기징역이겠지만.

"그런데 우리 쪽에 맡겼다고?"

"피해자는 아니라고, 억울하다고 주장하고 있어."

"그래? 하지만 범인들은 죄다 아니라고 하잖아."

노형진은 머리를 긁적거렸다.

오랜 시간 변호사를 했지만, 자기가 범죄를 저질렀다고 순순히 인정하는 범죄자는 채 10%가 되지 않았다.

"일단 단독 범행이고 증거도 확실한데……."

"그런데 나한테 왔다고? 뭔가 미심쩍은 부분이 있는 거야?"

미심쩍은 부분이 없다면 이런 사건이 노형진에게 오는 경우는 극히 드물다.

증거가 명확한 경우, 무죄를 주장하기보다는 형량을 줄이는 게 목표니까.

"사실은 다른 사람한테 갈 거였는데 내가 가지고 온 거야. 현장에서 정액과 음모가 발견되었다고 하더라고. 그걸로 확정된 거지."

"정액과 음모가?"

"그래. 그런데 촉이라고 해야 하나, 그런 게 있잖아."

"촉이라……."

노형진은 고개를 끄덕거렸다.

손채림도 제법 경험을 쌓았으니 그런 게 있을 수 있다.

더군다나 어설프게나마 프로파일도 배웠다.

"그래서 네가 보기에는 뭔가 이상하다 이거야?"

"응."

"그래서 어떤 면에서?"

"몰라서 묻는 거야?"

"글쎄."

노형진은 히죽 웃었다.

사실 뭐가 이상한지 그는 이미 눈치채고 있었다.

일반인이야 정액과 음모가 나왔다고 하면 거의 확정적이라 생각하지만…….

"정액과 음모가 나온 것 자체가 이상해."

"가장 강력한 증거가?"

"그래. 네가 그랬잖아, 범죄자는 성장한다고. 연쇄살인범이야. 우발적 살인은 아니라는 거지. 하지만 최초의 범죄부터 지금까지 동일하다? 그건 좀 이상하지 않아?"

"잘 아네."

범죄자는 성장한다.

특히나 계획범죄자는 더더욱 그런 성향을 보인다.

과거의 실수에서 고칠 점을 찾아내고, 점점 더 완벽한 범죄를 추구한다.

"한 번이나 두 번까지는 이해해. 하지만 사건 기록을 보면 누가 봐도 계획범죄에 가까워. 그런데 어째서 같은 실수를 반복하는 걸까?"

"사인이라고는 생각해 보지 않았어?"

"사인은 남이 보는 게 아니라 자기가 보는 거잖아. 그런데 이건 사인이 아니지. 그냥 나 잡아 달라는 거지."

"정확하네. 확실히 이상한 사건이야."

자세한 내용은 봐야겠지만, 상황상 성장형 범죄자여야 한다.

그런데 사건의 전개는 전혀 성장형 범죄가 아니다.

"하지만 그가 즉흥적으로 연속적으로 살인했을 가능성은?"

연쇄살인이 다 계획에 의한 것은 아니다.

순간적인 감정을 통제 못 하는 놈들은 넘쳐 나니까.

"그런 거라면 다른 증거도 있어야지."

하지만 다른 증거는 없다.

물론 자세한 내용은 좀 더 파 봐야 하겠지만.

"하지만 정액과 음모는 상당히 개인적인 정보야. 강간을 하지 않았다면 그게 나올 이유가 없다는 거지."

"끄응……."

손채림은 그 부분에서 결국 기브 업 해 버리고 말았다.

그 이상은 설명할 수가 없었던 것.

"아, 모르겠다. 하여간 난 이상하다고 생각해."

"좋아."

노형진은 고개를 끄덕거렸다.

"100점 만점에 70점."

"뭐야, 그게. 넌 더 안다는 거야?"
"알지."
노형진은 자리에서 일어났다.
"자, 우리 의뢰인을 만나러 가자고."

"저는 사람을 죽이지 않았습니다."
의뢰인인 박주식은 5급 공무원 시험에 합격할 정도로, 상당히 똑똑한 사람이다.
노형진은 그런 박주식을 보면서 손채림이 왜 이상하게 생각했는지 알 것 같았다.
'머리가 좋은 사람이야.'
이런 사람이 범죄를 저지르면 자연스럽게 성장형 범죄자가 된다.
아니면 아예 흔적을 남기지 않게, 고민해서 사건을 조작하든가.
그런데 어설프다.
"진짜로 저는 모르는 사람이라니까요."
"확실합니까?"
"네."
그가 확답을 하자 노형진은 그를 물끄러미 바라보았다.

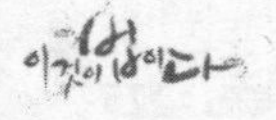

"누군지도 모르는 사람인데 어떻게 죽인단 말입니까?"

노형진은 고개를 끄덕거렸다.

"어렴풋하게 기억나는 것도 없고요?"

"네, 없어요."

"그러면 그날 어디에 있었는지는 이야기 못 하는 건요?"

"취조하는 겁니까?"

"취조가 아니라 조사하는 겁니다."

노형진은 그렇게 말하면서도 눈을 찌푸렸다.

'거짓말하고 있군.'

보통 이런 상황에서 대부분의 사람들은 반격보다는 협조를 한다.

그런데 그는 노형진의 질문에 도리어 반문으로 반격했다.

"그 사건이 있었던 날마다 어디에 있었는지 증명하지 못하셨잖습니까?"

"그날은 집에서 자고 있었습니다."

"혼자 사십니까?"

"네, 자취합니다."

"주변에서 증명해 줄 사람은요?"

"저는 일찍 잠드는 타입이라서요."

"그 외에 그날 있었던 다른 약속은요?"

"딱히 특별한 건 없었습니다."

단호하게 말하는 박주식을 보고 노형진은 혀를 끌끌 찼다.

'그럴 리가 있나.'

5급 공무원에 합격한 사람이다.

그것도 스물여섯 살이라는 젊은 나이에 말이다.

그런 사람이, 누구도 만나지 않고 집 안에 처박혀 있는다?

'그건 아니지.'

인간은 애초에 그런 존재가 아니다.

자신에게 이득이 된다고 생각하면 어떻게 해서든 연을 만들려고 한다.

'그런데 5급 임용자한테 하루 종일 연락도, 만남도 없었다?'

당장 사건이 벌어진 것으로 추정되는 나흘 중 하루만 약속이 있었어도 범죄는 성립하지 못한다.

그런데 그걸 증명하지 않는다?

"이만하죠."

"뭐요?"

"후우, 일단은."

노형진은 심호흡을 했다.

"저는 당신이 무죄라는 걸 믿습니다."

"네?"

박주식은 당황해서 노형진을 바라보았다.

노형진은 그런 그의 시선을 피하지 않았다.

그 대신에 그의 눈을 보고 또박또박 말했다.

"하지만 이번 의뢰는 받을 수가 없겠군요."

"네?"

박주식은 어이가 없다는 표정이 되었다.

"아니, 이봐요. 내가 의뢰를 하면 받아야지!"

"의뢰인은 상전이 아닙니다. 저는 일을 하는 변호사지, 당신의 노예가 아닙니다. 당연히 거절할 권한이 있습니다."

"뭐라고요?"

"그리고 저는 저한테 거짓말하는 의뢰인한테서 진실을 들을 수 있다고는 생각하지 않습니다."

노형진은 그렇게 말하면서 일어났다.

"그럼 이만."

"이봐! 야!"

반말로 노형진을 부르는 박주식.

노형진은 그런 그를 한번 돌아보고는 그대로 접견실에서 나왔다.

바깥에서 기다리고 있던 손채림은 그런 그를 보고 어리둥절하게 물었다.

"일찍 나왔네?"

"의뢰를 거절할 거야."

"뭐?"

"네 말대로 확실히 의심스러운 게 많은 상황이야. 하지만 그렇다고 해서 우리가 꼭 해야 한다는 법은 없지."

"하지만 살인이잖아!"

"그래. 하지만 그는 그렇게 생각하지 않는 것 같던데?"

"응?"

"그는 나한테 거짓말을 하고 있어. 그리고 내가 전에 말했지? 나한테 거짓말을 하는 의뢰인도 분명 존재한다고."

그리고 그런 의뢰인들은 변호사들에게 반드시 엿을 먹인다.

"엿 먹기 싫어서 하기 싫다는 거야?"

"그럴 리가. 지금은 거절하지."

"지금은?"

"그래. 하지만 그는 결국 우리한테 매달릴걸."

"허?"

노형진의 말이 손채림은 이해가 가지 않았다.

"기다려 봐."

노형진의 입꼬리가 슬며시 올라갔다.

"아직 세상모르는 철부지가, 정신 차리면 분명히 우리를 찾아올 테니까."

"……?"

노형진은 그저 웃기만 할 뿐, 자세한 이야기는 해 주지 않았다.

⚖

짧은 접견이 끝난 후 노형진은 다른 사건에 집중했다.

박주식이 찾아오든 말든 상관하지 않았다.

그리고 한 2주쯤 지난 시점에, 한 남자가 노형진을 찾아왔다.

"누구십니까?"

"박주식의 아비 되는 사람입니다. 박광오라고 합니다."

조심스럽게 고개를 숙이는 남자를 보면서 노형진은 혀를 끌끌 찼다.

"사건은 거절했습니다만."

"제발 받아 주시면 안 되겠습니까? 진짜 방법이 없습니다."

"그러니까 애를 잘 키우셨어야지요."

"……."

"저기, 내가 지금 상황이 이해가 가지 않는데……."

손채림은 노형진에게 고개를 숙이는 남자와 당당한 노형진의 모습과 이번 사건의 관계가 이해가 가지 않았다.

"보통은 우리가 의뢰인의 뒷조사를 하지는 않지요."

"그런데요?"

"그런데 사람이라는 것은, 결국 그 삶에서 그 사람의 성격이 드러나기 마련이거든요. 그리고 그 영향은 자식에게까지 미치기도 하고요."

"……."

아무 말도 하지 않는 박광오.

노형진은 그냥 대놓고 말했다.

어차피 이쪽에서 숙이고 들어갈 이유는 없으니까.

"소개를 제대로 해 주시지요."

결국 박광오는 고개를 푹 숙이면서 품에서 자신의 명함을 꺼내어 건넸다.

"서울선거관리위원회 부위원장인 박광오라고 합니다."

"허?"

손채림은 깜짝 놀랐다.

서울선관위 부위원장이면 공무원들 세계에서는 상당한 파워를 자랑하는 자리이기 때문이다.

"다른 곳으로 가시지요."

"아니, 저기…… 그러니까……."

박광오는 그런 노형진의 말에 어쩔 줄 몰라 했다.

하지만 그는 어디로도 가지 않았다.

지금 잡을 수 있는 곳은 이곳뿐이라는 것을 안다는 듯이.

"돈은 얼마든지 드릴 테니……."

"제가 돈 벌려고 이런 일 하는 거 아닙니다. 제가 서울에 건물이 몇 채 있는지 알려 드릴까요?"

"……."

"저를 직접 찾아오실 정도면, 저에 대해 조사는 하셨을 텐데요?"

"……."

"저기, 난 정말 이해가 안 가는데……."

여전히 어리둥절한 표정인 손채림.

"죄송합니다…… 죄송합니다……."

"다른 증거 나왔지요?"

"……."

"그런데 저보고 해 달라고요?"

"……."

"참 대단하시네요."

"……."

"자식 교육 참 깔끔하게 시키셨습니다."

"……."

아무런 말도 못 하는 박광오의 모습에 노형진은 혀를 끌끌 찼다.

"자료는 두고 가세요."

"받아 주시는 겁니까?"

"생각 좀 해 보겠습니다."

"감사합니다."

박광오는 조심스럽게 고개를 숙이고 눈치를 보면서 바깥으로 나갔다.

노형진은 그런 그의 뒷모습에 혀를 끌끌 찼다.

"저기, 이해가 안 가거든? 나 궁금해서 죽는 거 보고 싶어서 그러냐?"

"간단해. 거짓말이 뽀록 난 거지."

"뽀록이라니?"

"박주식이 한 거짓말 말이야."

"어떻게 알았어?"

"행동을 보면 알아."

박주식은 처음 만난 순간부터 노형진에게 상당히 적대적이었다.

자신의 사건을 담당하는 변호사를 대우하는 자세가 아니었다.

거기에다 상당히 심각한 사건임에도 불구하고 고개를 뻣뻣하게 들고 있었다.

"보통 그런 상황이면 울고불고 난리가 나거나 최소한 당황하거나 억울해해야 하거든. 그런데 그는 아니었어."

"그게 기분 나쁜 거야?"

"기분 나쁜 게 아니야. 결국 그런 건 버릇이라는 거지."

"버릇?"

"그래. 처음 그런 일을 당했다면 그런 행동을 하겠어? 그 말은, 그런 상황에서조차 믿는 구석이 있었다는 거지."

"아하!"

그리고 그가 믿는 구석은 다름 아닌 아버지, 서울선관위 부위원장.

"아마도 조사해 보면 아버지가 무마한 사건이 한두 개가 아닐걸."

"그걸 한 번 만난 걸로 알았다고?"

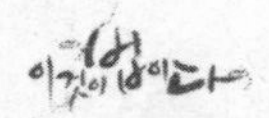

"버릇 같은 거라니까."

노형진은 어깨를 으쓱하면서 말했다.

그리고 느긋하게 의자에 기대고 발을 탁자에 올렸다.

"그는 아버지가 이 정도 사건은 무마할 수 있을 거라 생각했을 거야."

"강간 살인인데? 그게 무마가 가능하다고?"

"그래. 웃기지만 그게 그가 무죄라는 가장 강력한 증거지. 자신이 무죄인 걸 아니까 당당할 수 있는 거야. 진짜 저지른 것도 덮었는데, 무죄인 걸 못 덮을 거라고 생각하겠어?"

"하?"

전혀 생각지도 못한 해석 방식이다.

하지만 좀 깊이 생각해 보면 그럴 만한 일이다.

"자기는 진짜 억울하니까, 그러니까 아버지 힘이면 진실을 찾는 건 어렵지 않을 거라고 생각한 거지."

"이런 뭐 병신 같은……."

"병신 같은 상황이지. 하지만 당연하다면 당연한 거야. 박주식 나이가 고작 스물여섯 살이야. 사실상 대학을 졸업하자마자 합격한 거지. 거기에다 마치 마법처럼 군대도 미필이야. 요즘 시대에 그게 가능할 거라 생각해?"

"그런가?"

"그래. 일반적인 집안이라면 불가능하지."

일반인들은 등록금을 벌기 위해 등골이 빠지도록 아르바

이트를 해야 한다.

더군다나 남자라면 군대를 갔다 와야 하니, 그사이에 머리가 굳어 버리기 일쑤다.

"어지간한 천재가 아니고서야 스물여섯 살에 5급 공무원 합격 못 해. 그리고 내가 봐서는 그는 천재는 아니야."

"그러면?"

"전폭적인 지지를 받은 거지."

그 말은 집안 자체가 상당한 권력과 재력을 가지고 있다는 소리다.

권력이든 재력이든 충분하지 않다면, 합격이라는 결과는 꿈도 꾸기 힘드니까.

"돈만 많을 수도 있잖아."

"그런 거라면 그의 그런 행동이 설명이 안 되잖아. 나한테 반문한 게, 일반적인 경우는 아니었거든."

"끄응……."

손채림은 머리를 흔들었다.

자신은 전혀 몰랐다.

그런데 그 행동만으로 그 모든 걸 알아내다니.

"그리고 그는 나한테 거짓말을 했어. 전에 말했다시피, 변호사에게 유리한 말만 하는 사람은 나중에 꼭 문제를 일으키지."

노형진은 그렇게 말하면서 자료를 열어서 안에 들어 있는 서류를 꺼내 들었다.

그리고 혀를 끌끌 찼다.

"내가 이럴 줄 알았다."

사진은 CCTV를 캡처 한 것이었는데, 희생자와 함께 클럽에서 나오는 박주식의 모습이 찍혀 있었다.

"어? 이게 뭐야? 모른다더니?"

"거짓말을 한 거야. 흔하게 하는 거지."

나는 모르는 사람이다. 본 적 없다.

그런 식으로 발뺌을 한다.

그리고 뒤에서 사건을 덮을 수 있을 거라 생각한다.

"물론 살인 사건이 벌어진 그날은 안 만났겠지."

그러니까 경찰이 CCTV를 집요하게 추적할 줄 몰랐을 것이다.

보통은 아버지의 전화 한 통이면 해결되니까.

"다른 사건이라면 그랬겠지."

하지만 연쇄 강간 살인 사건이다.

절대 전화로 해결할 수 있는 일이 아니다.

그리고 그의 아버지가 아무리 고위 공무원이라고 해도 해결할 수 있는 수준도 아니고.

"아마 경찰이 동선을 추적해서 만날 만한 곳을 찾았을 거야."

그리고 여자와 동선이 겹치는 곳을 찾아냈을 테고, 그곳의 영상을 확보하는 데 성공했을 것이다.

하나의 접점을 찾아내면 네 군데의 접점을 찾아내는 거야 쉬운 일이다.

"정액과 음모, 거기에다 모른다는 사람과 같이 클럽에서 나오는 사진까지. 이건 빼도 박도 못하는 사건이지."

"그런데 왜 굳이 널 찾아온 거야?"

"이 정도 증거가 쌓이면 변호사들의 의견은 뻔하거든. 형량을 줄이자."

진짜 능력이 있는 변호사이거나 한 번에 수십억짜리 대법관 출신의 전관을 쓰지 않는 한, 이런 사건은 유죄를 피할 수 없다.

"아무리 그런 자리에 있다고 해도 그런 전관을 쓸 정도는 아니지. 게다가 내가 마지막에 그랬거든, 당신의 무죄를 믿는다고."

"그 말 때문에 찾아온 거라고?"

"무죄를 믿는다는 건 뭐가 이상한지 안다는 뜻이니까."

그건 재판에 중대한 영향을 줄 것이다.

그러니 노형진을 찾아올 수밖에 없었다.

"이야, 노형진. 아주 그냥 처음부터 가지고 놀았네."

"가지고 놀았다기보다는, 뭐 뻔하게 보인 거야."

노형진은 탁자에서 발을 내리고는 어깨를 으쓱했다.

"그래서 지금은 어때? 여전히 무죄라고 생각해?"

"응. 그렇지 않다면 자존심이 상해서라도 나를 찾아오지 않았겠지."

박주식은 무죄다.

그런데 아무도 그걸 믿어 주지 않는다면, 의뢰를 맡기기도 힘들다.

하지만 누군가 믿어 준다면 자존심이 상하더라도 그를 찾아갈 수밖에 없다.

"무죄니까 찾아올 수밖에 없다?"

"그래. 일종의 테스트지."

진짜 무죄라면 자존심을 꺾고서라도 찾아왔을 테고, 무죄가 아니라면 다른 변호사를 찾았을 것이다.

"나는 손해 보는 게 없지."

일단 한풀 꺾인 후 찾아오면 고분고분해질 테고, 다른 변호사를 찾아가면 똥을 피하는 거다.

"물론 한번 파투 났으니 좀 호되게 불러도 되겠지, 후후후."

노형진은 눈을 반짝거리면서 말했다.

"돈이라는 것은 언제나 좋은 것이니까."

⚖

"살려 주세요…… 엉엉엉."

전과 다른 모습으로 박주식은 눈물을 쫙쫙 뽑았다.

이제야 자신의 상황이 이해가 갔기 때문이다.

"그러니까 저한테 거짓말을 하지 마셨어야지요."

"죄송합니다, 죄송합니다."

"이제 사실대로 말해 보세요. 무슨 짓 했습니까?"

"……."

"저, 그냥 갈까요?"

"그게……."

고개를 푹 숙이는 박주식.

결국 그는 노형진에게 말하지 못했던 비밀을 말할 수밖에 없었다.

"그날…… 마약을 했습니다."

"마약?"

"네, 친구들과 대마초를……."

"와, 미친."

손채림은 그 말을 듣고 어이가 없어서 말문이 막혔다.

착한 사람은 아닐 거라 생각했다.

클럽에서 여자를 꼬셔서 나가는 것도 그렇다 치자.

그런데 대마초라고?

"아니, 그런 걸 말 안 했다고요?"

"죄송합니다, 흑흑."

"이거 해야 하나?"

"해야지."

노형진은 고개를 끄덕거렸다.

"물론 대마초에 대한 처벌은 받아야겠지만."

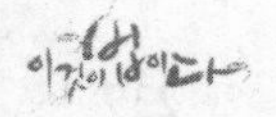

"아, 안 됩니다! 절대 안 됩니다!"

그러면 5급 공무원 합격은 취소될 테고, 자신은 집안에서 쫓겨날 것이다.

안 그래도 몇 번이나 사고를 쳐서 찍혀 있다가 그나마 5급 붙어서 면이 좀 서는 상황인데 말이다.

"제발 한 번만 살려 주세요."

"대마초 정도는 충분히 덮을 수 있을 텐데요?"

그 말에 박주식은 갑자기 입을 꾸욱 다물었다.

노형진은 혀를 끌끌 찼다.

"안 봐도 뻔하구먼."

대마초로 인한 처벌이 두려운 게 아니었다.

그 뒤가 무서운 것이다.

"누굽니까?"

"네?"

"같이 대마초 한 사람들이 누구냔 말입니다."

"저 혼자 했습니다. 저 혼자."

"진짜입니까?"

"네. 진짜예요."

노형진은 답이 없다는 표정이 되었고, 손채림은 기가 막힌지 한 소리 했다.

"이봐요, 상황이 이렇게 되었는데 아직도 거짓말할 거예요? 도대체 30초 전에 한 말을 잊어버리는 머리로 어떻게 시험을 합격했는지 모르겠네. 30초 전에는 친구들이랑 했다면서요?"

상황이 이 지경이 되었는데도 불구하고 여전히 거짓말을 하기 때문이다.

"진짜입니다."

"그게 혼자 있었던 거랑 뭐가 달라요? 그럴 거면 차라리 혼자 있었다고 하는 게 훨씬 낫지."

"그러면…… 그렇게 하는 걸로……."

"아니, 이 사람이 진짜……!"

발끈하는 손채림을 노형진은 손을 들어서 진정시켰다.

"그러지 마."

"응?"

"일단 그 문제는 나중에 생각하자고."

"형진아!"

"일단 의뢰를 받아들이기로 했잖아."

"아, 진짜."

짜증을 내는 손채림.

"일단 그 말은 믿어 드리겠습니다. 하지만."

노형진은 물끄러미 그를 바라보았다.

"이 이상 거짓말하는 순간 나는 변론을 포기할 겁니다. 아시겠습니까?"

"네? 아, 네 네."

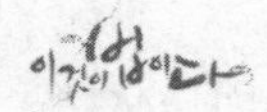

"그럼 이만."

노형진은 더 이상 이야기하지 않았다.

더 들어 봐야 거짓말만 줄줄 나올 테니까.

바깥으로 나오자 손채림은 짜증을 부렸다.

"이거 꼭 해야 해? 와, 저런 미친놈을 그냥 둘 수도 없고."

"그냥 둘 수는 없지. 나도 그건 마찬가지야."

노형진은 보통 선량한 사람들의 변론을 선호한다.

범죄자들을 변호해 주는 사람은 많지만, 정작 선량한 사람들을 해 주는 사람은 적기 때문이다.

그래서 그가 범죄자를 변론하는 경우는 상당히 이례적이다.

"하지만 안 할 수도 없잖아. 저놈은 기껏해야 마약쟁이야. 하지만 상대방은 미친년이지."

"미친년?"

"그래. 상식적으로 생각해 봐. 저 녀석의 체모와 정액을 어디서 얻었겠어? 저 녀석이 정자은행에 기증할 만한 놈도 아니고."

"자, 잠깐! 그러면 범인이 여자라는 거야?"

생각지도 못한 결론에 손채림은 깜짝 놀랐다.

"아, 그러고 보니……."

증거가 이상하다고 생각을 하기는 했지만, 그걸 얻는 과정은 생각도 못 했다.

"범인이 남자일 수도 있겠지만, 그의 행실을 생각하면 여자인 쪽이 그의 정액과 음모를 얻기 쉽겠지. 그것도 어마어마한 원한을 가지고 있는 여자.”

“이런 미친…….”

“물론 나도 저 녀석이 싫어. 여자나 건드리고 다니고 마약이나 하는 인간 망종이야. 저런 놈이 5급 공무원? 하! 나라가 멀쩡할 리 없지.”

“그럼 하지 마.”

“나도 하기 싫어. 하지만 저놈보다 더 미친 놈이 있잖아.”

무엇 때문인지 모르지만 그에게 복수하기 위해 무려 네 명의 여자를 죽였다.

그런 사람을 놔둘 수는 없다.

“더군다나 그런 사람은 이번 일로 살인이 도움이 된다고 배웠을 거야. 범죄는 진화하니까.”

“배운다고?”

“그래. 나중에 방해되는 사람이 있다면 죄를 뒤집어씌우려고 하겠지.”

소름이 돋는 말에 손채림은 아무런 항변도 할 수가 없었다.

“사건에는 경중이 없어. 하지만 범죄에는 경중이 있지.”

마약이야 자기 인생을 망치는 병신 짓이니 노형진이 알 바가 아니다.

하지만 누군가가 증거를 조작해서 죄를 뒤집어씌우려고 한다면, 그때마다 엉뚱한 누군가가 희생될 수도 있다.

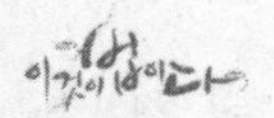

"젠장, 진짜 엿 같네."

손채림은 그녀답지 않게 욕을 하면서 눈을 찌푸리고는 고개를 돌려서 접견실을 노려보았다.

"어쩔 수 없어. 희생을 막아야지. 우리는 변호사야. 경찰이 아니고."

변호사로서 사건을 담당하지 않으면 사건에 접근도 하지 못한다.

그러니 이번 사건은 받기 싫어도 받을 수밖에 없다.

"뭐, 그 후는 나는 모르지만."

"뭐?"

"아니야. 그런 게 있어."

"그럼 사건은 그렇다고 치고, 그 같이 한 마약쟁이들은 누구야?"

"뻔하지."

정치인 아들이나 경제인 아들같이, 이름이 새어 나가면 문제가 되는 사람들.

그들일 가능성이 높다.

그렇지 않다면 그가 입을 다물 이유가 없다.

"박주식이 그런 자들과 어울릴 수준이 되나?"

"박주식이 아니라 아버지인 박광오야."

"응?"

"박광오는 서울선관위 부위원장이야. 사실 한국에서 선거

법 지키는 정치인은 없다고 봐야 하지. 특히나 한국 정치의 노른자인 서울에서? 그건 진짜 꿈같은 소리지.”

“아…… 무슨 뜻인지 알겠다.”

그가 나서면 특정 후보가 당선되지 못하게 하는 것은 어려운 일이 아니라는 것이다.

그걸 알고 있는 정치인들은 자식들에게 박주식과 친해지라고 말했을 것이다.

그렇다 보니 자연스럽게 금수저들과도 선이 만들어졌을 테고.

“인생이라는 게 그런 거다.”

“끄응, 더럽네, 진짜.”

손채림은 눈을 찌푸렸다.

파고들수록 마음에 들지 않는 사건이다.

“일단은 큰 놈부터 잡자고.”

“그러면 일단 어떤 여자를 만났는지 알아봐야 하는 거 아냐? 안 물어봐?”

“어.”

“어째서?”

노형진은 어깨를 으쓱했다.

“내가 변론해 준다고 했지 꼬장 안 부린다고는 안 했으니까.”

“……?”

“아이고, 변호사님.”

박광오는 평소와 다르게 빌 수밖에 없었다.

다른 사람들은 자신에게 무릎을 꿇지만, 오늘은 자신이 을이니까.

“변론을 해 주신다면서요.”

“저도 그러고 싶습니다. 하지만 아드님이 자꾸 거짓말을 하니…….”

“거짓말이라니요.”

“같이 대마초를 피운 사람들의 명단을 달라고 하니 안 주네요.”

박광오는 말문이 턱 막혔다.

그건 자신도 줄 수 없는 정보다.

“그러면 그들의 증언을 따지 못하니 당연히 재판도 못 이깁니다. 아니, 제가 무죄를 믿는다고 해도, 거짓 변론을 할 수는 없지 않습니까?”

노형진은 마치 아무것도 모른다는 듯 어깨를 으쓱하며 말했다.

“그러면 그 사람들만 찾아오면 되는 건가요?”

“네. 그 사람들만 찾아오면 됩니다.”

“알겠습니다. 제가 가서 꼭 데리고 오겠습니다.”

"아, 누군지 아시나요?"

"아, 아니요. 알지는 못하지만 설득해서 물어보겠습니다."

다급하게 나가는 박광오.

그걸 본 노형진은 피식 웃었다.

"잘도 데리고 오겠다."

진짜 정치인과 재벌 자식들을 데리고 올 수는 없다.

그러면 박광오는 파멸이다.

"아마도 못 찾는다고 핑계 대면서 안 데리고 오겠지."

"진짜 안 데리고 올까?"

"나중에 알게 될 거야. 우리는 그사이에 진짜 범인을 찾아보자고."

"아, 진짜 그냥 우리가 찌르면 안 되는 거야?"

"일단 우리는 계약으로 묶여 있는 상황이야. 그런 만큼 우리가 그들을 신고하는 건 변호사의 비밀 유지 의무 위반이라고."

"아, 쓰읍."

"걱정하지 마. 내가 다 알아서 할게."

노형진은 히죽거리면서 웃었다.

그녀의 마음을 알기 때문이다.

하지만 백 보를 가기 위해서 일보쯤 물러나는 건 어려운 일이 아니었다.

"지금은 사건 자체에 집중하자고. 다른 피해자가 생길 수도 있으니까. 일단 중요한 건 범인이 과연 어떤 인간이냐는

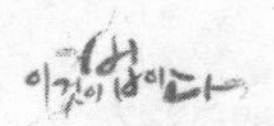

거야. 우리가 아는 것은 높은 확률로 여자라는 것, 그리고 심각한 사이코패스라는 것."

"심각한 사이코패스라……."

"정상적인 인간이 누명을 씌우기 위해 네 명이나 죽이겠어?"

"그건 그렇지."

"그리고 어째서인지 박주식에게 원한을 가지고 있다는 것."

"음……."

"그리고…… 박주식과 최소 세 번 이상 만났다는 것."

"어떻게 알아?"

"사건의 특징을 보면 알 수 있지. 보지도 않고 원한을, 그것도 살인 누명을 씌울 정도의 원한을 가지는 경우는 거의 없거든."

일단 처음 만났을 때 원한을 품었을 가능성이 높다.

그 후에 증거를 조작해서 살인 누명을 뒤집어씌웠을 테고.

"여기서 중요한 것은 정액과 음모야. 사건을 조작하기 위해서는 어느 정도 이상의 정액을 가지고 있어야 해. 그런데 그걸 한 번에 얻기는 힘들잖아."

"그러면?"

"그래. 최소한 세 번 이상, 그것도 육체적 관계가 있었을 거야."

"아! 그러면 금방 찾을 수 있겠다!"

그런 여자를 금방 찾을 수 있을 거라는 생각에 손채림은 얼굴이 환해졌다.

이 구질구질한 사건을 빨리 때려치우고 싶었다.

그러나.

"모르겠대."

"엉?"

"물어봤어. 모르겠단다."

"아니, 이게 무슨 소리야? 말이야, 방구야?"

"그런 여자가 한두 명이 아니래. 거기에다 술에 취해서 만난 사람도 많아서……."

"으잉?"

"개판이더라."

클럽에서 여자를 꼬셔 가면서 하루가 멀다 하고 여자를 바꿔 댔다.

"여자가 싫어할 만한 짓거리는 다 하고 다녔더라."

"허어?"

"원한을 안 가지면 그게 이상할 정도로."

노형진은 머리를 절레절레 흔들었다.

"미친놈……."

"그래, 미친놈이지. 저런 놈들은 자기가 강간하고 다니는 줄도 몰라."

홈런이니 어쩌니 포장을 하고 자랑을 하지만, 결국 그들의 행동은 술 취해서 저항하지 못하는 여성을 강간하는 범죄일 뿐이다.
“아무리 그래도 세 번 이상 만났을 거라며?”
“그러니까. 그걸 모른다는 것 자체가…….”
다른 사람 같으면 그 정도 만났다면 진지하게 교제를 하는 수준이다.
아니, 최소한 그 사람의 존재만이라도 기억할 수준이다.
“그런데 모른대. 정확하게는, 너무 많아서 감을 못 잡겠다는데?”
“와…… 똘빡 새끼. 그 대가리로 어떻게 5급 공무원이 된 거야? 전에는 30초 전에 한 말도 기억 못 하더니.”
“글쎄.”
노형진은 묘한 웃음을 보였고, 손채림은 입을 쩍 벌렸다.
“설마…….”
“나는 모른다.”
“끄응…….”
고개를 절레절레 흔드는 손채림.
“그건 내가 알 바 아니고. 중요한 건 범인이지.”
“그래, 범인이 뇌물 준다고 자수하지는 않을 테니.”
“그래. 그리고 아까도 말했다시피 범죄는 발전해. 그리고 발전을 하기 위해서는 기본 지능이 있어야 하지.”
“기본 지능?”
“그 살인범도 상당한 지능을 가진 사람일 거야.”

"하지만……."

"지금까지는 증거에만 집중했지. 우리는 이제 다른 것에 집중해야 해."

"다른 것?"

"그래. 전과 다른 것. 그리고 발전한 것. 그게 우리를 범인에게로 인도해 줄 거야."

범죄가 발전하듯이 추적술 역시 발전한다는 것을 노형진은 알고 있었다.

나도 사람이다

"비슷한데."
네 건의 살인 사건.
모두 여러모로 비슷했다.
같은 패턴, 같은 방식, 그리고 같은 증거.
딱히 발전한 게 없어 보였다.
"그래요? 전 하나 찾았는데요."
손채림의 말에 프로파일러인 김소라가 나지막하게 말했다.
"찾았다고요?"
"네, 이런 건 복잡 미묘하니까요. 일반인은 잘 모를 거예요."
"뭐가 바뀌었는데요?"
"살인 방법요."

"살인 방법?"

손채림은 고개를 갸웃했다.

"교살 아니에요?"

교살, 그러니까 목을 졸라서 질식사시키는 방법.

그건 그녀도 알고 있다.

하지만 그건 바뀌지 않았다.

"김소라 씨가 말하는 건, 살인 방법 자체가 아니라 살인 도구가 달라졌다는 거야. 그렇지요?"

"살인 도구?"

"네. 모두 다 교살인 건 맞아요. 하지만 도구가 달라졌어요."

최초 살인 자료를 꺼내 드는 김소라.

"첫 번째 사진을 보면 목을 조른 도구의 규격이 고르지 않아요. 이런 형태는 스카프로 보이죠. 하지만 두 번째는 달라졌어요. 두 번째는 첫 번째와 다르게 목을 조른 흔적이 규칙적이에요. 폭도 상당히 넓고요."

"그게 무슨 말인데요?"

"살인에 쓴 물건을 바꿨다는 거예요."

"이해가 안 가는데."

손채림은 고개를 갸웃했다.

하긴, 그걸 알 정도면 프로파일링을 전문적으로 해도 될 정도의 실력일 것이다.

노형진은 그런 그녀에게 차분히 설명을 해 줬다.

“첫 번째에서는 현장에 있는 뭔가를 썼다는 소리야. 흔적을 봐서는 스카프야. 즉, 여성들이 많이 쓰는 물건이지. 이걸 상황에 대입하면, 살인을 준비하지 않고 다급하게 벌였다는 뜻이야. 그런데 두 번째에서는 폭이 일정하게 같은 뭔가를 썼다는 거지. 남자의 물건 중에서 비슷한 폭과 사이즈를 가지는 물건은 하나뿐이지.”

“뭔데?”

“벨트.”

“벨트?”

“그래.”

폭이 일정한 벨트.

사실 남자들이 쓰는 벨트는 크기가 대부분 비슷하다.

여성들은 패션 벨트라고 해서 각자 개성이 강한 걸 쓰지만, 남성 벨트는 그리 다양하게 나오지 않는다.

“그 말은, 남성용 벨트를 사용함으로써 증거를 조작하기 시작했다는 소리예요. 이전 살인에서 배운 거죠.”

“아하!”

손채림은 자신도 모르게 탄성을 내질렀다.

하지만 노형진은 그것과 다르게 더 심각한 표정이 되었다.

“그래서 문제야.”

“그래서 문제라니?”

“고작 첫 번째 살인에서 자신의 실수를 깨달았어. 대부분의 사람들은 첫 번째 살인을 극도의 흥분 속에서 하지. 그래서 본격적으로 배우기 시작하는 것은 두 번째나 세 번째쯤이야. 다시 하게 된다면 말이지."

"하게 된다면?"

"그래. 하게 된다면."

하지만 일반적인 사람들은 계속하지 않는다.

"하지만 이 여자는 첫 번째 살인을 곱씹고, 거기서 바로 배웠어요. 세 번째에서는 또 다른 변화가 드러나죠."

"어떤 거요?"

"손톱을 깎았어요."

"어? 그러고 보니 세 번째 여자는 손톱이 깎여 있네? 어째서?"

"손톱은 여자의 강력한 무기 중 하나임과 동시에 증거를 남기는 가장 확실한 방법이야. 긁어 버리면 유전자가 남으니까."

"그 말은?"

"유전자에 대해서도 걱정하기 시작했다는 거야."

노형진은 심각한 표정으로 말했다.

"배우는 속도가 너무 빨라."

"네, 맞아요."

"그게 문제가 돼?"

"문제지."

노형진은 깊은 한숨을 내쉬었다.

"아까도 말했지만 일반적인 경우 대부분 살인에서 배우지 못해. 배운다고 해도 두 번째나 세 번째부터지. 하지만 이 녀석은 처음부터 배우고, 또 고쳐 나가고 있어."

"이해가 안 가는데."

노형진은 좀 더 직설적으로 말했다.

"넌 공부할 때 어떻게 해?"

"응?"

"그냥 멍하니 듣기만 하고 끝이야?"

"아니지. 배운 걸 복습하지."

"그래. 그게 중요한 거야. 복습."

"복습?"

"이 살인범이 누군지는 모르지만, 단순히 살인으로 끝내지 않아."

살인이 끝난 후 계속 기억을 더듬어서 자신이 고칠 부분을 찾는다.

"일반인이라면 절대 하지 않는 부분이지. 대부분 그런 기억은 다시 떠올리려고 하지 않으니까."

"그렇겠네."

만일 이런 사건에 휘말리더라도 잊고 싶어 하는 것이 보통이다.

그런데 범인은 스스로 그걸 곱씹으면서 공부를 했다.

상당히 위험한 패턴이다.

"아무래도 사이코패스보다는 소시오패스에 가까운 것 같

아요.”

“소시오패스요?”

“네. 형태를 보면 그래요.”

사이코패스와 소시오패스는 비슷해 보이지만 다르다.

사이코패스는 뇌에 결함이 있어서 사고하는 데에 문제가 있는 거다.

그래서 살인을 하거나 고문을 하면서도 아무런 느낌이 없다.

하지만 소시오패스는 양심이 없는 거다.

그래서 자신에게 이득이 되는 어떤 결과를 얻어 내기 위해, 설사 그 방법이 다른 사람들에게 엄청난 피해가 간다고 해도 실행한다.

“사이코패스라면 아마 당사자부터 노렸을 거예요. 그들은 좀 더 살인에 직관적이니까.”

자신을 건드린 대상이니까.

“하지만 소시오패스는 지능적인 사고가 가능해요. 그러니까 상대방의 몰락을 바라면서 함정을 팔 수 있어요. 그러기 위해 여성들을 죽인 거고요.”

프로파일러인 김소라는 이런 타입의 사건을 볼 때마다 걱정이 몰려오곤 했다.

“문제는 이런 타입은 한 번으로 안 끝난다는 거죠.”

“어째서요?”

“배우니까요. 이런 타입에게 살인이란 일종의 도구예요.

나중에 다시 써먹을 수 있는 도구."

이미 한번 함정을 파서 누군가를 파멸시켜 본 적이 있다.

그런데 그 후에 다른 누군가가 자신의 앞을 가로막는다면?

과거의 사건으로 인해 배운 게 있는 그 범인이, 이번에는 내가 손해를 보고 참아야겠다고 생각할까?

"그러면 김소라 씨는 범인이 어떤 타입이라고 생각합니까?"

걱정은 해 봐야 끝이 없다.

중요한 것은 범인을 잡아내는 것이다.

노형진은 일단 범인에 대해 특정하기 위해 김소라에게 물었다.

"일단은 여성, 그리고 인텔리 직업을 가지고 있을 거예요. 하지만 과학 쪽은 아닐 테고, 외모는 상당할 테고 쉽게 사람이랑 어울리는 성향일 거예요. 체구는 평균 정도로, 크지 않을 거고요. 사람 좋다는 이야기를 자주 들을 테고, 얼핏 봐서는 남의 말 잘 들어 주고 이야기를 잘해 주는 착한 사람일 거예요. 나이는 20대 중후반이고요."

"그게 나와요?"

"그런 게 프로파일이니까요."

"난 배워도 모르겠는데?"

노형진은 이해 못 하겠다는 손채림에게 간단하게 설명해 줬다.

"인텔리라는 것은 배운다는 행동에 대한 분석이야. 뭔가 배우는 것을 꺼리는 범죄자들은 현실에서도 그다지 배우려고 하지 않거든. 그런데 이 경우에는 배움을 추구하는 데 익숙하잖아. 그런 타입은 아마 소위 말하는 인텔리일 가능성이 높아. 그리고 이과라면 연구나 유전자에 대해 잘 알 거야. 뭐, 기계 쪽일 수도 있겠지만, 여자가 기계 쪽으로 가는 비율이 높지 않으니까. 주의를 하는 정도면 충분할 것 같아. 만일 범인이 연구나 유전자 쪽이었다면 첫 번째부터 조심했겠지."

"매번 들어도 신기하다."

손채림은 노형진의 말에 서류를 내려다보았다.

자신과 똑같은 서류를 보고 있는데 어째서 보이는 게 다를까?

"훈련의 문제야."

"나머지는?"

"일단 외모야, 저 망할 놈의 의뢰인이, 여자가 못생겼으면 몇 번씩이나 만났겠어?"

"아, 그 망할 놈의 문제군."

"그래. 그리고 체구가 여자치고는 크다면 아무래도 피해자들이 경계할 거야. 마찬가지로 쉽게 어울리는 성향이 아니라면, 즉 가면 쓰는 데에 능숙한 게 아니라면 그녀를 믿고 살해 현장까지 가지는 않겠지."

하지만 피해자들은 가해자를 믿고 움직였다.

남자라면 경계할지도 모르지만 도리어 여성이기에, 그리고 자신과 이야기가 잘 통하기에 믿고 움직였다고 봐야 한다.

"당연히 가면을 잘 쓰는 타입이니 평판도 그럴 테고 말이야."

"마지막은 알 것 같네. 그 여자들이 클럽에서 나오는 걸 봤으니까."

박주식이 그 여자들을 만난 곳은 클럽이다.

그런 그녀들과 어울리기 위해서는 너무 어리거나 너무 나이가 많다면 힘들 것이다.

"그러니까 정리하자면, 문과 출신에 상당한 미모를 가진 20대 중반 보통 키의 여성이네?"

"그래."

"남자일 가능성은?"

"없는 건 아닌데, 정액이 영 걸린단 말이지."

남자라면 박주식의 정액을 구할 방법이 없다.

"그런데 왜 이제는 안 움직이는 걸까?"

"아마 두 가지 이유 때문이겠지."

첫 번째는 표적이 된 박주식이 구속 상태라는 것, 두 번째는 정액을 많이 가지고 있지 않다는 것.

"구속 상태에서 동일한 사건이 벌어지면 범인은 따로 있다는 것을 뜻하니까."

"그러면 일단은 멈춘 걸까?"

"그렇겠지."

사실 목적은 이뤘으니까, 살인은 멈췄을 것이다.

"하지만 그렇다고 해서 범인이 다시는 살인을 하지 않는다는 보장은 없어."

"그런가?"

"그래. 그리고 이런 식의 사건은 사실 우리나라 경찰의 패턴을 보면 절대 해결 못 하거든."

"하긴."

일단 성범죄가 벌어지면 범인은 무조건 남자라고 생각한다.

틀린 말은 아니다.

완력으로 상대방을 제압하고 강간을 하거나 살인을 하려면 남자일 가능성이 높을 수밖에 없다.

"제가 걱정하는 부분도 그거예요. 만일 이번 사건을 학습했다면 범인은 같은 방식을 또 쓸 수도 있어요."

김소라도 우려가 섞인 말을 했다.

"이런 말 하면 그렇지만, 우리나라에서 여자가 대시하는데 거절하는 남자는 10%도 안 될걸."

노형진은 자조적인 쓴웃음을 지으며 말했다.

"뭐, 살인은 아니더라도 함정을 써서 상대방을 파멸시키려고는 할 거야. 다만 이번에는 그 방법이 살인이었을 뿐이지."

노형진은 그렇게 말하면서 입맛을 쩝쩝 다셨다.

"그러면 어쩌지? 누군지도 모르고 흔적도 없고."

"일단 자극해야지."

"자극?"

"그래. 박주식을 꺼낼 거야."

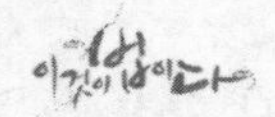

"어떻게?"

"1심만 뒤집으면 돼."

구속이라고 해서 무조건 갇혀 있는 것은 아니다.

정해진 일정 기간만 구속할 수 있는데, 구속적부심사를 통해 구속의 정당성을 따질 수도 있다.

"하지만 나한테 너무 늦게 와서 구속적부심은 이미 늦었으니 결국 1심에서 반격해서 뒤집어야지."

"무슨 수로?"

"두 가지가 핵심이야. 첫 번째는 박주식이 아무리 빽대가리라고 해도 최근에 만난 여자를 기억 못 할 놈은 아니라는 것. 두 번째는 그 가해자가 누구인지는 모르지만 일단은 문과로 추정된다는 것."

"그게 중요하다고?"

"중요하지. 이게 1심을 뒤집을 테니까."

그리고 범인은 그것에 화가 나서 어떤 식으로든 움직이려고 할 것이다.

"그때를 노리는 거지."

1심 재판이 진행되고 나서 박주식은 당장이라도 죽을 것 같은 표정을 하고 있었다.

검찰 측에서 이미 몇 번이나 증거를 확인했고, 자신이 봐도 그걸 뒤집을 가능성이 없기 때문이다.

"재판장님, 이 모든 사건에서 모두 박주식의 정액과 음모가 발견되었습니다. 해당 사건에서 피해자들은 이미 박주식과 만난 경험이 있는 사람들로, 영상에 찍혀 있는 것처럼 박주식이 클럽에서 유인하여 살해 현장으로 데리고 간 것이 분명합니다."

"재판장님, 그 영상에서 피고인 박주식이 피해자들과 함께 클럽을 나간 것은 인정합니다. 하지만 그 영상이 촬영된 날짜는 범행일과는 전혀 다른 날짜입니다."

"그날 살인이 벌어진 게 아니라 계속해서 만나면서 시기를 잰 것이라고 봐야 합니다. 재판장님, 피고인 박주식의 통화 기록을 보면 아시겠지만 박주식은 그날 이후에 지속적으로 그녀들과 연락하면서 관계를 이어 왔고, 피해자들 모두가 하루 또는 이틀 전에 박주식과 통화한 기록이 있습니다."

'하아, 진짜 답 없네.'

다른 변호사들은 포기하고 물러설 만한 증거들이 넘쳐 났다.

'이놈은 남성호르몬이 다른 사람의 열 배쯤 되나?'

노형진은 한심하다는 표정으로 박주식을 바라보았다.

이미 알고 있다.

사실 박주식은 거의 매일같이 핸드폰에 등록된 여자들에게 전화를 걸어서 껄떡거렸으니까.

그런 노형진의 시선을 알아챘는지 박주식은 고개를 푹 숙였다.

'그래, 돈은 받았으니까 변론은 해 준다.'

노형진은 다시 재판정으로 시선을 돌렸다.

사실 이번 사건에서 박주식은 노형진의 관심 밖에 있었다.

그사이 검사는 증거를 몇 개 더 내밀었다.

그 당시에 같이 있었던 사람들의 증언, 박주식의 여성 편력, 그가 과거에 저질렀던 노형진이 알지 못했던 폭행 사건.

'미친놈.'

아버지가 무마했던, 노형진이 알지 못했던 사건들.

그게 드러난 것이다.

다름 아닌 여성에 대한 폭행.

정확하게는 클럽에서 만난 후 잠자리를 거부한 여성들을 폭행한 몇 건의 사건들.

노형진의 예상대로 박주식과 그 아버지는 노형진에게 거짓말을 한 것이다.

'아주 그냥 죽여라 죽여라 하는구나.'

전적이 있으니 이건 누가 봐도 저 녀석이다.

'그러면…….'

노형진은 이제야 알게 된 기록 앞에서 곰곰이 생각에 빠졌다.

몇 건의 폭행 사건.

그 정도면 원한을 가질 만한 일이다.

'하지만 그러면 자신이 범인이라는 의심을 받을 수도 있을 텐데. 그들이 누군지 확인을 해야 하나?'

"변호인! 뭐 합니까!"

"네?"

"변호인에게 추가 진술할 게 있느냐고 물었습니다."

"아, 죄송합니다, 재판장님."

노형진은 머리를 흔들고 정신을 차렸다.

이미 저쪽에서 내놓은 증거들은 산더미만큼이나 쌓여 있어서, 이 정도면 대법관이 와도 못 뒤집을 수준이었다.

그래서 그런지 검사 측도 자신이 있는 눈치였고.

'한 가지만 빼고 말이지.'

노형진이 예상한 것.

아니, 노형진이 아닌 다른 사람들은 전혀 알아채지 못했을 것.

"재판장님, 여기에서 결정적 증거를 제출하고자 합니다."

"결정적 증거?"

반색하면서 고개를 번쩍 드는 박주식.

노형진은 그에게 이야기해 주지 않았다, 그걸 듣고 기고만장해할까 봐.

재판할 때 그런 자세는 결코 좋지 않다.

"그렇습니다, 재판장님. 그 증거는 다름 아닌 검사 측이 제출한 정액입니다."

"그게 무슨 증거가 된다는 거죠?"

고개를 갸웃하는 판사.

"그 전에 검사 측에 묻겠습니다. 검사 측, 검사 측은 해당 정액에 대해 어떤 검사를 했습니까?"

"당연히 유전자 검사를 했지요."

"유전자 검사를 했다고요?"

"네. 이미 해당 정액은 피고인 박주식의 것으로 판명되었습니다."

무슨 병신 같은 질문을 하느냐며 바라보는 검사.

노형진은 그런 검사에게 다시 물었다.

"그러면 생동성 검사는 했습니까?"

"생동성 검사?"

"그렇습니다. 정자는 체외에 방출된 후에도 서른여섯 시간 이상 활동할 수 있습니다. 즉, 그 정자가 정상적인 정자인지는, 생동성 검사를 해서 확인해야 한다는 뜻입니다."

"그걸 왜 합니까?"

그건 전혀 관련이 없는 검사다.

이미 강간 살인을 했는데 생동성 검사라니?

"재판장님, 이번 사건에서 사용된 정자는 이미 생동성을 잃어버린, 죽은 정자로 판단됩니다."

"그게 무슨 말입니까? 그게 이번 사건과 무슨 관련이 있다는 거지요?"

"피고인 박주식은 이번 사건의 범인이 아닙니다. 그럼에도 불구하고 그의 유전자와 음모가 발견되었습니다. 그건 그 정자가 어디엔가 저장되어 있었을 가능성이 높다는 뜻입니다. 그런 경우 음모는 시간이 지나도 그다지 큰 변화가 없지만, 정자는 변질됩니다."

"그런 걸 조사할 필요는 없습니다, 재판장님."

검사는 단호하게 선을 그었다.

그럴 수밖에 없다.

이미 질 내에서 정자가 발견되었으니까.

그러나 노형진은 물러날 생각이 전혀 없었다.

"이번 사건이 조작이 아니라면 피고인의 범죄가 맞습니다. 그리고 저희는 조작됐을 가능성에 관심을 가졌습니다. 조작을 하기 위해서는 피고인의 정자가 있어야 하는데, 피해자 네 명의 사망 시기에는 시간 차이가 좀 있습니다. 그런 경우 피고인이 범인이 아니라면 정자는 외부에서 주입될 수밖에 없는데, 그 정도 시간이면 상온에서 보관된 정자의 경우 빠른 속도로 부패합니다. 하지만 발견된 정자에서는 부패의 흔적이 발견되지 않았습니다."

"그래서요? 피고인 측 변호인이 방금 말하지 않았습니까, 생동성 실험에는 시간제한이 있다고? 이미 그 생동성 실험을 하기에는 시간이 상당 부분 흘렀는데요?"

"저는 생동성 실험을 하자는 게 아닙니다. 정자의 냉동 여부를 확인하고자 하는 겁니다."

"정자의 냉동 여부?"

"그렇습니다."

판사는 묘한 표정을 지었다.

"지금까지 수많은 사건을 봐 왔지만 냉동 여부를 확인해 달라는 사건은 처음이군요."

"언제나 처음은 있는 법이니까요. 만일 누군가가 피고인에게 죄를 뒤집어씌우고자 했다면 정자를 보관해야 했을 겁니다. 그리고 부패를 막기 위해서는 냉동을 해야 했겠지요."

"재판장님, 말도 안 됩니다. 정자은행에서는 모든 정자를 냉동해서 보관합니다. 하지만 그런다고 해서 그게 변형된다는 이야기는 들어 본 적이 없습니다."

검사의 항변.

그러나 노형진이 그런 걸 모를 리 없었다.

"그런 곳에서 사용하는 냉동 시스템은 액체질소를 이용한 것입니다. 그건 급속도로 대상을 얼리기 때문에 세포질에 타격을 거의 주지 않습니다. 하지만 그런 액체질소를 이용한 냉동이 아니라면, 세포질 내부의 수분이 얼어붙으면서 세포질에 타격을 줄 수밖에 없습니다."

"그건……."

"가장 대표적인 예가 바로 금붕어 실험입니다."

금붕어를 액체질소에 얼렸다가 다시 물속에 넣으면 살아서 움직인다.

그만큼 충격이 없다는 소리다.

'물론 그 금붕어는 무조건 죽지만.'

아예 충격이 없을 수는 없는 데다가 얼릴 때가 아니라 녹일 때도 충격이 들어가서, 실험이 끝난 금붕어는 결국 오래 가지 못하고 죽는다.

그래서 녹일 때의 충격을 배제하는 것이 현재 냉동 인간을 만들 때 최우선적으로 해결해야 하는 과제이기도 했다.

얼리는 게 아니라 녹이는 게 문제였던 것.

"만일 누군가가 증거를 조작하기 위해 냉동했다면, 정액에 그 흔적이 남을 수밖에 없습니다."

"액체질소에 얼리면 된다면서요?"

"액체질소가 그렇게 쉽게 사용되는 물건은 아닙니다, 재판장님."

일반적인 가정에서 사용하는 냉장고의 냉동실은 잘해 봐야 영하 20도고, 전문 냉동고도 영하 40도를 넘지 못한다.

당연히 그걸로 얼리면 흔적이 남을 수밖에 없다.

"확실히 일리가 있군요."

"재판장님! 피고인은 지금까지 수차례 여성을 폭행한 전력이 있는 자입니다!"

"폭행을 부정하지는 않습니다."

노형진은 거기까지 말하고 다시 한 번 박주식을 째려보았다.

"하지만 폭행과 살인은 전혀 다릅니다. 재판장님, 이 사건은 폭행 재판이 아니라 살인에 대한 재판입니다."

"인정합니다. 살인 사건이고, 검찰 측이 사형을 구형한 만큼 일말의 의심도 없어야 한다고 봅니다. 검찰 측, 해당 정자에 대한 검사를 하세요."

"재판장님, 피고인의 폭행 전력을 감안하여 주시기 바랍니다."

검찰 측은 어떻게 해서든 그냥 넘어가고 싶은 모양이었다.

하긴, 다른 사람도 아닌 노형진이 걸고넘어지니 불안할 수밖에 없다.

노형진이 이런 식으로 치고 들어오는 바람에 놓친 사건이 어디 한두 개였던가?

물론 노형진도 그에 대한 대비책이 있었다.

"재판장님, 저 역시 그 부분은 감안해야 한다고 생각합니다."

"헉!"

노형진이 갑자기 자기편을 안 들어 주자 눈이 커지는 박주식.

"하지만 저는 이해가 가지 않는 게 있습니다."

그러나 한국말은 끝까지 들어 봐야 하는 법.

"이해가 안 가는 것?"

"박주식의 폭행 사건은 여기서 처음 들었습니다. 이야기를 들어 보니 다수의 폭행 사건이 있었던 것 같은데, 어째서 피고인 박주식이 그 처벌을 면했는지 알 수가 없습니다."

그 말을 하면서 노형진은 검사를 지그시 바라보았다.

그러자 검사는 눈을 데굴데굴 굴리면서 눈치만 봤다.

'그러겠지.'

그걸 파고든다는 것은, 그걸 무마해 준 사람들을 폭로한다는 뜻이다.

어차피 막장으로 가 버린 박주식이야 버릴 수 있겠지만, 그 뒤에 계신 정치인들과 상부 사람들을 건드리고 싶지는 않을 것이다.

"그 사건은 별개의 사건이므로 따로 조사하는 게 좋다고 생각합니다."

슬쩍 발을 빼는 검사.

판사는 고개를 끄덕거렸다.

"그러면 검사 측은 해당 정자의 검사 결과를 가지고 오세요."

"네."

결국 고개를 끄덕거리는 검사.

그리고 박주식의 얼굴에는 환한 웃음꽃이 폈다.

⚖

"웃는 거 봐라. 좋단다."

손채림은 좋다고 웃고 있는 박주식을 보면서 혀를 끌끌 찼다.

"이길 수 있다고 생각하나 보군."

"맞아. 다른 사건이라면 이기겠지."

노형진은 혀를 끌끌 찼다.

다른 사건이라면 이길 것이다.

하지만 노형진이 던진 떡밥은 사실 쓸모가 없었다.

“너도 참 잔인하다. 바로 꺼낼 수 있는데 안 꺼내 주냐?”

“너 같으면 꺼내 주겠니?”

당장이라도 나갈 것처럼 구는 박주식의 뒤통수를 보던 노형진이 한 말이었다.

“너도 나쁜 놈들 변호하는 거 참 싫어한단 말이야.”

“세상에 억울한 사람이 넘쳐 나는데 왜 나쁜 놈 변호를 하겠어? 안 하는 게 좋지.”

물론 그들도 변호를 받은 권리는 있다.

“하지만 그들을 변호해 줄 변호사는 많아.”

하지만 돈이 없는 선한 사람들을 변호해 줄 사람은 없는 것이 현실.

“좀 더 고생해 보라고 그냥 두려고. 익숙해져야 할 테니까.”

“무서운 놈. 결국 쓸모없는 짓으로 기대하게 만들다니.”

“후후후, 나도 사람이라고. 나쁜 놈한테 살짝 나쁜 짓 하고 싶지 않겠어?”

사실 노형진이 주장한 방법에는 심각한 문제가 있다.

정자는 생물성 증거다.

즉, 그냥 상자에 넣어서 창고에 보관할 수는 없다는 것이다.

“그 증거는 이미 냉동실에서 보관하겠지.”

문제는 그 냉동실이 절대 액체질소로 채워진 것은 아닐 거라는 것.

"결국 똑같은 세포 파괴가 벌어졌겠네."

"그래. 그러니까 검찰 측에서는 그걸로 항변하겠지. 그리고 판사는 우리 말을 부정할 수도 없고."

그 사건 당시의 증거는 오로지 정자와 음모뿐이다.

정자가 조작이라면 음모는 더 조작하기 쉬운 거니까.

"결과적으로 판사가 할 수 있는 최선의 선택은 증거력을 일단 보류하는 거지."

가장 강력한 증거의 증거력이 보류되고 재수사가 시작된다면 검찰 쪽에서 당황하겠지만 말이다.

"하지만 박광오는 지금 기회를 놓치지 않을 거야. 사방에 로비하고 난리가 났겠지."

"오케이. 무슨 뜻인지 알겠어."

손채림은 히죽 웃었다.

"우리는 그 범인께서 움직이기를 기다리자고. 넌 그사이에 이번에 드러난 그 폭행 피해자들에 대해 조사 좀 해 봐."

"그중에 범인이 있을 것 같아?"

"아니, 그중에 있을 것 같지는 않고, 아마 그 주변 인물이지 싶은데."

"어째서?"

"폭행을 당하고 다시 만나서 관계를 맺는다는 건 좀 그렇잖아."

"아……."

만일 폭행 사건이 사실이라면, 누군가가 작심하고 접근했다는 소리다.

"어쩌면 우리가 먼저 움직일 수 있을지도 모르겠어."

그럴 수 있다면 쓸데없는 피해를 만들어 내지 않을 수도 있을 것이다.

⚖

"음……."

다시 시작된 재판.

판사는 검찰 측이 제시한 증거를 보면서 고민하고 있었다.

"재판장님, 해당 증거는 이미 냉동 보관되고 있습니다. 증거물 보관소의 보관 장치는 영하 40도의 일반 급속 냉동장치이기 때문에 피고인 측 변호인이 주장하는 세포질의 냉동 상태의 피해를 막을 방법이 없습니다."

"그러면 이 정자들이 이미 한번 냉동되었던 건지 아닌지 알 수 없다는 말이지요?"

"그건 그렇습니다."

"재판장님, 해당 증거가 이번 사건의 가장 유력한 증거인 만큼, 그 증거의 신빙성에 대해 의문을 제기할 수밖에 없습니다.”

노형진의 반격에 검사는 바로 반격했다.

“재판장님, 피고인 측은 해당 정자가 냉동되어 조작된 것이라 주장하고 있지만, 그러한 주장은 어떤 사건에서도 주장할 수 있는 사항입니다. 그걸 인정한다면 모든 변호사가 해당 증거를 부정해 줄 것을 요구할 것입니다.”

“흠…….”

확실히 노형진의 말이 맞을 수도 있다.

하지만 반대로 검찰의 말도 맞다.

정자를 보관하자고 액체질소 보관 장치를 가지고 올 수는 없는 노릇이니까.

“아아아…….”

사색이 되는 박주식.

노형진은 그런 그를 힐끗 보았다.

‘이제 슬슬 꺼내 줄까?’

물론 더 끌어도 되기는 한다.

하지만 자신의 목표는 박주식의 무죄 입증이 아니라 범인을 찾는 것이다.

“재판장님, 저희는 그 사건에서 채취된 정액에 대한 재조사를 주장하는 바입니다.”

“피고인 측! 이미 냉동된 거라고요! 모릅니까! 냉동으로 인한 대미지 피해는 증명할 수 없습니다!”

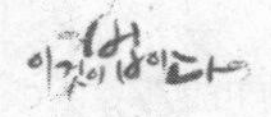

"압니다."

그건 안다.

애초부터 알고 있었다. 다만 모른 척했을 뿐.

사실 박주식의 무죄를 증명할 방법 또한 이미 알고 있었다.

"저는 그 정자가 채취된 상황을 알고자 합니다."

"정자가 채취된 상황?"

"그렇습니다, 재판장님. 이 사건 기록에 따르면 피고인은 콘돔 없이 피해자들을 강간한 것으로 되어 있습니다. 안 그런가요, 검사님?"

"그렇습니다만?"

노형진이 또 어떤 주장을 할지, 검사는 왠지 불안했다.

'도대체 저 변호사 머릿속에는 정보가 얼마나 들어 있는 거야?'

누가 봐도 이건 질 수가 없는 싸움이다.

그런데 노형진을 상대하다 보니 왜 자꾸 불안해지는 걸까?

"그러면 그 정액에 섞인 쿠퍼액에 대한 검사를 요청합니다."

"정액에 섞인 쿠퍼액? 그게 무슨 말입니까?"

"재판장님, 저는 피고인의 무죄를 주장하고 있습니다. 또한 그 주장을 뒷받침하기 위해 해당 증거가 조작되었다고 주장하고 있습니다. 그렇지요?"

노형진은 그 말까지 하고 잠깐 침묵을 지켰다.

그러자 모두의 시선이 노형진에게 쏠렸다.

잠시 후 노형진은 차분하게 입을 열었다.

"피고인이 범인에게 자발적으로 정액을 제공했을 리는 없으니, 결국 성적 관계를 통해 제공했을 거라 생각합니다. 그런데 일반적으로 성관계에서 정자는 유전적 정보를 가진 정자 그 자체로도 존재하지만, 그 정자 말고도 정자의 활동성을 향상시키고 보호하기 위해서 쿠퍼액이라는 성분도 존재합니다. 쉽게 표현하자면 쿠퍼액은 생물학적인 윤활유와 비슷하다고 보시면 됩니다. 그렇다면 그 안에 콘돔에서 쓰는 윤활 성분이 섞여 있을 가능성이 아주 높습니다. 정자 자체는 하나의 유기체 덩어리지만 쿠퍼액은 말 그대로 액체 상태의 물질이니까요. 그리고 그 정자를 누군가 모으기 위해 그와 성관계를 했을 가능성이 높습니다. 만일 콘돔 없이 관계했다면 그 쿠퍼액 안에서 제삼자의 유전자가 나올 것이고, 만일 콘돔을 사용했다면 콘돔에 있는 윤활 성분이 발견될 것입니다."

검사는 아차 싶었다.

지금까지 한 번도 가정하지 않은 가능성, 윤활 성분.

지금까지 진행된 모든 성분 조사는 정자 그 자체를 대상으로 한 거지 그 윤활 성분은 검사한 적이 없었다.

"이 기록에 따르면 콘돔 없이 관계를 했으므로 그 윤활 성분이 그 안에서 나올 수는 없습니다. 만일 그 검사를 했는데 윤활 성분 또는 다른 이성의 유전적 데이터가 나오는 경우,

누군가 제삼자가 해당 정자를 고의로 모아서 조작에 사용했다는 가장 확실한 증거가 될 것입니다."

"그건……."

"또한 화학적 윤활 성분과 유전적 데이터는 냉동의 여부와 상관없이 변질되지 않는 성분입니다. 그러니 해당 성분에 대한 자세한 조사를 해 주시기 바랍니다."

만일 그런 성분이 없다면 답은 하나뿐이다.

박주식이 범인이라는 것.

'하지만 박주식은 범인이 아니지.'

이미 그의 기억을 읽었다.

그는 안하무인에 나쁜 놈이기는 하지만, 최소한 이번 사건만큼은 결백했다.

"인정합니다. 그 부분에 대한 검사를 해서 제출하십시오, 검사 측."

"하지만 재판장님, 이미 수차례 검사를 했습니다."

"동종 검사를 한 적이 있나요?"

"아니요……."

이런 사건에서 기본은 유전자 검사지 성분 검사가 아니다.

당연히 한 적이 없다.

"전에도 말했다시피 사형이 구형된 사건입니다. 일말의 의심도 없이 문제가 해결되어야 하는 사건입니다. 그러니 해당 성분에 대한 검사를 진행하도록 하세요."

"네……."

"그럼 다음 결과가 나올 때까지 휴정하겠습니다. 기일은 결과가 나오는 대로 통지하겠습니다."

노형진은 고개를 끄덕거렸다.

이제는 이길 수 있다는 생각에 박주식은 부들부들 떨고 있었다.

"어때?"

"뒤집어지겠어."

얼마 후 나온 검사 결과.

그 안에서는 특정 콘돔 회사에서 쓰는 윤활 성분이 나왔다.

애초에 그게 나올 수 없었던 상황이었던 만큼, 확실한 역습의 포석이었다.

"아주 신났겠네."

"때마침 구속영장 기간도 끝났어. 반대되는 증거도 나왔으니 구속영장은 연장되지 않을 거야."

"좋다고 난리가 났겠네."

눈을 찡그리는 손채림.

"쉽지 않지?"

"그렇기는 하다. 전에 네가 그랬잖아, 변호사 사무실에서 일하는 사람들 중에 양심적인 사람은 못 버티고 그만둔다고. 그때는 이해를 못 했는데, 이제는 이해가 가네."

의뢰인이라고 하지만 누가 봐도 나쁜 놈이고, 사실 성범죄자가 맞다.

그런데 그런 사람을 변론해야 하니 기분이 좋을 수가 없다.

"그런 놈들을 지켜 줘야 한다고 하니 괴리감이 느껴지네."

"새론이야 피해자 우선주의를 표방하니까 그런 게 좀 덜하기는 하지."

하지만 돈만 좇는 대다수 변호사 사무실은 아이러니하게도 양심적일수록 일하기 힘들어진다.

"그래서 일하다가 우울증으로 그만두는 사람도 적지 않아."

"쩝."

"그나저나 피해자들은 찾았어?"

"한 명만 빼고."

"한 명만?"

"응, 이미 이야기해 봤어. 다들 화가 나기는 했지만 적절한 보상을 받고 물러난 모양이야."

"적절한 보상이라……."

아마 돈일 것이다.

아니면 박광오의 협박일 수도 있고.

어쩌면 둘 다일 수도 있다.

"이상한 사람은 없었어?"

"없던데. 다들 그다지 이야기하고 싶어 하지 않더라고."

"나머지 한 명은?"

"죽었어."

"죽어?"

"자살했더라."

노형진은 눈을 찌푸렸다.

자살, 흔하게 있는 일이다.

물론 자살에 대해서는 박주식이 책임질 일은 없다.

보통은 말이다.

"그 사람에 대해 좀 더 파고들어 보자."

"그 사람 주변 인물인 것 같아?"

"아마도."

박주식의 기존 행동을 보면 그럴 가능성이 높았다.

"아, 진짜 이런 식으로 진행되는 거 진짜 싫어하는데."

손채림도 왠지 무슨 일이 벌어질 것 같은 느낌에 눈을 찌푸렸다.

잘못된 방식은 상처만을 남긴다

"피해자의 이름은 조영소. 일단은 사망자야. 사유는 자살. 한강에서 뛰어내렸어."

"중요한 건 자살의 이유지. 뭔가 알아냈어?"

"제일 더러워."

"우리가 생각한 그거냐?"

"그래."

"염병."

손채림의 말에, 듣고 있던 김소라는 한숨을 푹 쉬었다.

"가끔 이런 거 들으면 차라리 개인적 복수를 허락해 주고 싶다니까요."

"그건 동감입니다. 하지만 그걸 위해 엉뚱한 사람 네 명을 죽이는 건 아니지요."

노형진이 예상했던 최악의 시나리오.

여자가 자살할 만큼 충격을 받은 사건.

"임신하고 나서 두들겨 맞았던 모양이야."

"썅놈이군."

가끔 있는 일이다.

여성이 모성이 강한 경우, 임신을 하게 되면 어찌 되었건 그 아이를 낳아서 키우려고 한다.

문제는 남자가 그 책임을 지지 않으려고 하는 경우다.

"그놈이 책임을 지려고 할 리 없지."

하룻밤 노리개 취급을 했을 텐데 임신했다고 찾아왔으니 아이를 지우라고 요구했을 테고, 조영소는 거절했을 것이다.

그리고 그는 지금까지와 마찬가지로 폭행을 했을 테고.

"그 과정에서 아이가 유산되었어."

임신 초기에는 무척이나 예민하니까.

남편들이 임신한 아내를 금이야 옥이야 하는 데에는 이유가 있다.

"그리고 불행하게도 조영소는 심각한 우울증을 앓고 있던 상태였지."

아이러니하게도 그 우울증 상태에서 아이가 생기자 모성이 일어나 아이를 지키고자 하는 마음으로 나아지던 와중이었다.

그런데 아이가 죽었으니…….

“지금이라도 변론 안 하고 싶다, 진짜.”

“지금 빠져나와 봐야 소용없어.”

노형진은 고개를 흔들며 말했다.

“일단 중요한 것은 범인을 잡는 거야. 그 주변에 누가 있는데?”

“가족은 없어.”

“가족이 없다고?”

“어. 양친 다 일찍 돌아가셔서 혼자 살았어.”

“혼자라…….”

노형진은 입술을 깨물었다.

그러면 누가 복수를 해 준 걸까?

그것도 이처럼 잘못된 방식의 복수를.

“예상이 가는 사람이 있기는 한데.”

“예상이 간다고?”

“조영소는 학교 영양사였거든.”

“학교?”

“그래.”

“학교라고 한다면…….”

“중학교야.”

중학교에는 여교사들이 많다.

그중에는 조영소의 또래도 있을 테고.

"문과에, 나이는 20대 중후반, 거기에다 교사라는 직업은 계속 공부하는 인텔리 계열의 직업."

"프로파일링이랑 맞아떨어지네요."

김소라도 인정한다는 듯 고개를 끄덕거렸다.

직장에서 친한 교사 한 명쯤은 있을 수도 있으니까.

"이해가 안 가는데."

"응?"

"고작 친하다고 그런 복수를 한다고? 그게 정상이야? 사람 죽여 가면서?"

"글쎄, 그건 나보다는…… 김소라 씨가 더 잘 알겠지."

아무리 소시오패스라고 하지만, 그들이 자신의 이득도 없이 남의 복수를 위해 위험을 감수하지는 않는다.

"아마도 비슷한 경험이 있었던 것 아닐까요?"

"비슷한 경험?"

"네, 소시오패스이기도 하지만 여자이기도 하니까요. 채림 씨도 성추행하는 놈들 보면 때려 주고 싶잖아요?"

"그건 그렇지요."

"물론 남자들도 그런 사람도 있지만, 그게 뭐 별거라고 하는 사람도 있어요. 하지만 여자는 그런 사람이 거의 없죠. 왜 그럴까요?"

"아…… 동질감."

"네, 맞아요. 동질감."

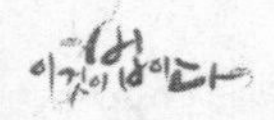

여자들은 성장하면서 성추행을 빈번하게 당하는 것이 현실이다.

아무리 매너 좋은 남자가 많다고 해도, 성추행범 서너 번 만나면 세상 남자가 죄다 성추행범으로 보이는 지경이고.

그래서 여자들은 다른 성추행 사건에서 동질감을 느끼면서 크게 분노한다.

"아마도 자신이 같은 경험을 했고, 그걸 조영소에게 투영했다 이거군요."

"그럴 가능성이 높다고 생각해요. 채림 씨의 말대로 소시오패스는 극단적으로 이기적인 성향이에요. 그런 타입이 타인의 복수를 위해 자신의 인생을 걸 리는 없지요. 일반적으로는요."

"하긴."

친하다고 하지만 결국 범인은 소시오패스다.

친해지는 감정에는 한계가 있다.

"그러면 자수하라고 하면……."

"안 할 거예요."

김소라는 확실하게 선을 그었다.

"참 안타까운 사건이에요. 여자로서도 사실 그 박주식이라는 놈이 그냥 감옥에서 죽어 버렸으면 하는 마음도 있고요. 하지만 그런다고 해도 범인은 소시오패스예요. 그에게 희생된 사람도 있고요. 그가 우리 마음에 안 드는 놈에게 복수한 것은 사실이지만, 그에게 희생된 우리와 같은 선량한 여성 네 명이 있다는 것을 잊으면 안 돼요."

"괴리감이 느껴지네요."

노형진은 어깨를 으쓱했다.

"어쩔 수 없어. 희생된 사람들은 우리 눈에 안 보이지만, 박주식이라는 놈은 나쁜 짓이 우리 눈에 보이잖아. 보이지 않으면 느끼는 것도 쉽지 않지."

"그런 것 같네. 그건 그렇다고 치고 이제 어쩔 거야? 학교를 뒤질 수는 없잖아."

손채림은 서류를 탁 덮으면서 말했다.

그곳에 있는 선생님만 수십 명이다.

교사라는 직업이 여초 직업임을 생각하면 그 해당되는 학교의 대상자는 못해도 열 명은 넘는다.

그들을 붙잡고 일일이 조사할 수는 없다.

"반응을 봐야지."

"반응?"

"그래, 반응."

"설마 박주식을 거기에 데려다주기라도 하겠다는 거야?"

"비슷해."

노형진은 그렇게 말하면서 주머니에서 지갑을 꺼내 들었다.

"박주식은 데리고 갈 수 없지만, 박주식을 대신할 걸 가지고 갈 수는 있지."

⚖

"그리하여…… 그러므로…… 그래서……."

"어째 조회는 예나 지금이나 똑같이 지겹냐."

"쉿. 사람들이나 잘 살펴."

노형진은 그렇게 말하면서 주변을 살폈다.

노형진은 그 학교에 장학금을 기탁하기로 했다.

무려 5천만 원. 적지 않은 돈이다.

그리고 그 장학금의 기탁자로 슬쩍 박주식을 올렸다.

"얼마 전 돌아가신 조영소 영양사 선생님의 지인으로, 그 분의 사망을 안타까워하면서……."

노형진이 노린 것.

그건 그 장학금이라는 것을 받은 선생님들의 반응이다.

'범인은 박주식이 누군지 알고 있다.'

그래서 증거를 조작하고 살인을 시작했다.

그런데 그가 자신 때문에 죽은 조영소를 위해 무려 5천만 원이라는 돈을 기탁한다면 무슨 생각을 할까?

'소시오패스는 감정이 없는 게 아니야.'

양심이 없을 뿐이다.

당연히 그녀는 극도의 분노를 느낄 것이다.

바로 저 사람처럼.

"저기."

한구석에서 부들부들 떠는 한 사람.

20대 후반으로 보이는 그 여자는, 어떻게 해서든 떨림을 감추려고 하고 있었다.

하지만 애초에 이를 예상하고 대상을 찾는 노형진의 시선을 피할 수는 없었다.

“저 사람 맞는 것 같지?”

“맞아.”

“어쩌지?”

“일단은 놔둬.”

사실 일반적인 복수라면, 친해서 복수를 한 거라면 차라리 자수를 권했을 것이다.

하지만 범인은 그런 게 아니다.

타인의 복수임과 동시에 자신의 복수.

“자극은 충분하니까.”

그녀는 어떤 식으로든 움직일 것이다.

“반성이라는 건 없는 건가?”

손채림은 술집에서 흔들거리면서 나오는 박주식을 보면서 혀를 끌끌 찼다.

구속에서 풀리자마자 그가 찾아간 곳은 다름 아닌 클럽이었다.

그는 잔뜩 술에 취한 여자를 옆에 끼고 나오면서 입가에 승리의 미소를 짓고 있었다.

"저거 강간이라고 말 안 해 줬어?"

"안 해 줬을 리가 있나. 변호사로서 나는 충분히 법률적 조언을 해 줬다고."

저런 짓을 했기 때문에 그는 함정에 빠졌다.

하지만 그는 여전히 그 버릇을 못 고치고 구속에서 풀리자마자 기어 나온 것이다.

"똥개가 똥을 끊지."

혀를 끌끌 차는 손채림.

"승리를 자신하겠지."

상식적으로 나와서는 안 되는 것이 나왔다.

한데 검찰은 그게 나온 이유를 증명할 수가 없으니, 노형진의 주장에 힘이 실릴 수밖에 없다.

"그런데 화학물질 하나로 그런 식으로 보이나?"

"그런 것도 있지. 하지만 그 아버지가 누군지 생각해 보라고."

"아……."

물론 화학물질 하나 나왔다고 해서 검찰이 코너에 몰린 것은 아니다.

하지만 그의 아버지가 정치적으로 큰 힘을 가지고 있는 덕에, 그 작은 약점이 충분히 커질 수 있을 것이다.

“그냥 둘 거야?”

“그럴 리가. 애초에 우리가 여기에 온 이유가 뭔데?”

박주식이 누군지, 어떤 행동을 할지 예상하는 것은 어려운 일이 아니었다.

그리고 그를 노리는 범인, 양시호라는 여자가 움직일 거라는 것을 예상하는 것도 어려운 일은 아니었고.

“양시호에 대해서는 조사가 끝난 거야?”

“그래. 과거에 정신과 진료를 받은 기록이 있어.”

그녀에 대한 조사 결과, 그녀는 과도한 폭력성으로 정신과 치료를 받은 기록이 있었다.

좋게 말해서 과도한 폭력성이지, 소시오패스여서 주변에 대한 공격적인 부분이 있었을 수밖에 없으리라.

“이번 사건과 관련해서 과거에 직접적인 흔적을 찾을 수는 없었지만, 4년 전에 폭행 사건이 있었어.”

“폭행 사건?”

“응. 남자한테 성폭행을 당한 다음 아이를 지우지 않는다고 두들겨 맞았어. 아이는 그 충격으로 유산되었고.”

“남자는?”

“벌금으로 끝났고.”

“그 남자의 아버지는?”

“교육감이었어.”

“쓰읍.”

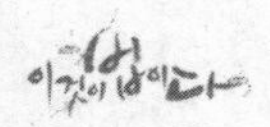

안 봐도 뻔하다.

그녀는 선생님이다.

그리고 교육감은 교직이라는 세계에서 어마어마한 권력을 가지고 있다.

"남자한테 맞은 거지?"

"어."

아마도 이번 사건과 비슷한 경우일 것이다.

다른 점이 있다면 그 교육감이라는 특성상 양시호가 건드릴 수 있는 대상이 아니라는 것.

저항하면 자신의 커리어는 끝장날 테니까.

"이건 뭐……."

"그리고 재미있는 게 있는데."

"재미있는 거?"

"그 아들내미가 박주식이랑 친구 같아."

"뭐? 사고 쳤다는 그 교육감 아들?"

"응. 뭐, 끼리끼리 뭉친다고 하잖아."

"아니…… 당연하다고 생각해야 하나?"

서울시의 교육감, 그리고 서울시의 선거관리위원회.

전혀 상관없어 보이지만 선관위는 모든 선거를 통제한다.

그리고 요즘은 교육감도 선거로 뽑는다.

"최악과 최악이 엮였구나."

자신이 당한 일을 똑같이 겪은 동료.

그리고 그 동료에게 같은 짓을 한 사람은, 자신에게 고통을 준 그 사람의 친구.

"이해가 안 가는데."

"뭐가 이해가 안 가?"

"그 정도로 난리를 친 사이라면 박주식도 양시호를 알아야 정상 아니야?"

양시호는 그 사건 당시 박주식을 봤을 가능성이 높다.

그러지 않았다면 그가 자신에게 고통을 준 사람의 친구라는 사실도 몰랐을 테니까.

일반적으로 그런 일은 인생에 강렬한 기억을 남긴다.

그런데 어째서 박주식은 양시호를 알아보지 못한 것일까?

"보통은 그러겠지."

"보통은?"

"그래. 하지만 그게 일상 같다면 어떨까?"

"응?"

"두 사람 다 배경 좋지, 권력 가진 집안이지, 재산도 좀 있겠다, 사실 여자들이 좋아할 만한 대상이거든. 그러니까 저런 식으로 난봉꾼 노릇을 하는 거고."

"그런데?"

"그런데 저런 인간들이 떠나려고 할 때 여자가 잡으려고 하지 않겠어?"

"그건 좀 더러운데."

손채림은 눈을 찌푸렸다.

물론 돈이나 권력을 노리고 붙잡는 여자도 있겠지만, 진심으로 사랑해서 붙잡는 여자도 있을 것이다.

"그건 피해자 입장에서 그런 거지, 저런 놈들 입장에서는 그게 그거야. 가해자가 피해자 사정 봐주는 거 봤어?"

자기들 입장에서야 흔한 일이니까 기억하기도 힘든 것이다.

더군다나 자기 일도 아니고 남의 일이었으니까.

"와, 진짜 이 사건은 처음부터 끝까지 마음에 드는 게 없네."

"난 마음에 드는 거 있는데?"

"뭐?"

"뭐, 나중에 알게 될 거야."

노형진은 그저 미소만 지을 뿐이었다.

"중요한 건 말이야, 저놈을 방해하는 거지."

술에 취해 휘청거리는 박주식을 보면서 노형진은 미소를 지었다.

"일단은 친구 투입."

"알았어. 그런데 네 예상이 맞을까?"

"맞아, 100%."

노형진은 차가운 시선으로 그쪽으로 바라보았다.

잠시 후 일단의 여자들이 박주식에게 향했다.

그리고 박주식이 데려가려고 하던 여자를 돌려 달라며 항의했다.

박주식은 저항하려고 했지만 이쪽은 무려 다섯 명이나 되었기 때문에 어쩔 수 없이 그녀를 친구들에게 넘기고 다시 클럽 안으로 들어갔다.

그녀들은 인사불성이 된 여자를 노형진이 타고 있는 승합차 쪽으로 데리고 왔다.

"완전히 떡이 된 건가?"

"그런 것 같지?"

"일단은."

노형진은 시계를 슬쩍 바라보았다.

새벽 1시.

한창 클럽이 불타오르는 시간.

하지만 그게 도리어 말이 안 되는 시간.

"자, 그러면 병원으로 가자고."

"물뽕요?"

여자는 당황했다.

술에 취해서 잠든 것은 기억이 난다.

그런데 물뽕이라니?

"네. 시중에서는 데이트 강간약이라고 불리고 있지요."

황당하다는 표정이던 여자는 다음 순간 치욕과 분노가 치

밀어 올라 어쩔 줄을 몰랐다.

"그 개자식이!"

"누군지 기억하십니까?"

"어렴풋하게요."

자신에게 질척대면서 부비적거리던 남자가 있었다.

놀러 간 곳이니 그러려니 하면서 받아 줬는데, 그다음부터 기억이 없다.

"일단 병원의 조사 결과는 그렇습니다."

"이런 미친놈!"

"그래서 그러는데, 부탁이 하나 있습니다."

"부탁요? 무슨 부탁요?"

"그분은 제 의뢰인입니다. 그러니 일단 신고를 기다려 주셨으면 합니다."

여자의 얼굴에 혐오감이 서렸다.

하지만 노형진은 계속 그녀를 설득했고, 제법 시간이 지나고 나서야 일단은 보류하겠다는 약속을 받아 낼 수 있었다.

병원에서 나오는 길에 손채림은 눈을 찌푸렸다.

"그 새끼, 지금 넣으면 안 되는 건가?"

"지금 넣어 봐야 뭐가 바뀌는데?"

"하, 씨발."

분명히 그 정도 사건은 무마될 것이다.

"하지만 너무하잖아? 어제만 해도 세 번이다, 세 번."

"알아. 그러니까 내가 계속 지켜보고 있는 거야."

"아오, 짜증 나. 그나저나 너, 그 새끼가 물뽕 쓰는 건 어떻게 안 거야?"

"대마초를 했다는 소리를 했을 때부터 예상했지."

"예상했다고?"

"그래. 결국 마약이니까."

대마초를 구할 수 있다면 물뽕도 구할 수 있다.

그런 만큼 그가 성범죄를 저질렀을 가능성도 충분하다.

"더군다나 그 녀석이 한 짓거리를 보면 더 의심스럽지."

"왜?"

"그 녀석이 우리한테 진술할 때 뭐라고 했는지 기억해? 지금까지 만난 여자가 너무 많아서 정확하게 기억 못 한다고 했잖아."

"그렇지."

"상식적으로 클럽에서 매일같이 여자를 만날 가능성이 얼마나 된다고 생각해?"

"응?"

"거기는 여자들이 모두 남자 만나러 가냐?"

"아니지."

여자들도 스트레스를 풀기 위해 거기에 가는 거다.

모든 남자가 거기에 여자 꼬시러 가는 것은 아니듯이, 모든 여자가 거기에 남자 꼬시러 가는 건 아니다.

도리어 여자가 남자를 만나기 위해 클럽 가는 비율은 압도적으로 낮을 수밖에 없다.

대부분 친구들과 함께 음악을 들으며 스트레스를 풀러 간다.

"거기서 매일같이 여자를 꼬신다고? 모델도 그건 안 될 거다."

"하지만 그만한 재력과 능력이 있잖아."

"거기가 무슨 맞선 장소야, 그런 데서 통성명하고 앉아 있게?"

"아하!"

거기에다 그곳에는 남자가 자기를 어필하기 위해 상당히 꾸미고 간다. 온갖 뻥을 다 치고, 가끔은 짝퉁으로 자신을 치장하기도 한다.

"거기서 만난 남자를 100% 믿고 따라 나오는 여자가 얼마나 되겠냐? 그것도 술이 떡이 돼서 말이지."

하나를 보면 열을 안다고 했다.

박주식의 행동을 보면 그가 무슨 짓거리를 했을지 추측하는 건 조금도 어렵지 않았다.

"그러니 알아차린 거야."

"쩝, 그런 놈을 보호해야 한다니."

"오래 기다릴 필요는 없어. 조금만 참아."

노형진은 그렇게 말하면서 병원 바깥에 동터 오는 새벽하늘을 바라보았다.

"결국 그 여자는 움직일 수밖에 없으니까."

⚖

그렇게 시간이 지나고, 노형진은 박주식에게서 신경을 끄고 있었다.

따로 사람을 붙여서 그가 사고를 치지 못하게 계속 방해하는 것은 잊지 않았지만, 마냥 그를 따라다닐 수는 없으니까.

그렇게 시간이 얼마나 지났을까, 다른 사건에 신경 쓰느라고 박주식의 사건에 대한 기억이 살짝 흐릿해질 때쯤, 드디어 일이 터졌다.

"네, 노형진입니다."

새벽에 울리는 벨 소리.

자고 있던 노형진은 더듬더듬 핸드폰을 찾아서 간신히 귀에 댔다.

-노 변호사님, 저 정보 팀의 규 팀장입니다.

"아, 규 팀장님……. 이 시간에 어쩐 일로?"

-박주식이 여자를 데리고 나갔습니다.

"안 그런 날이 있던가요?"

-'그 여자'입니다.

노형진은 잠이 확 달아났다.

'그 여자'.

정보 팀에서 '그 여자'라고 할 만한 사람은 한 명밖에 없었다.

"확실합니까? 맞아요?"

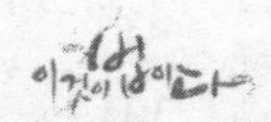

－맞습니다. 같이 손잡고 나갔습니다.

"이런 똘빡 자식!"

노형진은 거칠게 욕을 내뱉었다.

누군가 자신에게 함정을 판 사건이다.

거기에다 그게 여자다.

대가리에 생각이 있다면 여자를 조심했을 것이다.

－클럽에서 우연히 만나서 이야기하더니, 바깥으로 나가더군요. 일단 말씀하신 대로 방해는 안 했습니다만.

"멍청한 것도 정도가 있지."

자신 때문에 그동안 계속 여자한테 손대지 못한 건 안다.

그렇다고 여자가 알은척 접근하자 그걸 넙죽 물어 버리다니.

"어디로 향하던가요? 근처 모텔로 가던가요?"

물론 모텔로 가면 다행이다.

하지만 노형진은 그러지 않을 거라 생각했고, 그 예상은 맞아떨어졌다.

－바깥으로 나가더군요. 이미 사람을 붙였습니다. 시외 쪽으로 빠졌답니다.

"멍청하긴."

노형진은 일어나서 옷을 입으면서 입술을 깨물었다.

"꼭 따라가라고 하세요. 아마 여자는 오늘 그를 죽이려고 할 겁니다."

함정이 실패했다.

똑같은 함정을 파기에는 위험하다고 생각했다면, 남은 방법은 하나뿐.

바로 그의 여성 편력을 이용해서 죽이는 것뿐이다.

—하지만 그 여자는 힘이 부족하지 않을까요?

“힘이 부족한 거지 멍청한 건 아닙니다.”

이미 그녀는 박주식의 행동 패턴을 알고 있다.

그렇다면 그걸 이용하는 것은 어려운 일이 아니었다.

“일단 그곳으로 가겠습니다. 계속 위치를 보고해 주세요.”

—알겠습니다.

노형진은 뛰어나가면서 어디론가 다시 전화를 걸었다.

“드디어 마무리를 지을 시간이 되었군.”

털썩.

바닥에 쓰러진 박주식은 완전히 기절해서 인사불성이었다.

양시호는 그런 박주식을 보면서 잔인한 미소를 지었다.

“드디어 네놈이 내 손에 떨어졌구나. 네놈부터야.”

자신을 보고 걸레라고 비웃던 그 모습.

아직도 기억하고 있었다.

그런데 그런 그가 자신이 접근하자 전혀 알아보지 못했다.

두려움에 차마 직접 죽이지는 못했지만, 그는 또다시 아버지와 변호사의 힘으로 빠져나왔다.

"하지만 이번에는 빠져나갈 수 없을 거야."

그녀는 품에서 기다란 줄을 꺼내 들었다.

오랜 시간 기다려 왔던 일이었다.

"이제 시작이야."

애써 잊으려고 했다.

하지만 직장 동료가 당한 사람이 박주식이라는 걸 알았을 때, 그녀의 머릿속에서 뭔가 끊어져 나갔다.

그 후 그녀는 복수만을 위해 살았다.

"미친놈."

자신을 모욕하고 자신의 아이를 죽이고, 동료를 죽이고 동료의 아이까지 죽였다.

그런데 뻔뻔하게 반성한다고 장학금을 기탁하는 것을 보면서 그녀는 참을 수 없는 분노를 느꼈고, 기회만을 노렸다.

"내가 오빠 오빠 하니까 좋아서 그렇게 웃더니."

클럽에서 '오빠, 오랜만.'이라면서 접근하자 눈에서 빛나던 그 탐욕과 색정.

자신에게 잘해 주는 척하면서 슬쩍슬쩍 자신을 탐하던 더러운 손길.

"끄르륵!"

목에 줄이 감겨 숨을 쉬기 힘들어지자 박주식은 기절한 상황에서도 벌레처럼 꿈틀거렸다.

"똑같은 것에 당할 거라고는 생각도 못 했겠지."

박주식이 물뽕을 쓰는 건 알고 있다.

그러니 그의 품에서 슬쩍 물뽕을 훔쳐서 드링크에 섞은 다음 정력에 좋은 약이라며 먹이는 건 어려운 일이 아니었다.

"죽어! 죽어!"

"끄으으……."

기절한 상태라고는 하나 숨을 쉬지 못하자 고통에 몸부림치는 박주식.

그걸 보면서 양시호는 강렬한 쾌감을 느꼈다.

자신이 모든 걸 지배하는 느낌.

자신이 이겼다는 강렬한 쾌감.

하지만 그 쾌감은 오래가지 않았다.

"손들어. 더 이상 움직이면 바로 쏜다."

뒤에서 들리는 목소리.

그리고 어둠 속에서 다가오는 강렬한 플래시의 불빛.

"어떻게……?"

자신은 분명히 조용히 움직였다.

그동안 혹시나 의심이라도 받을까 봐 상당한 시간을 기다렸다.

그런데 어떻게 사람들이 따라왔단 말인가?

"뭐, 일반적이지는 않지요."

노형진이 부스스한 얼굴로 모습을 드러냈다.

"변호사들이 자기 의뢰인을 미끼로 던지는 건 말이지요."

노형진은 히죽 웃었다.

"하지만 또 그게 아예 경우가 없는 건 아니라서 말입니다."

"뭐?"

"가장 완벽한 변론. 그건 진범을 잡아내는 거 아니겠습니까?"

노형진은 차갑게 말했다.

"당신이 무슨 짓을 한 건지 압니다. 아마 당신의 유전자를 검사하면 조작된 증거에서 나온 유전자와 일치하지 않을까 싶네요."

"너…… 너……!"

양시호는 분노로 눈이 돌아갈 것 같았다.

하지만 자신에게 조준된 권총 때문에 더 이상 목을 조를 수도 없었다.

"망할 변호사! 너는 피해자보다 가해자 편을 들지! 언제나 말이야!"

노형진은 한숨을 푹 내쉬었다.

"그건 일부죠. 당신이 그런 변호사를 만났을 뿐이고."

안타까운 일이다.

그녀가 만일 자신을 먼저 만났다면 어떤 일이 벌어졌을까?

아마도 이런 비극적인 사태는 벌어지지 않았을 것이다.

"입으로만 정의를 말하는 네놈들 때문이야! 너희가, 내가 무슨 꼴을 당했는지 알아!"

"정의라……."

노형진은 그런 그녀를 안쓰럽게 바라보았다.

"정의는 각자 다릅니다. 하지만 최소한 당신이 한 행동을 정의라고 볼 수는 없겠네요. 함정을 판 건 이해하지만, 그걸 위해 네 명이나 되는 여자를 죽였습니다. 안 그런가요?"

"다 똑같은 걸레 년들일 뿐이야!"

"그건 박주식과 그 친구들이 당신에게 한 말이지요. 안 그렇습니까?"

그녀는 대답하지 않았다.

노형진도 애초에 대답을 원한 것도 아니었고.

"당신이 죽인 네 명의 여자들의 정의는, 최소한 당신과 겹치지는 않았을 겁니다."

"대를 위한 소의 희생이지! 이런 놈은 살려 둬 봐야 똑같은 피해자를 만들 뿐이야!"

"그 말은 부정하지 않습니다만."

노형진은 안타깝게 말했다.

"그걸 막을 방법은 그것 말고도 많았습니다."

그리고 뒤쪽으로 눈짓을 했다.

그러자 기다리고 있던 경찰이 그녀에게 다가가서 수갑을 채웠다.

"당신이 저지른 잘못을 충분히 뉘우치기를 바랍니다만."

"흥."

하지만 그녀는 대답하지 않았다.

'자기가 정의니까.'

양심이 없으니까.

자신이 우선이고 자신이 정의다.

그러니 노형진이 뭐라고 말해도 그녀는 반성하지 않을 것이다.

"어차피 시간은 많으니까요."

경찰에 끌려가는 그녀의 모습.

그사이 박주식은 구급차에 실려서 병원을 향했다.

"사건 진짜 더럽게 씁쓸하네."

손채림은 뒤에서 보고 있다가 한숨을 내쉬었다.

"결국 가해자 한 놈은 잡았는데…… 다른 가해자는 풀려났잖아?"

수사가 다시 진행될 테고, 박주식은 풀려날 것이다.

그리고 또 똑같이 피해자를 찾아다니면서 성욕을 풀 것이다.

"다른 변호사라면 그렇지."

"다른 변호사라면 그렇다고?"

"그래."

노형진은 깊은 심호흡을 했다.

"일단 진범은 잡았어. 그리고 그와 동시에 내 변론은 종결된 거지."

"하지만 누가 그를 잡으려고 할까?"

"잡으려고 하는 사람 많을걸."

노형진은 멀어지는 앰뷸런스를 바라보았다.

"아직 내 설계는 끝나지 않았거든."

"설계?"

"그래, 설계. 나도 변호사이지만 그 전에 인간이야. 배알이 꼴려서 저런 놈 가만두고 싶지 않아."

"언제쯤 기소할 겁니까?"

"뭐요?"

노형진과 싸운 검사는 노형진의 말에 눈썹을 꿈틀거렸다.

"무슨 기소? 당신이 사건을 뒤집었잖아! 이제 그 사건은 끝났습니다만?"

"맞습니다. 그러니 저는 그쪽의 변호사가 아니죠."

"그래서?"

"말씀하셔도 됩니다. 저도 그쪽 무척 싫어하거든요."

노형진이 갑자기 그를 찾아가서 이야기를 나누자 손채림은 어리둥절했다.

하지만 노형진이 자신이 설계한 것이 있다고 했으니 일단 믿고 따라왔다.

그런데 갑자기 기소라니?

"무슨 소리야?"

"제가 그 정도로 눈치를 줬으면 알아채셨을 텐데요?"

"당신……."

"우리 서로 사이좋게 지냅시다. 저도 다른 떡밥도 있으니까."

"끄응…… 하지만 변호사의 비밀 유지 의무가……."

"제가 누설하지만 않으면 되는 거죠."

"너 무슨 소리 하는 거야?"

전혀 이해가 안 가는 말에 손채림은 노형진에게 다시 물었다.

설계했다고 하는데 검찰은 말을 못 하고, 노형진은 검찰을 찔러 대기만 하고.

"내가 왜 정자를 검사하라고 했는데?"

"응?"

"설마 콘돔 내 윤활 성분만 찾아내려고 그랬을까?"

"그럼? 또 뭐가 있는데? 그거랑 유전자 정도잖아?"

"아닐걸. 안 그런가요, 검사님?"

"후우, 좋습니다. 당신도 생각이 있는 것 같으니 툭 까고 이야기합시다. 나도 좋은 상황은 아니니까. 대마초 나왔습니다. 필로폰도 나왔구요."

손채림은 입을 쩍 벌렸다.

대마초라니, 그게 무슨 소리란 말인가?

"마약이 왜 마약인데?"

그 녀석이 그걸 쉽게 끊을 리 없다.

더군다나 그는 수차례에 걸쳐서 물뽕을 사서 써 왔다.

그런 걸 파는 건 결국 마약상인데, 마약 하는 놈이 마약상에게서 마약을 사지 않는다는 건 참새가 방앗간을 그냥 지나가는 것보다 힘든 일이다.

"설마…… 애초에 변론한다고 검사시킨 게 설계였어?"

"그래, 내가 말한 거 아니니까. 후훗."

노형진은 변호사의 의무를 어기지 않았다.

화학 성분 검사로 방어를 했을 뿐이고, 화학 성분 검사를 하면 체내에 있던 약 성분도 분명히 나온다.

"와, 미친……. 설계 쩌네."

애초부터 노형진이 박주식을 놔둘 생각이 없었다는 소리에 손채림은 혀를 내둘렀다.

"하지만 문제가 있을 텐데요?"

"그 뒤가 문제입니다. 그 아버지."

강간 살인은 덮을 수 없는 일이다.

하지만 마약은 충분히 덮을 수 있는 일이다.

"내가 나서서 그 새끼 잡아넣으려고 한 덕분에, 그쪽에서 저를 죽이려고 합디다."

사건이 진행 중일 때는 모르지만, 그가 무죄로 풀려난 이상 보복이 들어올 거라 예상은 했다.

"그건 뭐, 저도 마찬가지니까요."

"마찬가지?"

"박광오가 저를 산 채로 묻어 버리겠다고 길길이 날뛰더군요."

"어째서요?"

"변론이라고 하지만, 자기 아들을 미끼로 삼은 건 사실이니까요."

노형진은 어깨를 으쓱했다.

사실 이런 작전을 할 때는 당사자의 동의가 있어야 하지만, 노형진은 슬쩍 동의 없이 진행했다.

박광오 입장에서는 아들이 죽을 뻔했으니 눈깔이 돌아갔고.

"전에야 내가 변론해 줘야 하니 눈치를 봐야 했지만, 무죄로 풀려났으니 내가 같잖아진 거겠지요."

"그래서 사무실에서 그 난리를 피운 거야?"

"그래."

박광오가 찾아와서 노형진을 죽여 버리겠다면서 길길이 날뛰던 게 생각난 손채림은 혀를 끌끌 찼다.

"은혜도 모르는 놈이라고 생각했더니."

"원래 그런 인간은 물에서 건져 놓으면 보따리 내놓으라고 하는 게 주특기야."

"허."

"음…… 그러니까 당신 말은, 우리의 적은 같다?"

"맞습니다."

박광오는 노형진도 죽이려고 할 테지만 검사에게도 보복하려고 할 테니까.

"좋습니다. 뭐, 까놓고 이야기합시다. 마약이 나오기는 했는데, 내가 그거 터트리기에는 위력이 약해요. 위에서 압력도 들어오고 있고. 설사 수사에 들어가도 다른 사람한테 슬쩍 배당하면서 묻어 버릴 겁니다."

"예상하고 있지요."

노형진은 고개를 끄덕거렸다.

"하지만 다른 자들과 함께 마약을 하는 현장을 잡는다면 어떨까요?"

"다른 자들?"

"네. 박광오는 마약을 합니다. 그런데 지금 상당 기간 마약을 못 했죠."

구속 상태인 데다가 주변에서 자신을 계속 지켜보고 있기 때문에 하지 못했다.

"더군다나 지난 몇 주간 클럽에서도 제대로 성공하지 못했기 때문에 욕구불만 상태입니다. 그리고 마약중독자들은 욕구불만일 때 마약에 대한 욕구가 급격하게 커지죠."

"그건 알고 있습니다. 그런데 다른 자들이라는 게 뭔 소리죠?"

"인간은 핑계라는 걸 좋아하지요."

무죄 기념으로 술 파티를 할 수도 있고, 클럽에 가서 걸판지게 놀 수도 있다.

그러면 무죄 기념으로 마약 파티를 안 하겠는가?

"그래서 지난 몇 주간 그 녀석을 방해한 거야?"

“뭐, 여자들도 보호할 겸 겸사겸사.”

노형진의 말에 검사의 눈이 반짝거렸다.

“그러니까 그 녀석이 상당한 욕구불만 상태다?”

“네. 보통 이런 일이 터지면 자중하는 게 정상이지만, 제가 봐서는 그럴 놈 같지는 않더군요.”

당장 아버지부터 은혜도 모르고 죽이겠다고 소리소리 지르는 집안에서, 과연 반성이라는 것을 할까?

“애초에 그 녀석도 결국은 소시오패스니까.”

“뭐? 그 녀석도 소시오패스였다고?”

“그래. 설마 소시오패스 성향이 사람을 죽이는 걸로만 나타나는 줄 알아?”

극단적으로 쾌락을 추구하고, 자신의 아이를 임신한 여성을 구타해서 유산시키는 놈들이 과연 정상적인 놈들일까?

“어…… 그러고 보니…….”

사실 생각해 보면 박주식도 그 행동 패턴을 보면 소시오패스와 아주 가깝다.

아니, 소시오패스가 맞다.

양심이라는 것 자체가 없는 것처럼 행동했으니까.

“그런 놈이 다시 마약을 하지 않을까요?”

“으음…….”

“그걸 잡는다면 이야기가 어떻게 될까요?”

“그래도 묻으려고 할 텐데.”

검사도 바보는 아니다.

그 정도 되는 놈이 같이 마약 하는 자들이 만만한 존재들일 리 없다는 것쯤은 예상하고 있었다.

그러니 필사적으로 막을 것이다.

“물론 경찰이 발견하면 그렇지요. 하지만 기자들이 발견하면 어떨까요?”

“기자들?”

“네. 기자들이 터트리면 아주 충분할 텐데요.”

“기자들이 무슨 권한으로 거기를 찍는단 말입니까?”

아무리 기자들의 간이 용가리 통뼈급이라고 해도 남의 집에 들어가는 것은 불법이다.

“물론 그들끼리 집에 가는 것은 불법이지요. 하지만 긴급체포나 수색영장 같은 걸 집행하는 경찰을 따라가는 것은 불법이 아닙니다.”

검사는 눈을 찌푸렸다.

“돌고 돌아서 다시 처음인데, 그거 안 나온다니까요. 위에서 마약 덮으려고 발악하는데 그게 나오겠습니까?”

“다른 걸로 청구하면 됩니다.”

“다른 거 뭐로요?”

“가령…….”

노형진은 잠깐 침묵을 지키다가 씩 웃었다.

“백 건 정도 되는 강간 미수 사건에 대한 거?”

"허미."

마지막 설계의 완성에, 손채림은 탄성을 내질렀다.

⚖

"여기 맞아?"

"맞아. 이 별장에서 모이고 있다고 해."

시골의 한적한 별장.

사유지인지라 접근 금지인 그 앞에 노형진과 손채림, 몇몇 사람들이 모여 있었다.

"이래서 그 사람들한테 신고를 기다려 달라고 한 거구나."

"그래. 일 터질 때마다 하나씩 터트리면 저들은 충분히 덮을 수 있어. 하지만 백 건 정도 되는 강간 미수가 동시에 터지면 아무리 상부가 멍청해도 덮을 수 있는 수준이 아니라는 걸 알거든."

마약이야 개인의 일탈이니 적당히 수습할 수 있다.

하지만 강간 미수는 피해자가 존재하는 범죄행위다.

그게 한 건도 아니고 백 건이나 들어가면, 아무리 날고뛰어도 수습 못 한다.

그때는 재빠르게 손절 하고 이쪽에 붙는 게 그들 습관이다.

"와, 진짜……."

"애초에 강간 살인 사건 터졌을 때 손절 한 거 봐."

그들 사이에 의리는 없다.
그냥 이용할 뿐.
"백 건이나 되는 강간 미수 사건을 덮은 게 드러나면 분명 난리가 날 테니까."
법원이고 검찰이고 그 이야기가 나오기 무섭게 바로 영장을 도와줬고, 그 영장을 받아서 검사가 기다리고 있었다.
"물론 여기를 덮친다는 건 말 안 하고 말이지?"
"당연하지. 이놈들이 아무리 권력을 가진 놈들이라고 해도 검찰이나 경찰에 '우리 여기에 모여서 마약 합니다.'라고 신고하겠냐?"
당연히 위에서는 이곳이 어떤 곳인지 알지 못한 채로 허가를 내줬고, 검사는 그걸 들고 기자들과 함께 기다리고 있었다.
"긴장되는군요."
검사는 입술을 깨물며 말했다.
아마 일생일대의 가장 큰 건수가 될 테니까 말이다.
"그나저나 진짜 인생은 알 수가 없다더니. 재판에서 그렇게 절 엿 먹인 분과 함께 일하게 될 줄은 몰랐습니다."
"뭐, 인생이라는 게 다 그런 거 아니겠습니까?"
노형진도 히죽 웃으며 말했다.
그러는 사이에도 몇 대의 차량이 별장으로 접근했다.
그걸 보면서 검사는 혀를 내둘렀다.
"이거 터지면 완전 피바람이 불겠네요."

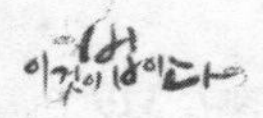

차만 봐도 온통 수입 차투성이다.

그리고 도착한 사람들 중에는 현직 국회의원도 한 명 보였다.

"이거 검사 노릇 오래 못 하는 거 아냐?"

그를 보고 검사는 어이가 없어서 말문이 턱 막혔다.

"그런데 하시는 거 보면, 검사 노릇 오래 하실 생각 없는 것 같던데요?"

"그게 티가 나던가요?"

"손절이 아무리 빨라도 사형 구형은 오버였습니다."

"쩝……."

"뭐, 그만둔 뒤에 저희 새론으로 오시면……."

"이 와중에 영업이니?"

손채림이 노형진의 옆구리를 쿡 찔렀다.

"영업은 나중에 하고, 일단 사건부터 해결하자고."

"해결이고 자시고, 지금은 기다려야지."

맞는 말이다.

그들이 도착한 지 얼마 되지 않았다.

그러니 일단 그들이 약을 할 시간을 줘야 한다.

"저 버스는 뭐야?"

그 순간 뜬금없이 들어오는 버스.

안쪽이 가려진 버스였지만, 그 안에 있는 사람들이 누구일지 추측하는 건 어렵지 않았다.

"기자들 오늘 아주 땡잡았네."

검사의 씁쓸한 말.

버스가 들어간 지 대략 세 시간쯤 지났을 때, 노형진은 시계를 보면서 일어났다.

"이제 슬슬 들어가죠. 밤 12시입니다. 아마 잔뜩 약에 취해 있을 겁니다."

노형진의 말에 기자들과 경찰 그리고 검찰은 별장으로 들이닥쳤다.

물론 상대방도 나름 대비책을 세우기는 했다.

하지만 그 대비책이라는 것이 고작해야 경호원 수준.

"못 들어갑니다."

"영장입니다. 비키세요."

"못 들어간다니까."

보통 상황이라면 아마 슬슬 시간을 끌면서 대비할 시간을 줄 것이다. 하지만 이미 다 예상하는 상황에서 그들이 대비할 시간을 줄 검사가 아니었다.

"그래요? 이봐! 이 사람들 공무집행방해죄로 체포해!"

"아니, 이봐요!"

경호원들은 당황했다.

보통은 이런 경우 쓸데없이 실랑이를 벌이면서 시간을 벌어 주는데 바로 체포하라니.

"자…… 잠깐만요!"

"당신은 묵비권을 행사할 수 있고 당신이 한 말은 법정에

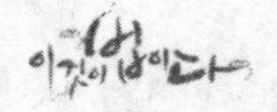

서 불리하게 사용할 수 있으며…….”

경찰은 기다리지 않고 그들을 끌어냈다.

그리고 검사는 바로 입구로 향했다.

하지만…….

“얼씨구?”

잠겨 있는 문.

아마도 상황이 좋지 않으니 누군가가 다급하게 잠근 것 같았다.

“노 변호사님 예상이 맞네요.”

“뭐, 뻔한 거 아니겠습니까?”

노형진은 어깨를 으쓱했다.

이런 상황에서 사람은 일단 문을 잠그고 대비책을 찾으려고 할 것이다.

“보통은 그러면 문 열 사람 구하느라고 한두 시간은 걸리겠지요.”

오밤중에 도심에서 멀리 떨어진 곳에서 벌어진 일이다.

아무리 빨리한다고 해도 세 시간은 걸릴 일이다.

그때쯤이면 다급하게 마무리 지을 테고, 어떤 식으로든 전화해서 철수시킬 수 있을 테니까.

“아저씨.”

“네, 갑니다!”

하지만 이 상황을 예상한 순간부터 그 대비책은 전혀 효용이 없었다.

"잠시만요."

열쇠공은 문에 붙어서 잠깐 꿈지럭거리더니 5분도 지나지 않아 뒤로 물러났다.

"열렸습니다."

"들어가죠."

문을 열고 들어가자 안쪽에서는 비명이 터져 나왔다.

"억! 어떻게!"

"문이 열렸어!"

"막아!"

직원으로 보이는 몇몇 사람들이 다급하게 막으려고 했다.

"못 들어가십니다."

"영장입니다."

"못 들어가요! 여기에 어떤 분들이 계신 줄 알고!"

"아, 그건 난 모르겠고, 체포해!"

검사는 거칠 게 없었다.

막는 족족 바로 공무집행방해죄로 체포하며 건물 2층으로 올라갔을 때, 그는 얼굴을 붉혔다.

"개판이구먼."

"그보다 더한데요?"

마약에 취해서 옷까지 모조리 벗어 버린 남녀들이 난교를 하는 현장.

경찰이 왔는데도 불구하고 그들은 마약을 하거나 관계를 하는 행위를 멈추지 않았다.

"대박이야!"

"찍어!"

기자들이 눈을 크게 뜨고 카메라 플래시를 터트리기 시작했다. 그러자 몇몇은 마약에 취한 상황에서도 손을 흔들었다.

"찍지 마……. 찍지 말라고……."

"내가 누군지 알고……."

하지만 그들의 저항은 말 그대로 손 흔드는 것에서 끝이었다. 얼마나 마약에 취했는지, 몽롱해서 일어나지도 못했으니까.

"으헤헤……."

노형진은 이 와중에도 마약에 취해서 웃고 있는 박주식을 찾아내고는 머리를 두들겼다.

"야, 덕분에 내가 고생 좀 많았다."

"으헤헤헤……."

"그래. 웃어라, 웃어."

노형진은 기쁜 마음으로 함께 웃었다.

"네 덕분에 아주 일망타진할 수 있겠네, 후후후."

⚖

언론에 뉴스가 나간 후 한국은 난리가 났다.

하지만 그 난리의 기준은 노형진 입장에서는 좀 작았다.

"결국 위쪽은 빠졌네요."

그 당시에 함께 있던 국회의원과 아주 상위 계급의 자녀들은 명단에서 빠졌다. 그러나 박주식은 그 정도로 상위 직급이 아닌 데다가 애초에 영장 자체가 박주식의 이름으로 나간지라 빠져나갈 수가 없었다.

"상부에서는 위에 대한 무기로 쥐고 있을 생각인가 봅니다."

검사는 안타깝다는 듯 말했다.

"제가 항의했지만 이빨도 안 들어가더군요."

"하긴, 그런 무기를 쥐고 있으니까 정치인들이 검찰이라고 하면 설설 기는 거죠."

공식적으로 이번 사건은 몇몇 고위직 자녀들의 일탈로 무마될 것이다.

"하여간 덕분에 제대로 승진하게 생겼습니다."

검사는 씁쓸하게 말했다.

원래는 옷 벗을 각오 하고 한 일이다. 그런데 상부는 자신들이 약점을 잡을 수 있게 되었다는 사실에 환호하면서, 도리어 은폐를 핑계로 승진을 약속했다.

"받아들이세요."

"의외네요. 그만두고 나오라고 할 줄 알았는데."

"깨끗하게 청소하려면 누군가는 위로 올라가야 합니다. 제가 평소에 자주 하는 말이 있지요. 화장실을 청소하기 위해서는 스스로 먼지를 묻힐 수밖에 없다고."

"으음……."

입맛을 쩝쩝 다시는 검사.

"제가 변할지도 모르는데요?"

"어차피 상관없습니다. 지금도 위는 똥 덩어린데요, 뭐. 변절하신다고 한들 기존 똥이 다른 똥으로 바뀌는 것뿐이니까요."

"너무 아픈 말이군요."

검사는 키득 웃으면서 자리에서 일어났다.

"뭐, 덕분에 승진은 쉽게 하겠네요."

"나중에 한턱 크게 쏘세요."

그가 노형진의 사무실에서 나가고 나자 바깥에서 기다리고 있던 손채림이 안으로 들어왔다.

"결국 아예 위쪽까지 가지는 못했네."

"그런 거지. 이게 터지면 여러모로 피해가 많으니까."

"그나마 다행인 건, 벌받을 놈은 다 받았다는 거네."

"충분한 벌은 아니지만 말이지."

박주식과 그의 아버지 박광오는 인생이 끝났다. 마약에 강간 미수에 그가 조사를 받으면서 다른 사람들까지 엮어 들어가는 바람에, 그에 대한 보복이 이미 시작되었기 때문이다.

박광오의 경우는 버티려고 발악하고 있기는 하지만 이미 그에 대한 감사가 진행 중이다. 그를 캐고 들어가면서 죄를 모두 그에게 뒤집어씌우기 위해서였다.

"이번 설계 멋지더라."

처음부터 노형진은 박주식이 피할 수 없도록 변론을 한 것이었다.

노형진이 비밀을 지키지 않은 것은 아니다. 다만 수사 과정에서 그의 비밀이 새어 나갈 수밖에 없게 했을 뿐.

"보통은 선한 사람을 지키는 게 우리 일이었는데."

"우리 새론만 그런 거야. 대부분의 변호사 사무실은 악한 자를 지키는 게 일상이지."

그게 현실이다.

그리고 때로는 어쩔 수 없이 악인을 변호해야 하는 경우가 있을 수도 있다.

지금처럼 더 큰 악을 막기 위해서는 말이다.

"물론 이번에는 운이 좋았지만 말이야. 더 이상 이런 사건은 없었으면 좋겠네."

노형진은 안타깝다는 듯 말했다.

"제발 그랬으면 좋겠다."

손채림은 모든 변호사 사무실 직원들의 마음을 한마디로 표현했다.

"기분이 너무 더럽네. 이런 더러운 기분은 다시는 느끼고 싶지 않네."

"현실은 시궁창이라는 말이 괜히 나온 게 아니야."

노형진은 그저 씁쓸하게 말할 뿐이었다.

피로 일어나는 기업

"대동이 너무 조용해서 도리어 불안하네."

유민택은 찻잔을 내려놓으면서 조심스럽게 말했다.

"조용하다고요?"

"그래. 지난번 사건 이후에 반격이 들어올 만하거든. 그런데 그들의 움직임에 별 차이가 없어. 성화 때와는 달라."

"확실히 대동이 훨씬 지능적이기는 하지요."

성화는 대룡과 싸울 때 뭐 하나 당하면 길길이 날뛰면서 그 피해를 복구하려고 하는 타입이었다.

그래서 그들의 움직임을 읽어 내는 건 어렵지 않았다.

"지난번 타격이 심하지 않아서 그런 것 아닐까요?"

"자네가 몰라서 그래. 생각보다 타격이 크네."

"그래요?"

"그래. 일본 쪽은 특히 심하다고 하더군."

노형진의 속임수에 놀아난 대동이었다.

그 때문에 자신들이 키우던 장학생을 모조리 빼앗겼을 뿐만 아니라, 일본에서는 한국의 인재만 키우고 일본의 인재는 안 키우는 반일 기업이라는 소문이 났다.

"그걸 막기 위해 막대한 돈을 극우 세력에 기부해야 했지. 못해도 200억 이상 피해를 봤을 거야."

"작은 타격은 아니군요."

"그래. 그런데 아무런 움직임도 없다는 게……."

유민택은 눈을 찌푸렸다.

"내 사업가로서의 감이 뭔가 이상하다고 하더군."

"사업가의 감이라……."

"자네는 그런 거 없나?"

"없을 리가요."

한자리 높이 차지한 사람들은 오로지 이성만으로 움직이지 않는다.

도리어 이성만으로 움직이다가 망하는 경우가 더욱 많다.

인간의 집단이라는 것은 때때로 이성보다는 다른 걸로 움직이는 경우가 더욱 많고, 그때가 더욱 돈이 되기 때문이다.

"그들이 뭔가를 하고 있다는 건 알겠어. 하지만 뭘 하고 있는지는 모르겠더군."

"사업을 하려는 계획은 없지요?"

"그래. 그런 거라면 벌써 우리 레이더에 걸렸을 테지."

"흠……."

노형진은 턱을 스윽 문질렀다.

그리고 입술을 깨물었다.

'대동이라……. 과연 그들이 뭘 할까? 결국 건설인데…….'

회귀 전 역사를 알고 있는 노형진은 대동이 건설 쪽으로 나아간다는 것은 기억하고 있었다.

그러나 딱 거기까지다.

어디서 어떤 식으로 수익을 냈는지는 정확하게 기억하지 못한다.

'대동이라…… 대동…….'

회귀 전에는 아파트를 지으면서 막대한 부를 쌓아 올린 대동이었다.

그리고 그 돈으로 공격적으로 한국을 공략했고.

'일단은 그쪽을 파고들어야 하나? 하지만 슈퍼마켓 체인이 망하면서 현금 조달 능력이 많이 부족해졌을 텐데?'

노형진은 그렇게 생각하다가 머리를 흔들었다.

'아니야……. 상대는 대동이야.'

한국에 있는 한국 지점만을 감안해서는 안 된다.

일본의 본사, 그리고 동남아와 중국에 퍼져 있는 수많은 지점들도 감안해야 한다.

'자금력은 회귀 전이랑 똑같다고 생각하자.'

슈퍼마켓 체인에 피해를 주기는 했지만, 그게 다음 계획을 막을 정도는 아닐 것이라는 생각이 머리를 스쳤다.

'더군다나 200억이라는 뇌물을 줄 정도면…….'

일본 극우 세력의 입을 막기 위해 준 돈이 200억.

한국의 어지간한 기업이라면 꿈도 꾸지 못할 정도로 큰돈이다.

그 돈을 제대로 경비 처리하면서 줄 수는 없었을 테니, 결과적으로 비자금으로 지급했다는 소리다.

"혹시 아파트 쪽에 아시는 거 있나요?"

"아파트? 대동이 아파트 쪽으로 들어갈 거라고 생각하는 건가?"

"그럴 가능성이 높지 않습니까? 한국의 토목은 역사적으로도 돈이 되지요."

"그건 인정하지."

그래서 대룡도 건설이 있으니까.

"미국에는 총기가 있다면 한국에는 토건이 있지."

이게 무슨 소리냐면, 정치인에게 정치자금을 지원해 주는 주요 세력을 뜻한다.

미국의 경우 그러한 정치자금을 지원해 주는 주요 세력이 바로 총기와 의료다.

그래서 그 수많은 총기 사고와 비능률적인 의료 시스템에도 불구하고 두 문제가 해결되지 않는 것이다.

'그리고 한국은 그 역할을 토건이 하고 있지.'

오죽하면 어떤 문제를 해결할 때 가장 먼저 챙기는 예산이 토건 예산이다.

"그래서 그들이 토건 쪽으로 진출할 거라고 생각한다는 건가?"

"시스템적으로 그게 가장 돈을 많이 벌 수 있으니까요."

"하긴, 얼마 전에도 그 한류 공연장이라는 걸 만들어서 돈을 제대로 날렸지."

"아, 한류 공연장요? 기억납니다."

"멍청한 짓이야."

한류 공연장.

정부에서 한류를 부흥하고 관광객을 유치하고자 만든 초대형 콘서트장.

"그런데 멍청한 거지."

"맞습니다. 제대로 된 계획도 없이 그냥 일단 건물부터 올린 거죠."

한류의 기본은 사람이다.

유명한 가수들. 해외에서 인정받은 뮤지션들.

"정작 그들이 거기서 활동할 이유가 없는데 말이지."

한류 공연장이라고 해 봐야 결국 공연장이다.

한 번 행사 뛰는데 억 단위로 돈을 받는 사람들이 하루 종일 거기서 공연할 이유가 없다.

당장 콘서트만 열어도 수십억씩 나오는데 누가 거기서 천만 원 받고 공연을 하겠는가?

"그렇다고 유명하지 않은 사람들을 데리고 올 수도 없고 말이야."

유명하지 않은 가수들을 데리고 오자니 일단 관광객 유치라는 목적에서 벗어난다. 거기에다 하루에 수백만 원씩 하는 대관비를 내고 그들이 공연한다 한들 수익이 날 리 없다.

"결국 몇 달째 텅텅 비어 있지 않나."

"그 정도인가요?"

"그래. 초반에 몇 개 공연 빼고는 텅텅 비어 있지."

"생각보다 심각하군요."

"공무원의 탁상공론이지."

결국 수백억을 들여서 지은 건물은 텅 빈 채로 버려지다시피 방치되어 있다.

"정부에서 부흥한다고 이야기한다면 말일세, 일단 토건과 인건비에서 예산의 60% 정도는 빠진다고 봐야 하네."

"허? 그 정도입니까?"

"그래."

가령 게임을 부흥시킨다고 한다면, 프로게이머를 양성하거나 그 돈을 게임 회사에 지원해서 양질의 게임을 만들게 하고 수출 지원을 해 주는 데 쓰는 게 아니다.

일단 게임 센터라고 하나 짓는 데 30% 예산을 써 버리고,

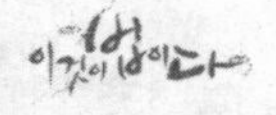

또 그걸 진행하는 인건비로 30%쯤 써 버리고, 또 일부 자기들이 빼돌려서, 실질적으로 진짜 지원비는 30% 이하가 보통.

"자네 말을 들어 보니 그들의 방향이 확실히 토건 쪽으로 갔을 가능성이 높군. 돈을 빼돌리기도 쉽고, 수익도 많고, 결정적으로 정치권에 자금을 제공하기에는 그만한 게 없지."

정치권에 자금을 제공해야 한국에 진출이 쉬운 만큼 그들이 어떤 접점을 만들려고 하는 것은 당연한 일.

"토건이라……. 하지만 이상하군."

"그 정도 규모의 공사면 걸리지 않을 이유가 없다고 생각하시는 거군요."

"정확하네."

토건, 그러니까 아파트 같은 것을 건설하는 행동은 자금이 많이 흐를 수밖에 없다.

그런 만큼 대룡의 시선에서 벗어날 수가 없다.

"일단은 내가 좀 알아보도록 하겠네."

"무슨 일 있으면 바로 연락 주십시오."

"그러지. 토건이라……."

유민택은 그 말을 계속 중얼거리면서 눈을 찌푸렸다.

노형진은 그 이후에 그 일에 대해서는 완전히 잊어버리고 있었다.

그런 상황을 조사하는 것은 대룡의 책임이지 자신의 책임이 아니니까.

하지만 그 실마리는 가까운 데서 갑자기 나타났다.

“폭력 조직요?”

“그래. 광도파라는 조직이 생겨서 패악질을 삼는다더군.”

한만우는 느긋하게 담배를 피우며 말했다.

노형진은 기껏 자신을 부르고서 하는 말이 다른 조직에 관한 이야기인지라 고개를 갸웃했다.

“그걸 저보고 해결하라는 말씀은 아니시죠? 한 대표님도 충분히 그럴 능력이 있지 않습니까?”

한만우는 폭력 조직의 리더이기는 하지만 정상적으로 양성화하는 데 성공한 타입이다.

그러니 원하면 경찰이든 아니면 주먹이든 동원해서 지역 조폭 하나 정리하는 건 어렵지 않다.

“그게, 우리가 움직이기에는 느낌이 이상해.”

“네?”

“우리가 바보도 아니고 지금이 쌍팔년도도 아니야. 그런데 다짜고짜 애들 동원해서 묻어 버리라고 하겠나?”

피우던 담배가 다 타 버리자 다시 다른 담배를 입에 무는 한만우.

“일단은 짭새들에게 한번 찔러줬지.”

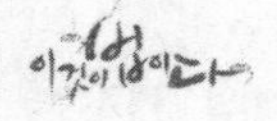

어지간한 지역 쪼바리 조직은 짭새들에게 적당히 찔러주면 그들이 알아서 정리해 준다.

그런 작은 지역의 조폭들은 제대로 양성화되지 않아서 돈 버는 방법이 주먹뿐이니, 그 증거를 적당히 모아서 가져다주면 되는 것이다.

"그런데 이 새끼들이 그냥 무시하더군."

"무시한다고요?"

"그래. 내가 수십 년 동안 깡패 노릇을 했거든. 일단 찌르면 어떤 식으로든 움직여야 하는데 안 움직여. 후우."

길게 담배를 내뿜는 한만우.

"거기서 촉이 왔지."

"누가 뒤에 있다?"

"그래."

자신들에게 뇌물을 주는 건 그들이 아니라 한만우다.

당연히 한만우를 위해 그들을 정리해 줘야 하는 것이 정상이다.

그런데 정리하지 않고 방치한다면?

"그쪽에서 받아 처먹은 게 있는 것 같지는 않고."

"받아 처먹은 게 없다고요?"

"조직을 운영하는 방식을 보면 알거든."

그냥 그 지역에서 한탕 하고 떠나려는 놈인지, 아니면 그 지역을 집어삼키고 관리를 하려고 하는 놈인지 말이다.

전자라면 가차 없이 움직이고 막장 운영을 하고, 후자라면 필요 이상으로 문제를 만들지 않는다.

일단 지역 경찰과 선을 만들기 전에는 말이다.

“하지만 우리가 봐서는 지역 경찰과 선을 만들 정도의 시간이 지난 것도 아니야.”

“음.”

“그런데 광도파는 전형적인 전자야. 그 지역을 제대로 털고 뜨자는 식으로 움직이거든.”

“그게 어떤 거죠?”

“옛날식 운영이지.”

자릿세 요구하고 가서 보호비 요구하는 식으로 돈을 뜯어내고, 안 내면 깽판 치는 그런 행동들.

“그런데 경찰이 그걸 그냥 둔다?”

“그래.”

“그래서 그걸 저보고 해결해 달라고요?”

노형진은 떨떠름한 표정이 되었다.

법도 지키거나 강제할 수 있는 상황이어야 하지, 그렇지 않은 상황이라면 노형진으로서도 한계가 있다.

더군다나 지금 이야기를 들어 보니 경찰도 손을 안 대려고 하는데 자신이 무슨 힘이 있겠는가?

‘물론 경찰을 족치면 움직이기야 하겠지만.’

하지만 그만큼 그 뒤에 있는 누군가에게 찍힌다.

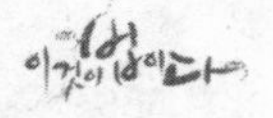

무섭지는 않지만 귀찮은 것이 사실이다.

"일단 검찰에 신고해 보는 게……."

"검찰에도 이미 해 봤지."

"그런데 안 된다고요?"

"그래. 그런데 재미있는 소식이 들어오더군."

"재미있는 소식?"

"그래. 사실 그 새끼들이 설치는 게 이상하기는 했거든."

"어째서요?"

"지역이 영 아니야."

조직폭력배들의 궁극적인 목적은 돈이다.

사람을 죽여서라도 돈을 빼앗는 게 그들의 습성이다.

"그런데 거기는 돈이 안 돼."

"돈이 안 된다고요?"

"그래. 그래서 내가 이상하다고 생각한 거야. 우리도 법도라는 게 있네. 아무 지역에나 가서 찝쩍거리지는 않아. 엉뚱한 곳에 가서 사고 치면 돈도 돈이지만 일만 커지거든."

그래서 보통 조직폭력배들은 상업지역이나 어느 정도 상권이 있는 지역을 기준으로 활동한다.

"그런데 그놈들이 움직이는 홍행동은 완전 거주 지역이거든."

"거주 지역요?"

"그래."

노형진은 고개를 갸웃했다.

그가 알기로는 지금까지 거주 지역에서 조폭이 활동한 역사가 없기 때문이다.

"이상하네요."

"그래, 이상하지."

장사하는 집이 없으니 보호비니 영업비 같은 걸 받지도 못한다.

물론 경찰 역시 그 지역에 대해 신경을 덜 쓰는 것도 사실이다.

상대적으로 상업지역보다 사건 사고가 덜하니까.

"하지만 거주 지역은 가족이 있는 법이거든."

단순히 돈만 뜯어내고 영업 방해만 하는 정도라면 인간은 그저 더러우니 돈을 준다.

하지만 거기에 가족의 안전이 걸리면 이야기가 달라진다.

"확실히 그렇겠네요. 가족의 안전을 위협받는 건 또 다른 문제니까요."

"그래. 그때 사람들의 대응 방식은 모른 척하고 돈울 주든가, 아니면 가족을 지키기 위해 죽을 때까지 싸우는 거야."

"하긴, 과거에 그 범죄와의 전쟁도 한 가장의 글 때문에 생긴 일이었지요."

"알고 있군? 그때 선배들이 많이 잡혀갔지. 난 그때 그냥 몸빵이었던지라 멀쩡했지만."

한국의 조폭을 대대적으로 소탕했던 범죄와의 전쟁.

그 사건으로 인신매매를 하던 수많은 범죄 조직이 사라졌다.

그런데 그 사건의 원인이 한 가장의 억울함 때문이었다는 걸 아는 사람은 별로 없다.

'아주 난리가 났었지.'

조폭이 자신들을 괴롭히자 한 가장이 돈을 긁어모아서 일간지에 광고를 올렸고, 그걸 본 그 당시 정권에서는 제대로 빡쳐서 악의 축이라고 불리던 조직폭력배에 대한 대대적인 응징을 했었다.

물론 그 안에 여러 가지 정치적 이유가 있기도 했지만, 그 일로 인해 한국의 치안이 상당 부분 확립된 것도 사실이다.

"그래서 내가 그쪽으로 절대 안 하려고 하는 거고."

"그런데 그게 이번 일과 무슨 관계가 있다는 겁니까?"

"아까 말했잖나, 가족을 건드리면 사람들은 눈깔 돌아간다고."

"그런데요?"

"그래. 그런데 그놈들이 그걸 알면서도 눈깔을 뒤집고 사람들을 건드려. 백주 대낮에 린치를 가하고 성추행하는데 경찰은 안 오지. 이해가 가나?"

노형진은 소름이 쫘악 돋았다.

그사이 한만우는 마지막 담배를 꺼내서 입에 물었다.

"돛대군. 염병."

"한 보루쯤 사다 드릴까요?"

한만우는 경험이 많은 사람이다.

그 정도 알아차렸다면 자신이 모르는 뭔가가 있다.

그리고 그걸 아니까 자신을 불렀을 것이다.

“내가 거지도 아니고, 가난한 변호사한테 담배 얻어 피우고 싶은 생각 없네.”

“저 안 가난합니다.”

“안 가난하기는 개뿔.”

빈 담뱃갑을 꾸겨서 쓰레기통에 넣은 그는 길게 담배 연기를 내뿜었다.

“내가 옛날에 이런 꼬라지를 한번 본 적이 있었지.”

“꼬라지요?”

“그래. 공사 치는 거야, 그 지역 삼키려고.”

공사 친다는 것.

그쪽 언어로는 ‘작업’이라고 보면 된다.

문제는 그 주체다.

진짜 조폭이라면 그 지역에 그런 식으로 공사를 칠 이유가 없다.

“기업입니까?”

“그래. 내 경험상 그래. 그 지역의 치안이 떨어지면 땅값도 떨어지기 마련이거든.”

‘그건 그렇지요.’

미국에서도 있었던 일이다.

한 지역이 슬럼화되면 가격은 사정없이 떨어진다.

사람들이 다들 떠나려고 하기 때문이다.

실제로 그걸 노리고 모 기업이 한 지역에 대대적으로 갱단을 투입한 적이 있었다.

양측이 서로 하루가 멀다 하고 총격전을 벌였다.

'물론 짜고 친 고스톱이었지만.'

당연히 양쪽 다 죽은 사람은 없었지만 매일같이 총격전이 벌어지는 동네에 사람들이 살고 싶을 리 없고, 결국 그 지역은 모 기업이 집어삼켜서 재개발을 해 버렸다.

'그 이후에 그게 드러나서 그 기업이 망했지만.'

하지만 한국이라면?

과연 그런 일이 없을까?

'망할 놈들.'

최재철만 해도 그렇다.

그는 재개발로 수익을 내기 위해 빈민가에 불을 질러서 수백 명을 죽게 만들었다.

하지만 그 모든 것은 그저 단순 화재로 취급되어서, 그 지역의 사람들은 집도 재산도 모조리 잃어버리고 쫓겨나야 했다.

'내가 안 막았다면 그 녀석이 미래의 대통령이 되었겠지.'

노형진은 씁쓸하게 속으로 한숨을 삼켰다.

"확실한 겁니까?"

"확실해."

“그리고 저를 부른 걸 보니 그 배경이 누군지 아시는군요.”

“대동.”

예상했던 말이어서 그랬을까?

노형진은 그다지 놀라지 않았다.

자신과 대동이 싸우는 건 그도 아는 사항이니까.

“정말 확실한 겁니까?”

“이 바닥에 흐르는 정보를 무시하지 말게.”

대동이 조폭을 동원해서 가격을 낮추고 그곳을 싸게 집어 삼킨다면…….

“홍행동이라고 하셨지요?”

“그래.”

‘홍행동이면…….’

거기는 미래에 서울에서 유명한 아파트촌이 생기는 곳이다.

재개발할 곳이 거의 없는 서울 인근에서 그 지역은 오래된 집들이 가득한 동네였고, 상대적으로 땅값이 싼 곳이기도 했다.

‘거기였나?’

본격적으로 대동이 돈을 벌기 시작한 곳.

그리고 토건으로 나가기 시작한 곳.

‘확실히 홍행동이면 어마어마한 돈이 생기겠지.’

지역적 위치가 워낙 좋아서, 어마어마한 가격에도 자리가 없는 곳이 바로 홍행동 아파트 단지였다.

나중에 프리미엄이 3억씩 붙는 곳이 바로 그곳이다.

"그 정보는 어디서 얻으신 겁니까?"

"나도 바보는 아니야. 자네에게 한두 개 배운 게 있다고. 이 바닥은 좁거든."

그들이 만든 조직, 그곳에 생초짜가 들어가는 데에는 한계가 있다.

당연히 좀 해 본 놈이 들어가야 한다.

"그중 한 명이 내 후배지. 조폭 하려는 새끼는 많지만 그걸 이끌 새끼는 그다지 많지 않거든. 행동대장일세."

"그렇군요."

"오더가 이상하다고 하더군. 짭새 신경 쓰지 말고 그 지역에서 온갖 패악질을 다 하라고 했다는군."

확실히 다른 지역을 책임지는 조폭들과는 확연하게 다른 방식이다.

'그랬던가?'

대동이 조용하다고 했던 유민택.

그리고 뒤에서 벌어지는 작업.

'차라리 지금 미리 준비하는 게 훨씬 나은 선택이겠군.'

땅값이 바닥을 칠 때까지 기다렸다가 그대로 집어삼킨 후 재개발하면 떨어지는 수익은 어마어마할 것이다.

누군가는 알박기를 하든 아니면 추억 때문에 못 떠나든 버티려고 하겠지만, 그때는 그 지역에 있던 조폭들이 구타하거나 묻어 버리는 것으로 처리하면 그만이다.

"모든 책임은 사라진 조폭이, 수익은 회사가 챙기는 거지."

깊이 담배를 당기는 한만우.

"그 후에 문제가 뭔지 알아?"

"뭔데요?"

"결국 터진다는 거야."

이런 일은 안 터질 수가 없다.

누가 취재를 하든 뭐를 하든, 그 일은 터진다.

"그리고 그 책임은 우리가 진다는 거지."

"어째서요?"

"우리는 조직폭력배야. 난 그걸 자랑스러워하지도 않지만 부정하지도 않네. 그리고 모든 일에는 희생양이 필요한 법이지."

"아……."

광도파는 특정 목적을 가지고 움직였던 특수 조직이다.

목적을 위해 만들어진 특수 조직.

"그런 놈들은 일 끝나면 다 털고 사라지거든. 그 이후에 사건이 터지면 어떻게 되겠나?"

"말씀대로 희생양을 찾겠지요."

"그래."

언론에서는 게거품을 물 테고, 경찰은 희생양을 찾을 것이다.

문제는 이 지역에서 제대로 된 조직이라고 할 만한 것은 한만우의 조직 말고는 없다는 거다.

"우리가 털릴 거야. 그렇다고 우리가 그 새끼들 털어 버리

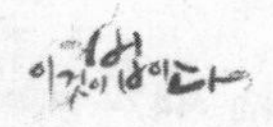

겠다고 덤비면?”

“이미 가호를 받고 있으니 대표님의 조직이 털릴 테고요.”

“그래.”

그리고 그러한 행동은 정권에 상당한 이득을 불러온다.

치안이 확립된다는 것.

그건 언제나 정권에 호재다.

“그들로서는 손해 보는 게 없지.”

한만우는 걱정스럽다는 듯 말했다.

“확실한 겁니까?”

“현실이라는 게 그런 걸세. 조폭이라는 꼬리가 그냥 붙는 게 아니야.”

미끼가 필요하면 역대급 폭력 조직 어쩌고저쩌고하면서 공격해 들어올 것이 당연하니, 그때는 자신들도 잘라 낼 건 잘라 내야 한다.

“언젠가는 쳐 내야 하는 부분이지만, 남 때문에 동생들을 감옥에 보내면서 자르고 싶지는 않아.”

“생각보다 심각한 상황이군요.”

“그래. 이미 그 지역의 치안은 개판이 되었으니까.”

땅값은 하염없이 떨어진 상태고, 하루가 멀다 하고 공격이 들어오고 있다.

“어이가 없네요.”

언제부터 경찰들에게 치안이 거래의 대상이 된 건지 모르겠다.

'하지만 현실이 그런 거지.'

노형진은 입안이 씁쓸했다.

한국에서 모든 것은 거래의 대상.

사람들의 안전 역시 마찬가지다.

"전에 인터넷에 나왔던 소식도 못 들었나?"

"어떤 소식요?"

"어떤 남자가 아동 성폭행 신고하러 갔더니 경찰이 관할이 다르다고 접수 거부했던 사건 말일세."

"아하!"

사실 이런 건 경찰이 접수한 후에 다른 곳으로 이첩하면 되는 사건이다.

하지만 그들은 남자가 신고하려고 하자 자기 관할이 아니라면서 나가라고 했다.

"그거 저도 봤습니다. 여성부도 도움을 거절했다면서요?"

"그래. 그게 지금 짭새들의 현실일세."

그래서 남자는 여성부에 도움을 요청했지만, 여성부는 여성에 대한 강간은 자기들 소관이 아니라면 경찰에 가 보라는 말만 하고 전화를 끊어 버렸다.

"그렇군요."

노형진은 턱을 스윽 문질렀다.

"이건 저 혼자 해결할 게 아닌 듯합니다."

대동이라는 적이 정치권과 결탁해서 움직이는 상황이다.

이런 일을 정치권 없이 벌인다는 건 불가능하니까.

'애초에 경찰이 움직이지 않는다는 것 자체가 결탁했다는 증거지.'

노형진은 한숨을 푹 쉬면서 생각에 빠졌다.

⚖

"뭐? 조폭을 동원한 땅값 하락 유도?"

유민택은 입을 쩍 벌렸다.

그도 건설업을 하고 있는 사람이지만 설마 그런 짓을 할 줄은 몰랐다.

"어차피 한국에서 건설은 조폭이 들어가는 사업입니다. 용역이라는 말이 그냥 생긴 게 아니지 않습니까?"

"끄응……."

"결국 조금 더 일찍 들어간 것뿐입니다."

용역들, 그러니까 깡패들은 재개발이나 재건축을 반대하는 사람들에게 린치를 가하거나 구타하여 끌어내거나 하는 일이 많다.

그때마다 경찰은 뒤에서 구경만 한다.

"어차피 끌어낼 거 좀 더 일찍 끌어내면 돈도 아낄 수 있다는 거죠. 그리고 겁먹으면 나중에 문제가 안 될 수도 있고요."

"기업인으로서 창피하군."

"그런데 홍행동의 가치가 실제로 어느 정도나 됩니까?"

"홍행동? 그곳은 재개발만 된다면 최소한 10조 이상의 수익이 날 걸세."

"총수입이요?"

"아니, 순수익이."

그러면 어느 정도 규모의 공사인지 감조차도 안 잡히는 수준이다.

거기에다 그런 걸 유민택이 안다는 것은…….

"그곳에 대한 재개발 이야기가 많았나 보군요."

"그래."

"그런데 왜 안 한 겁니까?"

"여러 가지 이유 때문이지."

일단 그 지역 주민들의 반발 때문이다.

그곳은 가난한 사람들이 사는 동네다.

"문제는 가난이라는 것이 상대적이라는 걸세."

"네?"

"서울에서 월세 사는 사람과 강원도에서 월세 사는 사람이 같지는 않으니까."

"아……."

즉, 힘이 없는 서민이기는 하지만 어찌 되었건 그들도 서울 시민.

그러니까 가난하기는 하지만 서울에서 가난한 정도라는 거다. 당연히 정치인들에게 부담이 된다.

"두 번째는 욕심내는 기업이 너무 많은 게 문제였지. 큰 사탕 아닌가?"

사탕이 큰 만큼 개미도 꼬이는 법.

기업들 간의 견제가 심했던 것이다.

"치안이 떨어진 지역은 재개발 요구도 나오기 마련이지요."

"그래."

아무리 조폭이 설치고 다닌다고 해도 아파트촌에서는 절대 설치지 못한다.

"지금이라도 그곳에 땅을 사야 하나?"

"그것도 좋은 방법이기는 합니다만…… 자금이 되시겠습니까?"

"그게 문제군. 땅 사는 데 드는 돈이 한두 푼도 아니고."

지금까지 대동의 행동 패턴을 보면 그들은 즉흥적으로 움직이지 않는다. 당연히 그 땅을 사기 위한 돈이 충분히 확보되어 있을 것이다.

그 상황에서 싸우면 질 수밖에 없는 싸움이다.

"그렇다고 그곳의 재개발을 하러 들어간다면……."

"후보에 들어가지도 못하겠지."

여전히 대룡건설은 상대적으로 작은 편이다.

전보다 커졌다고 하지만 메이저급은 아니다.

"거기에다 이 정도 작업을 하는데 미리 정부에 기름을 치지 않았을 리 없지."

당연히 재개발의 담당 기업은 대동이 될 것이 뻔했다.

"재개발 발표가 나올 때까지 얼마나 걸릴지 모르지만 아마 그사이에 대동은 상당한 땅을 구입할 수 있을 걸세."

"그렇군요."

노형진은 턱을 문질렀다.

지금으로써는 그들의 횡포를 막을 방법이 없다.

그렇게 얼마나 고민을 했을까?

그의 머릿속을 스치고 지나가는 생각이 있었다.

"혹시 그 땅의 주인을 찾을 수 있는 방법이 있을까요?"

"어차피 대동이 차명으로 구입했겠지. 왜 그러나?"

"그냥 얼마나 집어삼켰는지 궁금해서 말입니다."

"알았네. 알아보지. 그런 지역은 주민의 변화가 많은 곳은 아니니까."

"그러면 저도 준비를 해야겠네요."

"준비? 지금 준비라고 했나? 그러면 방법이 있다는 소리인가?"

"그럼요."

노형진은 씩 웃었다.

"전 언제나 방법을 찾아낸답니다, 후후후."

⚖

현장에 가서 사람들을 만나는 것은 어려운 일이 아니었다.

어떤 곳에 문제가 발생하면 가장 먼저 생기는 게 대책위원회이니까.

'하지만 그게 일을 잘한다는 보장은 없지.'

아니나 다를까, 노형진이 가서 보니 대책위원회는 이러지도 저러지도 못 하고 있었다.

"일단 업무상 배임으로 고발하고……."

"아니, 지금 어느 세월에 그러고 있어요?"

"그러면 어쩌자고요?"

"당장 몰아내야 합니다. 숫자는 우리가 많아요."

"당신이 전면에 설 겁니까?"

"내가 왜?"

"전면에 서서 누구 하나가 칼 맞아야 하는데요?"

"그걸 내가 왜 하느냐고. 백수 많잖아?"

"보자 보자 하니까 사람 목숨이 무슨 파리 목숨으로 보이나."

노형진이 혀를 끌끌 차고 있자 옆에 있던 젊은 여자가 한숨을 푹 쉬었다.

"또 싸운다, 또."

"또라고요?"

노형진은 어이가 없어서 그 여자를 바라보았다.

"뻔한 거죠. 대책위 생겼겠다, 감투 자리 생겼겠다. 우리가 감투 쓰겠다 그거죠."

어깨를 으쓱하는 여자를 보고 노형진은 어이가 없었다.

"그러고 보니 처음 뵙는 분인데 누구세요?"

"아, 변호사 노형진이라고 합니다. 그런데 상황이 이해가 안 가네요."

"아, 그래요? 전 전채아라고 해요. 저기 저 아저씨가 나가 죽으라고 하는 동네 백수죠."

어깨를 으쓱하는 여자.

질끈 묶은 머리에 추리닝을 보니 좋게 말해서는 취업 준비생, 나쁘게 말하면 백수 맞는 것 같다.

"그런데 왜 여기에 계십니까?"

"싸우는 거 구경하러 왔어요. 원래 싸움 구경이 제일 제미있다잖아요."

"네?"

"제가 돈이 없어서 팝콘은 무리고, 이거 하나 드실래요?"

추리닝 주머니에서 막대 사탕 하나를 꺼내 드는 전채아.

"슬슬 시작할 것 같은데."

"나이도 어린 놈의 새끼가!"

"뭐? 너는 나잇살 처먹고 사람 목숨을 가지고 싸우냐?"

이제는 멱살 잡고 패거리끼리 싸움판이 되는 모습을 보면 막대 사탕을 쭙쭙거리면서 빠는 전채아.

"아저씨처럼 사건 하나 수임할 수 있을까 하고 왔던 변호사 많아요. 그런데 저 꼴 보고 죄다 그냥 가 버렸죠."

"허."

"포기해요. 저 새끼들은 자기들이 권력 못 잡으면 아무도 못 잡는다는 식이니까."

"다른 사람들은요?"

"저 꼴 보고 무슨 기분이 들겠어요?"

혹시나 해서 왔던 자들도 결국 포기하고 가 버렸다.

물론 따로 조직을 차리려고 한 사람도 있기는 했다.

"하지만 대부분 린치를 당하고 포기했죠."

"저들은 린치를 안 당하나요?"

그녀가 준 사탕을 입에 물면서 눈을 빛내는 노형진.

"네. 제 생각에는 그놈들끼리 붙어먹었지 싶은데요."

사탕을 입에 돌리면서 싱글거리는 전채아.

'의외네.'

백수라고 하지만 통찰력은 제법 있다.

노형진이 봐도 지금 상황이 이해가 가지 않는다.

일단 경찰을 업무상 배임으로 고발하는 것은 딱히 협의를 거치지 않아도 할 수 있는 일이다.

그런데 그걸 지금까지 주장하면서 안 하는 것도 이상하고, 그걸 싸우면서 결사적으로 막는 것도 이상하다.

"나가시겠습니까?"

"흠…… 오빠는 내 취향 아닌데요?"

노형진을 위아래로 살펴보던 전채아의 말에 노형진이 피식 웃었다.

"그건 아니고요. 백수라고 하셨지요?"

"네."

"그러면 이쪽 정보 좀 얻을 수 있을까 해서요. 대신에 일당은 두둑하게 드리지요."

"일당!"

전채아는 눈을 반짝거리면서 자리에서 일어났다.

"싸움 구경도 좋지만 역시 돈이 최고죠, 호호호."

⚖

전채아에게서 들은 이야기는 전해 들은 이야기보다 더 심각했다.

"요즘은 6시 넘으면 바깥으로 못 나가요."

"그 정도입니까?"

"깡패만 문제가 아니에요. 온갖 폭력배들이 다 여기로 모인다니까요."

'그럴 만하지.'

경찰이 손을 놔 버렸다면 질 안 좋은 놈들은 거기로 모이기 마련이다.

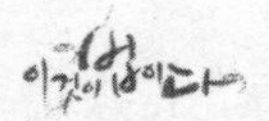

"저만 해도 나가면 얼마나 성희롱을 많이 당하는데요. 이 꼴로 나가도 그 지경이니, 어휴. 그래서 무서워서 면접을 못 가요. 면접 가려면 꾸미고 가야 하잖아요."

"그건 아닌 것 같은데요?"

말도 안 되는 변명에 노형진이 피식 웃었다.

"일단 중요한 건, 폭력 조직뿐만 아니라 온갖 잡범들까지 다 온다는 거군요."

"네."

"그러면 사람들은요?"

"그냥 어쩌지 못하고 있지요."

'그렇겠지.'

대부분의 사람들이 믿을 곳은 경찰뿐이다.

그런데 그 경찰이라는 조직이 손을 놔 버리면 일반인들은 어디다 하소연을 할 수가 없다.

물론 여기저기 민원을 넣어 보겠지만, 그런다고 해서 경찰이 움직이지는 않는다.

"그들이 무슨 짓을 하는데요?"

"차량 유리창을 깨거나 돌 던져서 집 유리창을 깨거나 술 마시고 가게 가서 꼬장 부리거나……."

전형적인 겁을 주는 방식이다.

큰 살인 같은 건 의외로 효과가 없다.

정말 사람이 죽기라도 하면 경찰이 움직이지 않을 수가 없기 때문이다.

'하지만 그런 건 이야기가 다르지.'

일단 사건 접수하고 그냥 두면 알아서 영구 미제로 넘어간다. 유리창 한두 개 깨지고 사이드미러 깨진 게 아깝기는 하지만, 그게 강력 범죄 사건은 아니다.

"그리고 애새끼들이 학생들 돈도 빼앗고."

"얼씨구, 개판이네."

"네."

"다른 사람들은 그러면 반쯤 포기한 건가요?"

"뭐, 어쩌겠어요. 조금만 튀면 린치당하는데."

"그래요?"

"네. 그래서 대부분 빨리 여기서 이사 나가고 싶어 해요. 근데 집이 나가야 말이지요."

벌써 인터넷에서 소문이 파다하게 치안이 안 좋다는 이야기가 나와서 사람들이 안 들어오려고 한다.

애초에 누군가 방을 보러 와도 조폭들이 겁을 주는데 나가는 게 쉬울 리 없다.

"확실히 질이 안 좋은 자들이 많아지니까 땅값이 떨어지는……."

"휘익! 이야, 그림 좋은데."

"아가씨가 아주 깔쌈해?"

"아가씨, 꾸미면 좀 될 것 같은데 우리랑 같이 안 놀래?"

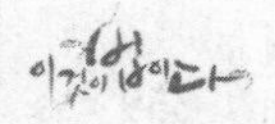

노형진은 말을 하다가 쌍팔년도 대사를 던지면서 나타나는 남자들을 보면서 혀를 내둘렀다.

'얼씨구?'

딱 봐도 '나는 질이 안 좋습니다.'라고 온몸으로 어필하는 남자들.

그들을 보면서 노형진은 혀를 끌끌 찼다.

'머리 좀 쓰지?'

바로 앞에서 그들에 대한 대책 회의가 열리고 있다.

그런데 여기에 나타났다.

정상적인 경우라면 그들이 깽판을 쳐야 한다.

하지만 그들은 거기에 들어가서 깽판을 치는 대신에 노형진과 전채아를 노렸다.

"가라."

노형진은 귀찮다는 듯 그들에게 말했다.

"네가 가라고 하면 우리가 '아이고, 죄송합니다.' 하고 가겠니?"

"내가 옆구리가 시려서 그래. 그 옆의 계집 좀 빌려줘."

시시덕거리면서 다가오는 그들을 보며 노형진은 눈을 찌푸렸다.

'조폭은 아니군.'

조폭이라면 이런 식으로 움직이지 않는다.

그리고 그들의 뒤에 있는 오토바이.

'양아치 새끼들이군.'

속칭 '쑝카'라 불리는, 꾸밀 대로 꾸민 오토바이를 보면서 노형진은 혀를 끌끌 찼다.

아무래도 치안이 개판이 되었다고 하니 여기에 놀러 온 양아치 새끼들인 모양이었다.

"우리가 가요."

하지만 전채아는 걱정스럽다는 듯 자리에서 일어났다.

이런 경우는 자리를 피해야 하기 때문이다.

하지만 그마저도 불가능했다.

"어디 가, 이쁜이?"

"이쁜이, 우리랑 놀자."

"우리가 천국 보여 줄게."

시시덕거리는 모습을 보며 한숨을 푹 쉬는 노형진.

"이건 뭐 쌍팔년도 영화를 많이 본 것도 아니고."

"뭐?"

"그때 너희들 태어나기나 했냐?"

"뭐야, 이 새끼는? 우리가 누군지 아냐? 우리가 그 유명한 번개라이더파야."

"번개라이더인지 번개탄라이스인지, 꺼져."

"이 새끼가 증말!"

"계집 앞이라고 가오 잡고 싶어서 그러나 본데!"

품 안에서 접이식 칼을 꺼내 드는 그들을 보고 사색이 되는 전채아.

노형진은 그들을 보면서 입맛을 다셨다.

"장난감 넣어라. 그거 꺼내면 그때부터는 장난으로 안 끝난다."

"장난? 장난? 어디 이게 너희 배때기에 쑤시고 들어갈 때도 그런 소리 할 수 있을지 두고 보자."

눈에 불을 켜는 그들.

하지만 그들의 눈에 켜진 불은 금방 꺼졌다.

"요즘 애들은 주제를 잘 모르네요. 국어를 잘못 배웠나 봅니다."

"재미없는 농담입니다, 정우찬 씨. 그거 저 애들 말마따나 옛날 농담입니다."

"어, 그런가요?"

재미없는 농담을 꺼내며 등장한 정우찬과 경호 팀.

노형진이 위험한 지역에 혼자 올 리 없다.

경호 팀은 대답하는 대신에 품에서 접이식 3단 봉을 꺼내 들었다.

파파팍!

일사불란하게 소리를 내면서 펼쳐지는 3단 봉.

그리고 그걸 보고 얼굴이 사색이 되는 양아치들.

"어떻게 할까요?"

"일단 오토바이부터 작살내고 시작하지요, 도망 못 가게."

"네."

그 순간 뒤에서 오토바이가 박살이 나는 소리가 들려왔다.

양아치들은 고개를 돌렸다가 얼굴이 더더욱 창백해졌다.

그들의 떨리는 손에서는 이미 칼이 떨어지고 있었다.

"일단 누가 보냈는지 알아내야 하니까 다리부터 병신으로 만들고 시작합시다."

"기꺼이."

"으아아아!"

양아치라고 해 봐야 고작 세 명이다.

하지만 이쪽은 전문 경호 인력이 무려 일곱 명.

당연히 싸움이 안 된다.

거기에다 저쪽이 칼을 들었다고 해도, 이쪽은 방검복을 입고 있다.

"왼쪽, 오른쪽?"

"네?"

"나도 자비가 있는 사람이야. 병신이 될 다리 골라. 왼쪽, 오른쪽?"

"아니에요. 저희는 갈게요."

"그래? 그러면…… 왼쪽."

빠각.

휘둘린 3단 봉 한 개가 리더로 보이는 남자의 왼쪽 다리를 후려쳤다.

그러자 뼈가 엉뚱한 방향으로 휘어지면서 남자는 바닥에 쓰러졌다.

“으아악! 살려 줘! 아아악!”

“비명 지르면 다른 쪽도 병신 된다. 너는 왼쪽, 오른쪽?”

“살려 주세요, 엉엉엉.”

남은 두 놈은 눈물을 질질 흘리면서 살려 달라고 빌기 시작했다.

노형진은 그들을 보면서 입맛을 다셨다.

‘직접 나올 줄 알았는데.’

애초에 노형진이 경호원을 이렇게 많이 데리고 온 건 그들이 이 사실을 알면 어떤 식으로든 반응할 거라 생각해서였다.

그런데 설마 고작 양아치 세 명을 보낼 줄이야.

‘날 너무 만만하게 보는군.’

노형진은 혀를 끌끌 차고 그에게 다가갔다.

“누가 보냈어?”

“네?”

“두 번은 안 묻는다. 누가 보냈어? 대답 안 하면 왼쪽과 오른쪽 중 하나 선택해야 할 거야.”

멀쩡한 두 놈은 고개를 돌려서 왼쪽 다리를 잡고 비명을 지르면서 바닥을 데굴데굴 구르는 녀석을 바라보고는 입술을 깨물었다.

“동네 형님이…….”

"그래? 썰 한번 풀어 봐."

"그게……."

이야기 자체는 간단했다.

동네 형님, 그러니까 자칭 조폭의 일원이라는 녀석이 이쪽에 와서 깽판을 치면서 분위기를 망치라고 했다는 것이다.

'그럴 줄 알았다.'

단순히 조폭 몇몇이 활동한다고 땅값이 떨어지는 건 아니다. 지역의 전반적인 치안 상태가 다 떨어져야 하니까.

'이런 식으로 나온다 이거지.'

비록 비대위와의 만남은 불발되었지만, 필요한 정보는 다 얻었다.

"그래? 꺼져."

"네?"

"꺼져. 저 병신 새끼 끌고 가서 다시는 오지 마. 오토바이도 버리고 가. 어차피 훔친 거 아냐?"

"그건……."

"다시 내 눈에 보이면 그때는 내가 눈깔을 후벼 판다. 알았냐?"

"……."

세 사람은 결국 노형진과 경호원들의 눈치를 보면서 슬금슬금 도망가 버렸다.

"그냥 보내도 됩니까?"

"양아치입니다. 데리고 있어 봐야 도움도 안 되고 조폭도 못 할 새끼들이에요."

전형적으로 강자에게 약하고 약자에게 강한 자들이다.

그런 자들을 자신이 챙길 이유는 없다.

"어차피 잡아들일 놈들은 많습니다."

"그건 그렇지요."

정우찬이 고개를 끄덕거리는 사이 노형진이 몸을 돌리자 전채아는 얼굴이 창백해져 있었다.

"어…… 아저씨…… 변호사 맞지요?"

"일단은요."

노형진은 고개를 끄덕거렸다.

"그리고 합격입니다."

"네?"

"면접요. 내가 당신을 고용하지요."

"그게 무슨……?"

"하기 싫어요?"

그녀는 차마 하기 싫다는 소리를 하지 못했다.

다음 권으로 이어집니다

ROK
MEDIA
로크미디어
다보多寶 신무협 장편소설

퍼펙트 라이프

진유호 현대 판타지 장편소설

완벽하게 망가졌던 이 남자, 완벽해져 돌아왔다?
꼴찌 가장 진동수, 인생의 행복을 붙잡아라!

실패한 사업가, 무능한 사원, 가족들에게 무시받는 가장,
그리고…… 담도암 말기
오열하는 모습까지 SNS에 퍼져 전 국민의 비웃음거리가 되고
실패로 점철된 인생이 나락으로 치달은 그 순간,
벼락 한 방에 모든 게 뒤바뀌었다!

사라진 암세포, 강철 체력, 명석해진 두뇌
밑바닥 인생 진동수에게 남은 일은 이제 성공뿐!
그런데 이 능력……
혼자만 잘 먹고 잘 살라는 건 아닌 것 같다?
눈앞의 붉은 선을 따라가면 위험에 빠진 사람들이!

나의 행복도, 남의 안전도 놓치지 않는다!
화랑천 울보남의 국민 영웅 등극기!